馔

辈语记

老猫 著

中国友谊出版公司

图书在版编目（CIP）数据

蜚语记 / 老猫著. -- 北京：中国友谊出版公司，2020.7

ISBN 978-7-5057-4940-5

Ⅰ. ①蜚… Ⅱ. ①老… Ⅲ. ①长篇小说－中国－当代 Ⅳ. ①I247.5

中国版本图书馆CIP数据核字(2020)第105241号

书名	蜚语记
作者	老猫
出版	中国友谊出版公司
发行	中国友谊出版公司
经销	新华书店
印刷	唐山富达印务有限公司
规格	880×1230毫米　32开 9印张　193千字
版次	2020年11月第1版
印次	2020年11月第1次印刷
书号	ISBN 978-7-5057-4940-5
定价	42.00元
地址	北京市朝阳区西坝河南里17号楼
邮编	100028
电话	(010) 64678009

版权所有，翻版必究

如发现印装质量问题，可联系调换

电话 (010) 59799930-601

目录 CONTENTS

第一章　吃上口饭不容易　　　　　／ 001

第二章　扎蛤蟆是件辛苦的事儿　　／ 015

第三章　温泉水滑洗凝脂　　　　　／ 029

第四章　小手枪请来一位爷　　　　／ 042

第五章　唇枪舌剑强攻焦大屁股　　／ 057

第六章　许松鼠揭了敌人的底　　　／ 071

第七章　许松鼠大弄玄虚　　　　　／ 088

第八章　居然睡到了竹叶青床上　　／ 101

第九章　就这样掉到陷阱里　　　　／ 111

第十章　和竹叶青弄假成真　　　　／ 124

第十一章　女人也会威逼利诱　　　／ 137

第十二章　竹叶青泪洒发布会　　　／ 151

第十三章　许松鼠打牌数落人　　/ 161

第十四章　宋上门釜底抽薪　　/ 171

第十五章　死马当成活马医　　/ 180

第十六章　女人开始还击了　　/ 195

第十七章　车轮大战，坐怀不乱　/ 206

第十八章　化敌为友还挺难　　/ 220

第十九章　机关算尽还是死胡同　/ 234

第二十章　和许松鼠一起玩失踪　/ 249

第二十一章　机缘已经擦肩而过　/ 257

第二十二章　遭灭的人就是我　　/ 266

尾　声　被拍成恨海情天　　　/ 275

第一章　吃上口饭不容易

　　许松鼠小姐的英文名字叫 Rebecca。她以前还叫过 Jessie、Julie 什么的，但到了新公司，就得叫 Rebecca。这名字是后勤经理高大姐发给她的。高大姐戴副金丝边眼镜，看上去很有学问，英语却会得有限，见人能说哈罗，走在街头会喊 Taxi，进了快餐店会问人家要 tabassco，剩下就没词儿了。不过高大姐是一个认真的人，在看英剧美剧的时候，就把人家的英文名字很用心地记下来，积少成多，居然挺有规模。这样，她便能随心所欲地把英文名安在任何人的头上。她固执地认为，公司里的人如果要用英文称呼，不仅能增强员工的自豪感，也能提升公司的魅力和档次。

　　许松鼠进公司的头一天，高大姐把一个纸箱子拿到她的面前，说："抽一个吧。"许松鼠还异想天开地以为这是公司要给新员工派发入职纪念品，忙不迭伸手进去拿出小纸条，谁知上面写着：Rebecca。

高大姐得意地说:"这箱子里,五百多个英文名字就没有重样的。"许松鼠心中暗想:"全英国加起来有没有五百个名字还两说呢。"脸上却抑制不住浮出笑意来,对高大姐说:"我喜欢这个名字。"

许松鼠来的这家公司,总共就五个人。所以高大姐说,她攒下五百个英文名字,是对公司未来发展壮大的期许。不过这个公司虽然小,却在城东地价最贵的CBD租了房子,外部气势上绝对不输。整个写字楼里,最低端的是做石油产品的跨国公司,楼下底商不是官府菜就是私家菜,想吃煎饼果子至少得走上几百米过街天桥,到三环以外两站地。

许松鼠去的是一家文化公司。往小了说,他们可以给人家做点公关稿,什么歌手专访绯闻辟谣之类,通常是接一些经纪公司派来的散活儿;往大了说,还能包装歌星拍影视剧呢。在无数资本热钱涌入文化领域的今天,这就给了人无限遐想。

公司在写字楼的十二层,屋子不大,装修得挺高级,一进门玄关上挂着巨幅的海报:一个穿海魂衫戴着钢盔端着微型冲锋枪挂着望远镜的五岁孩子,冲着进门的每一个人横眉冷目。这个装备了我军各军兵种服装武器的小朋友,就是我。而我,现在是这家公司的董事长兼总经理赵大春。这个苦大仇深的名字是我妈给我起的,生我的时候,她累得精疲力竭,就随口起了一个她记忆中舞台上最帅的帅哥的名字。

在高大姐那里,我的名字就性感多了,Peter,让人容易联想到著名影星布拉德·皮特。高大姐是把人名分放在两个抽奖箱子里的,男人名字放在蓝色箱子里,女人名字放在粉色箱子里,抽起来简单方便,一目了然。

还是说回许松鼠小姐吧。我们公司创办以来,做了不少业务,大钱没有,小钱不断。但闹来闹去,觉得缺少一个文化人,制约了公司前进的步伐。别说英文了,就是汉语,我们所有人脑子里的词加起来也不会超过五千个。就这文化程度,在全城的文化公司里也就是二流拔尖、一流靠后的排位,绝对翻不起大风浪来。看看人家处在风口随便就能吸金的,基本都是海归,扫地阿姨全有研究生文凭。这让人深感压力。所以,提高全公司的文化水平就成了当务之急。许松鼠大学本科毕业,以前在IT公司干过,邻居又是个画家兼作家,这些因素合在一起,说明她至少受过一些文化熏陶,我就决定要她了。近朱者赤,近墨者黑嘛,耳濡目染的,许松鼠小姐看上去就是有涵养的人。

当然,这话不能直接跟她说。现在的年轻人都这样,你一说他是人才,他就不知道自己能吃多少饭了,他还真的能把自己当根葱。许小姐要在公司里获得地位,那得有业绩才行,这也是硬道理,不然谁服啊?

许松鼠得到的职位,叫"策划经理"。这个活儿说轻松,却也不是好干的。策划经理的主要使命,就是无中生有,把平静的一潭死水,生生给掀起波浪来,这样才能吸引吃瓜群众的眼球。举个例子,许小姐看到街上的一个垃圾箱,就应该立刻想到:垃圾箱是一个多么好的媒介载体啊,如果把它开发出来,做上一位歌手新专辑的广告,那么每一个扔口香糖废报纸香蕉皮的人,都可以注意到这位明星了。垃圾扔的次数多了,他就会产生好奇:这么漂亮的女人为什么会被印在垃圾箱上承受城市新陈代谢的废物?她都干了什么了?她自己又会怎么想呢?于是,就产生出一股不可抑制的冲动去点击她的作品。这样我们的工作效果就达到了,因为这位歌手的专辑,名字就叫《我是一个筐什么都能装》,主题是讲人要宽容。

我举这个例子,是因为它是一个真实的策划,这个策划几乎就要成了。打算推歌手的消息树艺术社已经接受了我们的创意。可就在大家摩拳擦掌准备施展拳脚的时候,一家粤菜馆晚上忘了关笼子,把两百多条菜蛇给放了生。这些菜蛇出门就往垃圾箱里躲,闹得全城捡破烂的人心惶惶。事情已经过去半个月了,据说还有二十多条菜蛇没有踪迹,不知道藏在哪条街上的哪个垃圾箱里胡吃闷睡,成了全体逛大街的群众心中的纠葛。出于安全考虑,"消息树"公司的垃圾箱计划就此搁浅。总不能让人们看见美少女的筐里冒出一条货真价实的蛇吧?

许松鼠上班的头一天,高大姐给她抽取了英文名字之后,她假装兴高采烈地来跟我报到,接着就坐在我办公室的沙发上煞有介事地跟我讨论起公司发展前景。她上来就问照片上那孩子是谁,我说,那孩子就是你的上级领导、给你发工资的人,也就是坐在你对面的人。许松鼠立刻收起了轻松调侃的表情,"哦"了一声说:"我说眉宇间怎么透着一股凛然之气呢。"我说:"把这张照片挂起来是有深意的,它既表示我们公司是一个蓬勃生长的孩子,又表示有一种严肃的不可侵犯的威严,有着严谨的作风和认真的态度。"许松鼠连连点头,赞叹道:"这就是创意吧。"她的眼睛中闪烁着崇敬的光芒,我就觉得不太对劲,加上她那两条大长腿在我面前晃啊晃,弄得我有点心猿意马。我赶紧把高大姐叫过来说:"你先给许小姐介绍下情况吧,我有点事情要处理。"

把许松鼠支走不是因为我真的忙,我是怕她提出报销交通费流量费视频网站 VIP 会员费之类的要求。我的注意力在她腿上,怕一不留神就随口答应了她什么。她走后,我定了定神,才觉出肚子有点饿。早晨走得有些急,没吃早饭。

高大姐果然是高人,只用了不到五分钟就把许松鼠按在了她自己的座位上。她借着去给许小姐拿办公用品的当儿,跑到我面前说:"Peter,你发现没有,Rebecca 的瞳孔是蓝色的。她真的没戴美瞳。你说她会不会就是一混血儿啊,那咱们公司可就在艺术圈里形象高大了。"

我说刚才怎么看许松鼠的眼神儿有点不对劲呢,敢情这姑娘还是个彩色的。

公司里一共有五个人,除了我、许松鼠和高大姐外,还有财务经理赛观音姑娘(Laura)和客户经理小手枪(Simon)。我们这几个人,都怀着特别强烈的使命感和责任感,觉得全中国至少半边天的文化事业,将来要由我们来支撑。如果运气好,我们还能走向世界,将来哪位宇航员能带着许松鼠或者赛观音的创意飞向火星也未可知。

赛观音姑娘是中专毕业,多次下决心补学个大本。她打小的梦想就是有一天能亲自被宇宙飞船送到外太空去,和遥远的、不知道长成什么样的外星球智能生物喜结良缘,所以她对本土的小伙子夹都不夹一眼,如果遇到金发碧眼的老外,还勉强能给人家一个微笑。由于她平时基本严肃端庄,且看人的目光居高临下,悲悯又慈祥,大家都管她叫赛观音。小时候看了春节晚会上"千手观音"的节目后,她飞向太空的愿望就开始强烈了,她觉得这个节目准确地表达了她纯洁、美丽、善良的特质。但是她也明白，要做新时代的文成公主或者王昭君，光想是没有用的，必须从小事做起，从一点一滴做起。所以，她就帮我们算账，收入支出、报销上税、三险一金，跑银行发工资，无所不能。闲的时候，她还会去拉点业务——她自称认识的身家五千万以上的大款已经达到两位数，赛观音总能凭着自己迷人的微笑和温润酥软的话语，让他们意识到投资文化事业是多么重要。

　　当然，做一切事情都有一个大前提，那就是吃饭。人只有在不饿肚子的情况下，才能够关心文化。而每天摆在我们面前最重要的问题，也正是吃饭的问题。前面说过，我们公司的位置，是在城市最高档的写字楼里面，这座楼云集了众多城市精英，他们衣冠楚楚、齿白唇红，整天人模狗样地进进出出，大多数还都有英文名字，出门至少也得招呼一辆专车——这就给人一种错觉，觉得这些一尘不染的男女，肯定对吃也是很讲究的。

　　基于这种错误认识，写字楼周围密密麻麻扎了足有五十家高档餐厅。说是高档，也就是厅堂装修得像博物馆、桌椅码得像古董店、菜碟摆得像大宅门、价格贵得像酒吧街，至于菜本身，倒真没觉出好吃来。我刚开始还以为这样的餐厅都是假招子，他们根本就没雇手艺好的大师傅，一心就憋着宰人呢。后来阅读了专业的餐饮杂志，才明白人家这种饭叫"商务宴请饭"，贵是一定要贵的，否则显现不出请客的人对被请的人的尊重，但口味上一定要不好吃，马马虎虎把菜炒炒，半生不熟地浇勺明油就成了。如果菜过于好吃，比如好吃得像街头撸串，大家的主要精力都会集中到吃上，满嘴满手的油腻，脸上显出贪婪的模样，那还有什么风度可言？又怎么会还有心情谈生意呢？所以，菜做得不好吃，也是一种市场要求。

可是，对于我们这些还处于起步阶段的有为青年来说，如果每顿饭都要吃这样的东西，显然是要把胃吃坏的，把胃吃坏了倒在其次，还有可能把公司吃垮。写字楼租金已经够高的了，要是把饭费再吃高了，那我们这儿算是干吗呢？不就违背了办公司的初衷，把文化产业变成餐饮产业的傀儡了吗？在公司进驻这里的第一天，我就发现了这个足以威胁公司生存的危机，立刻把高大姐叫过来，吩咐她说："你负责搜索方圆五公里内所有价格低廉的餐厅，每天中午给我们弄盒饭去。"

高大姐遍寻各类送餐外卖APP，甚至亲自考察了周边不下五十家饭馆餐厅，没想到商家都不愿意接单。也不能说是不愿意，主要是需要送餐的公司太多了，一是忙不过来，二是高端写字楼进来麻烦，保安各种盘查刁难，耽误送餐员时间，人家送餐小哥最不爱接这种活儿。这种情况下，就算是人家勉强答应我们，那送来的饭菜质量以及时间长短也无法控制。我们隔壁的公司，就连续好几天从饭盒里吃出了笤帚苗、苍蝇和餐巾纸。肉倒是很难得，我踩着饭点去问过，一个鱼香肉丝里，一共只有三十三根肉丝，那焦溜丸子，做得跟实心儿的汤圆差不多。而小手枪点的卤煮火烧，下午四点才能送到，那时候小手枪已经低血糖虚脱在座位上了，不仅没做工作，还差点弄个工伤。

由于饭菜质量太差，好多盒饭没吃几口就被扔到了垃圾箱里。楼道拐角处垃圾房里，一到饭点就被快餐盒堵得满满的，好端端的五星级写字楼，充斥着劣质饭菜的哈喇味儿。新来的客人上了楼，还以为进了泔水房。物业也扛不住了，打算在外面的停车场盖个违章建筑，给大家当食堂使。可远水解不了近渴，我们是白领，一顿饿都不能挨啊。

那时候许松鼠小姐还没有来，我把高大姐、小手枪和赛观音叫到我的办公室来，语重心长地对他们说："我们公司遇到了前所未有的困难。困难有各种各样，但它们却有共同的特点，那就是可以克服。当年红军长征时遇到的困难比我们大多了，可人家还是挺过来了。我们坐在有空调的写字间里，也能克服困难。"

赛观音忍不住问："Peter，你就别绕弯子了，咱们到底遇到什么困难了啊？"

我的工作作风是对员工循循善诱。我问她："你说在战争年代，除了打击敌人，宣传革命以外，还有什么重要的事情要做呢？"

赛观音想都没想就说："找饭辙呗。"

我一拍大腿："对啊。我们现在就要找饭辙。身体是革命的本钱，不吃饭怎么工作啊？你们说，咱们中午饭耗时耗钱还难吃，怎么办？"

赛观音撇撇嘴说："这有什么难的？少吃一顿。反正我正在减肥呢。"

"你这叫什么态度？"小手枪忍不住说话了，"这是解决问题的态度吗？困难不能回避，饿着肚子上班的员工不能叫好员工！民以食为天你懂吗？"

小手枪说话没顾忌，所以叫小手枪。这小子正处在发育阶段，一天能吃下一头牛，最怕的就是别人叫他少吃。赛观音的论调一出，他几乎本能地就跳起来反驳。上次饿昏还历历在目，肯定不能容忍赛观音的馊主意。

"去去，我和Peter说话呢，有你什么事儿啊？"赛观音说，

"你爱吃什么吃什么,我不吃。"

我打断他们的嘴仗:"既然意见不统一,今天中午,我就请你们吃顿官府菜。从明天开始,咱们就各吃各的,公司再也不管午饭了,每月每人发五十块补贴。谁挨了饿,那就都自己负责。"

赛观音反对:"一个月五十块,也就俩盒饭钱,不够吃。Peter你这么做不合适。"

大家纷纷附和,小手枪说五百差不多。

我把脸一板:"公司还没盈利呢,你们这是干吗?你们看看隔壁卖石油的,饭补才发二百。共克时艰不懂啊?"

大家也就不吭声了。

要说现在的人,被工作难倒是有可能的,被吃难倒,简直是天方夜谭。看看第二天大家的应对策略吧:高大姐从自己家里带了五香熏鱼和辣子炒三丁(看来女人嫁一个做饭手艺好的人很重要);小手枪呢?直接骑自行车上班了,中午骑车去五里外的小饭馆里打包了两个菜,放塑料袋里提回来,这样正好不耽误下午上班;最高明的还得数赛观音,这妮子居然在家门口找了个"大姨妈豆浆店",头天晚上预定,第二天出门前让人家给送餐,然后大包小包带到公司,还号称减肥呢,就数她吃的多。我看了一下,豆浆两杯、担仔面一碗、卤鸡蛋两个、糯米饭团两个、烤鸡翅两个。我跟她说:"你再这么吃,一辈子都别想再腾云驾雾了。"

合着就我什么都没带。忙完一摊事儿,我就到员工那儿蹭,东一口西一口的居然也吃饱了。

那天中午还发生了一段小小的插曲,那就是小手枪得意扬扬地拎着盒饭上楼的时候,兴奋过度下错了电梯。我们在十二层,他十一层就下了，哼着小曲儿推门进了办公室，进去了才发现不对劲，这不是我们公司啊。就在他一愣神的工夫，那屋里七八个饿得眼睛发绿的男女扑了上来，嘴里说："怎么才送来呀？想饿死我们啊？"手上就去抢小手枪的饭盒，吓得小手枪扭头就跑。

吃饭可真成了天大的事儿了，大家都没有更好的办法。赛观音后来说，她至少五十年不想再喝豆浆了，喝得太多，自己都快成豆腐观音了，脑子就是豆腐脑。

可就这么难的一件事，许松鼠小姐上班来的头一天，就给轻而易举地化解了。这位蓝眼睛的姑娘，从此在公司里声威大振，不仅站稳了脚跟，而且还成了大家的主心骨。

许松鼠小姐坐到办公桌旁边，拿个镜子照了照自己，觉得对形象还算满意，就开始和赛观音搭讪，说："你好，我是Rebecca。"赛观音点点头说："你好，我是Laura。"

她们两个人中间，坐着的是小手枪。小手枪看见俩美女绕过自己说闲话，顿时觉得有点尴尬，便站起来，蹑手蹑脚往外溜。许松鼠叫住他，问："你干吗去呀？"

小手枪笑笑说："我去找饭辙。现在走正合适，等会人就多了，一排队，会耽误下午上班。"

许松鼠小姐撇撇嘴，白了小手枪一眼，说："今天都别自己吃饭了，我请客。"

话音未落，小手枪咣当一声就坐下了，自己还琢磨呢：运气这么好？没想到老板招了一大方的女工。一起时间这么长了，就从来没见着赛观音请吃饭。

要不怎么说没有调查研究就没有发言权呢！后来许松鼠小

姐跟我说，她长久以来形成了一个良好的工作习惯，就是每到一处新单位，都要事先把点踩踩（可见也没少跳槽），把周围地形侦察清楚了再来报到。这种习惯以前是别的职业才有的，现在被许松鼠小姐带到了文化界，可见他山之石，可以攻玉。

那么就来说说许松鼠小姐都侦察到了什么吧。在我们楼下，除了那些豪华的餐厅外，还有一家大型的购物中心，就是布满了专卖店、咖啡厅，一间一间隔开的那种，给许松鼠小姐留下最深印象的，是一家卖化妆品的店，眉毛笔睫毛夹海绵擦无所不有，甚至还有做成脚掌形状的脚擦，可以磨掉女人穿高跟鞋时脚上长的肉垫。长肉垫的应该是猫而不是美女，美女脚上长了肉垫，不仅走起路来会疼，影响到人的自信自尊，而且因为怕疼还得放轻脚步，可穿高跟鞋不就是为了出声吗？要是为了肉垫而不出声甚至放弃高跟鞋，那太得不偿失了，所以许松鼠毫不犹豫斥巨资把脚擦给买了下来。

把楼下的地形侦察一遍之后，许松鼠的心就凉了，她明白了一个道理：这样的购物场所不能放开消费，她这种所谓的白领也就是逛逛而已。要是打算在这里血拼，恐怕还没走到大街上呢，一个月的工资就会全军覆没。她一边溜达一边在心里暗骂，都是谁在鼓吹白领的生活方式呢？什么研磨咖啡、什么名牌服装，闹得大家整天心里七零八落的，其实都是装，要是真实现了得承担多少压力，爆多少张信用卡借多少网贷啊——许松鼠小姐就深受其害，当年头脑一热买下一栋房子，现在则不得不为每月还贷而忍受劳苦。这是为什么呀？

许松鼠小姐踩点踩得心中郁闷，脚垫发作还有点疼，路走得也越来越慢。这个时候有人突然往她手里塞了一张纸（发小广告的哪儿都有），让她到歌厅 KTV 了解一下。要搁平时，许小姐看都不看就会往垃圾箱里扔，可恰好她无聊，就把那张纸翻过来掉过去地看。这是一张开业的宣传单，上面说开在大厦地下室的、城市里面积最大、设备最先进、歌曲最全、服务最到位的量贩式 KTV——大铁柜歌厅已经隆重开业了。这家歌厅还二十四小时免费供应自助餐和饮料，荤素搭配、凉热都有、主食品种丰富，基本一个星期不会吃重样——最负责任的食堂也不过如此吧。现在呢，正在开业优惠期间，除了周末外，白天的包间都是三折，也就是说，在中午的时候，一间小包房每小时只要三十八块钱。许松鼠小姐那电光火石般的聪明脑袋，在五秒钟之内就发现了这里的破绽——要不怎么说，精明的人最善于从不起眼的事情中寻找到机会，于无声处听惊雷呢。许小姐一直闹不明白"量贩式"是什么意思，现在她理解了，就是"尽量吃饭"的意思。

于是，许小姐心中的块垒在一瞬间一扫而空。她心情愉快地、欢蹦乱跳地找我们来上班了。所以，她能坐在办公室里，不打磕巴地说要请大家吃午饭，她正憋着让大铁柜歌厅为他们的豪爽付出沉重的代价。

什么东西看上去复杂，实际上也就是一张纸，捅破了就简单得很。许小姐和小手枪下到地下室拿下了小包间，先打电话让高大姐下去。高大姐还有点不好意思呢，觉得占了人家的便宜，许松鼠说："这有什么啊，咱又不是主动去吃蹭，是他们先把小广告塞到我手里的，上面还写着'敬请光临'呢。"高大姐这才放下了思想包袱。等高大姐吃完，换赛观音下去，赛观音吃完了又换我。许小姐和小手枪则自始至终没闲着，一盘又一盘地造那些自助餐，尤其是小手枪，根本不顾忌高档写字楼白领的体面形象，就像扑到饭上一样。当然，为了装装样子，大家还是要点两首歌唱的，许小姐吃饱了就给大家伴唱《猪之歌》《什锦菜》之类开胃的歌曲。老实说，如果许小姐能够保持安静，那么这样的一顿饭相当完美。不过既然是人家发现的新大陆，其他人付出点代价也可以接受。

就这样，大铁柜理所当然地承担起了厨房兼食堂的责任。我们吃饭实行轮流坐庄制，一个星期五个工作日，正好五个人一人埋一天的单。当然，要是周末加班的话那就只好我请客了。人的意志都是锻炼出来的，吃的次数多了，我们居然能在一个小时之内准确地完成吃饭喝水并唱歌的所有事务，退房走人，精确到一分钟都不差。

聪明的人远不止许小姐一个。很快，写字楼内其他公司的员工察觉了我们的可疑行迹，顺藤摸瓜，也发现了这个天大的秘密。于是，就可以看到这样一幅壮观的景象：每到中午十一点，就有一群一群的人坐电梯下到大铁柜，然后在那里排队等房。到下午三点之前，都会有人在电梯里上上下下，穿梭不息。据说大铁柜的老板是新加坡人，他可能万万没有想到这里人们的觉悟和新加坡简直是天壤之别。这又有什么办法呢？我们已经习惯了狼多肉少的局面，如果我们对这种便宜视而不见，那就意味着我们有可能对其他的便宜也视而不见，在未来的竞争中，我们就会处于劣势，有可能败下阵来。每个人心里都明白，饭碗是要抢出来的，否则,自己的奶酪就算是掖在胳肢窝等隐秘的地方,也会被别人动。说实在的,要怨也只能怨这位老板市场调查做得不够,对我们这儿的情况了解得不够深入吧。生存困难,物力维艰,大铁柜真不容易啊,在周末的夜晚宰客赚取的那点利润,基本都要搭到平时大家的胡吃海喝里去,这么下去,能打个平手就算是侥幸了。

就是因为这件事情,许松鼠小姐在公司里的威信一下子就树立起来,大家都对她尊敬有加。当天下午,高大姐特仗义地对许松鼠说:"Rebecca,以后你有什么要求尽管说。"

许松鼠倒也不客气,她一指小手枪:"能让他换个英文名字吗?Simon,和我住的鸟尾巴村邻居马尾辫和大美女的儿子重名了,我一叫这名字,就有一种时空错乱的感觉。"

第二章　扎蛤蟆是件辛苦的事儿

吃饭的问题解决了，我们总算能踏实下心来干点正事了。要说文化公司，是一挺崇高的职业，有多少文人骚客，从默默无闻走向妇孺皆知，从一文不名的街道混混，变成小媳妇大姑娘看了都眼红的一线大明星，鲜肉，公共老公——他们走的所有的路，都得有文化公司这一条，否则，他们是无论如何都迈不过这个坎的。就算迈得过去，到时候也得七老八十的，早就丧失了享乐的能力，迈过去也没什么意思了。

可是，我们文化公司也不属于社会福利事业，我们也和其他做冰棍炸油条的公司一样，得生存，得挣钱。没有钱，拿什么把青春美少女小鲜肉们往楼上抬啊？所以，我们得"扎蛤蟆"。

"扎蛤蟆"是我们这个圈子里的行话，就是找人出钱，官方话语叫"寻找风投"。人有钱了都琢磨什么啊？不是光出国旅游、泡小蜜、买假古董就能满足的。人最高级的欲望，就是把自己弄成和文化有关的人物。看见做门户网站的李潮红没？年纪轻轻就发家致富、全世界闻名的青年才俊，人家现在都干吗呢？不是拿个照相机满世界溜达，就是带着队伍去非洲爬乞力马扎罗峰，人家这就叫文化追求。有钱人只要追求一下文化，文化就会像苍蝇一样跟过来，这是古今中外历朝历代百试不爽的规律。所以，李潮红身边总是汇聚着一帮文化人，从海外归来的歌星到奥运会后退役的冠军，还有当作家搞编剧的、耍杂技的、踢足球的、演话剧的……那真是无所不包。然后人家又收了个视频网站，准备靠文化资源挣钱了。是个有脑子的，都会从中看出财富和文化到底什么关系。

但是，不是所有有钱人都像李潮红那样有眼光。他们大多数都喜欢沉醉在声色犬马的低级趣味当中，这就需要人去启发他们、警醒他们，给他们温柔的呼唤，或者干脆当头棒喝，升华他们甘于堕落的灵魂，让他们心甘情愿、争先恐后地把自己的财富拿出来，以为自己的钱又进入了价值洼地，能生新钱了。这叫取之于民、归之于民。这个工作过程就叫"扎蛤蟆"，干这个苦活累活的，就是我们——天降大任的文化公司。有的专家形容我们是"在经济与文化之间穿针引线"，话虽然说得没错，可是我不太喜欢这种提法，因为我总是从这句话联想到"拉皮条的"。这就是太低级的说法——谁是嫖的谁是被嫖的啊？我更喜欢我们被称为"渠道"，小河要怎样才能汇聚成大海啊？渠道！没有渠道它们也能去大海，那得走多少弯路啊？渠道就是截弯取直，快速到达目的地的工具，不二法门。

所以，在一个云淡风轻、阳光灿烂的午后，在大家水足饭饱从大铁柜回到办公室的时候，我严肃地宣布开紧急会议。许松鼠、赛观音、小手枪、高大姐都被我叫到会议区,就是那个临着落地强力外飘玻璃窗边的桌子旁。我清了清嗓子,说:"一个主意相当于一张 VISA 卡,一个创意等于一次抢银行。诸位,咱们不能光吃啊,该干点正事了吧。"

大家的反应和我预料的一样,个个像幼儿园的小朋友,低下头看自己的手机,不出声。

"Simon,你倒说说。"我开始点名了,柿子要拣软的捏,谁让他岁数小呢,"你整天在网上转悠,有没有发现新涌现的、有潜力的网络写手呢?就是别人还没有染指的大 IP,介绍一下,咱们包装他嘛。"

"回 Peter 的话,没有,网上的东西我基本看不明白。"小手枪从手机上抬起头来,羞愧地答道。

"他是看不明白字。你问问他都去哪些网站啊?净看画儿了。"赛观音哼了一声道,"他那点小花活儿,姐姐我早就了如指掌了。人不大,脑子里装的全是恶趣味。"

小手枪的脸"腾"地就红了,争辩道:"你怎么了如指掌啊?你都看见什么了?"

"行了行了,咱们说正经的呢。"我打断他们,接着说,"Laura,咱们这些人里边,就数你是从南方有稻田的地方来的。你认识的蛤蟆多,花了这么长时间,你找没找到胖点的,愿意被扎一枪的主啊?"

赛观音翻着眼睛想了想,一拍脑门说:"好像有一个。上个月刚从爪哇回来的,在那儿倒卖什么壮阳大补丸发的财,想回国做金融投资呢,据说是新一茬的天使投资人。见着我就拉住手不放,说他的经历特别复杂,足够写一部八十集电视剧的,能把咱们现在电视台播的古装的现代的、大陆剧港台剧、日剧韩剧全部毙掉，就算不拿奥斯卡吧，金鸡百花肯定没跑。"

我皱了皱眉头，心里觉得有点不靠谱，一时又想不出哪里不对劲，便追问了一句："这小子资金雄厚吗？"

"雄厚，人家可是约我在皇家贵族大饭店的咖啡厅见的面，开宾利来的。"赛观音两眼放光地说，"他说他的钱，足够让股市大盘连续涨停一个星期，让大多数人都解套。人家可是金融大鳄。"

我就在心里暗骂赛观音，心说你长这么大了也不长见识，真把脑子吃成豆腐脑了。

赛观音看我脸色阴沉，笑嘻嘻地说："其实我也看出他是在吹牛。不过，吹牛总得有点影别人才信。要说他的钱，没他说的那么多，但估计两三个亿肯定是有了，也够咱们拍一出连续剧了，就是稍微紧张点，可总也聊胜于无啊。"

许松鼠在一旁插话问："Laura 妹妹，你是怎么看出他顶多只趁两三个亿的？"

赛观音"喊"了一声道："这还看不出来？喝咖啡埋单的时候，他把手举得高高的招呼服务员，我看他顶多也就在国内的饭店里混过，在爪哇估计都没请过客。真正有气派的人，打个榧子就行了嘛。而且我观察了一下，他结账用的是花呗而不是白金信用卡，老土！"

许松鼠点头道："你这么分析也有道理。不过很多时候，人是不可貌相的。南方有很多靠卖假名牌起家的家伙，总是穿彩色艳丽T恤，下面穿条白裤子还配白球鞋，土得掉渣儿，可家里却能养两个老婆，实力也不可低估啊。"

我看她们两个越说离题越远,赶紧扳扳舵:"都别废话了。我看这样吧,这个星期,Rebecca 和 Laura 就负责把这只爪哇蛤蟆给我扎回来,是肥是瘦都算你们完成任务。有什么困难就跟组织提,注意彼此的配合和保护,千万不要杀敌一千,自损八百,懂吗?"

两个人天真无邪地冲我点点头。我又对小手枪说:"你给我好好在各个字儿多的大平台上盯着,尤其是那些首页推荐的帖子,别整天想着乱七八糟的事情。咱们就是挖地三尺,也要挖出一个自带粉丝的写手来。现在这帮人在网上拉山头,不都憋着有朝一日受招安吗?"

小手枪问:"90 后资源都被挖得差不多了,00 后行吗?"

"行。不拘一格降人才。"

我正想就公司的内部管理说点什么,突然就听见一种奇怪的声响。回头一看,高大姐坐在沙发上睡着了,金边眼镜耷拉在鼻梁上,还打出了均匀的小呼噜。

看起来焦大屁股特别重视这次见面,不仅自己穿着粉红色衬衣绿色裤子,打扮得跟出水芙蓉似的,还带了一个黄灿灿的秘书。说这秘书黄灿灿的,是因为他一身黄色条绒西服,有点像旧社会的皇协军,做派也像个翻译官。不过看神色却是自己有大企业的感觉,严肃得如同一瓶马爹利。他一直偎依在焦大屁股的身边,又好比是焦老板从荷塘里带出的一坨黄泥。这样比较起来,赛观音许松鼠两个就自然多了,虽然都刻意施了粉黛,穿了露肩膀露后背的服装,但是总的看起来,和周边环境更为协调。

"你们二位小姐都别说话,听我说听我说。"焦大屁股挪了挪屁股，说，"我的感情经历，说上三天三夜都说不完，今天我就拣重要的让你们见识见识。其实我打小的理想，就是要找个作家，把我这复杂的经历写成一部振聋发聩的电视剧。以前是没钱，艰苦，想写也没机会，现在咱有钱了，理想终于要实现了。"许松鼠听了他这头两句话，立马做肃然起敬状——这大屁股了不得，学龄前就知道自己以后要历经坎坷了。

老焦请的这顿饭，叫"国门宴"，和"鸿门宴"只差一个字，但内容可是千差万别，丰盛得不行。上的头几道菜就是香酥乳鸽、瑶柱西兰花、银耳裙边栗子羹，看得许松鼠直咽唾沫。可老焦一摆大手："先别忙着吃啊，你们先得听我把故事说了。"

许松鼠只好把去拿筷子的手硬收回来，支着下颚，一副乖乖女聆听教诲的可爱模样。她瞥了一眼赛观音，赛观音比她还乖，眼睛直勾勾地盯着对面的老焦，好像老焦已经把支票挂在脸上了。

"我小时候有一青梅竹马的邻居，我们一起感情特好来着。他们家揭不开锅，我就送俩馒头。我们家没米了，她就拿碗米饭。谁都说，我们俩是天生的一对！"焦大屁股点了根烟，陷入了对往事追忆的迷茫情绪中，对面前的美色美味视而不见。

"等等。"赛观音打断他，"您是说你们两家总有一家能保证有粮食，在另一家揭不开锅的时候能接济上对吗？"

"对啊。"焦大屁股一拍大腿,赞许地说:"Laura 小姐有眼力，一下子就发现了关键所在，什么叫缘分？这就叫缘分！"

老实说，焦大屁股真不能算是见过世面的人，就他那点枯燥得如同柏油路的情感经历，比起许松鼠小姐来可是差远了。据他的描述，他和那个小姑娘老想搭讪，可就一直没说上话，童年完全是在双方家长的交往中度过的。后来生活好了，小姑娘学了舞蹈，举家搬迁到上海，两个人就没了联系。可有一天，焦大屁股在爪哇泡夜总会的时候，居然发现那女的在吧台上跳肚皮舞。

焦大屁股小时候那点柔情蜜意，全被这个肚皮舞娘给勾了出来，可是岁数不对啊。焦大屁股已经是四张挂零的人了，那女孩怎么还是豆蔻年华呢？叫下来一问，原来是自己小时候梦中情人的闺女。那女人仗着姿色过人色艺双全，错过了无数美好姻缘，最后嫁到爪哇，结果和丈夫发生冲突，一怒之下离家出走。走的时候，才发现自己有了身孕。

后来的事，不说大家也猜得出来，女人带着孩子，过得很不如意。沦落风尘，直到遇到焦大屁股。

"你们说巧不巧啊，真是人生何处不相逢。"老焦喝着茶，叹息着说。

"巧，真是巧极了。"许松鼠和赛观音使劲地点头。许松鼠问："那您是和孩子她妈再续前缘了呢？还是直接和孩子展开忘年之恋了？"

焦大屁股说："我怎么会那样啊？我是有老婆的人。再说我今非昔比了，从穷小子一跃而为亿万富豪，让敌我双方的对比产生了决定性的变化。这个时候，我怎么能乘人之危呢？"

许松鼠抑制不住流露出失望的神情。赛观音在桌子底下踹了她一下，她才把表情换成崇敬、心悦诚服的样子。

"你们看，我遇到的事情，那全世界人民都很难遇到吧？这中间的过程多么富有张力，给艺术家们留下了巨大的创作空间啊。"焦大屁股自我陶醉着。

"结果呢结果呢？"赛观音着急地说，"那娘儿俩最后怎么了？"

"没怎么，她们还在爪哇呢。"焦大屁股说，"想回国又觉得没脸面，我给了她们点钱，让她们帮我打理生意。等我们的生意做大了，她们再衣锦还乡吧。来，先吃先吃。"焦大屁股总算想起大家还饿着，举着筷子招呼。

焦大屁股的故事讲了有一个多小时，热菜都放凉了，凉菜都放蔫了。许松鼠没了胃口，勉强吃了几口，然后开始下套："您这个故事要改成电视剧，成本可高啊，时空纵贯几十年，还得去爪哇取外景，人吃马喂的，那得多少钱啊？"

焦大屁股笑笑，胸有成竹地说："钱你们不用操心，咱缺什么也不可能缺钱啊。你们就好好想想，看看能不能把这个故事搞成精品，我的要求也不高，能流传个三百年左右就够了。我看这个故事能成功，我今天不就讲了个提纲嘛！瞧把你们俩姑娘感动的，没想到吧，人间沧桑啊！"

许松鼠含在嘴里的一个丸子差点掉出来。

焦大屁股说着说着，就放下筷子，想趁着加重语气，在桌子上握一下谁的手。可是我、许松鼠还是赛观音呢？许松鼠眼中蓝光一闪，晃了他一下，略一迟疑，俩姑娘的手全都收到了桌子底下。老焦抓了个空，只好在桌子上画了一圈，拿起牙签。

许松鼠和赛观音对视了一下，低下头不再吭声。

焦大屁股觉得有点尴尬，问："你们都吃饱了吗？"

许松鼠和赛观音赶紧点头。

"没怎么吃嘛，都是被我感动的。"他转过头对一直沉默的黄灿灿说，"我要去开个重要会议，你再陪陪二位小姐，看她们还吃点主食不？有什么话，双方一定要说明白了。"

黄灿灿点头。

焦大屁股客气地冲俩女孩点点头，擦了擦嘴巴，离席而去。

把老板送走，黄灿灿阴沉着脸回来，坐在对面，依旧不吭声。赛观音眼见事情要黄，率先沉不住气了，问："黄先生，您看焦总是什么意思？"

黄灿灿说："焦总的脾气我了解，他是一个不见兔子不撒鹰的主儿。"

赛观音有点泄气，嘟囔着："合着我们白受了那么半天教育？"

要不怎么说还是许松鼠有大将风度呢，她冷笑一声说道："你们老板什么脾气我管不着。咱们明人不说暗话，你划个道儿吧，给你多少回扣，你能把这事儿给我们说成了？"

"不见兔子不撒鹰？"我听着许松鼠和赛观音鸡一嘴鸭一嘴地汇报工作，问："那大屁股到底觉得谁是兔子啊？"

许松鼠和赛观音同时举手指着对方。

我满脸狐疑。想了想才说："我看Laura成为兔子的可能性大。"

许松鼠登时得意起来，笑眯眯地看着赛观音："恭喜你，家庭梦想要实现了。"

赛观音不服："凭什么啊？你是说我行为举止外观气质都不如Rebecca吗？就他那审美，我怎么就是兔子了？"

"行了行了。"我摆摆手，斟酌着字句，生怕一时失语把哪位姑奶奶给得罪了，"Laura看上去比较天真烂漫，没有Rebecca那么有气势。男人也会挑啊，挑容易得手的啊——不过这也是我的想当然，人家大屁股要越是艰险越向前呢？也难说，有人喜欢吃软柿子，也有人喜欢吃坚果。反正是个女人都危险，看会不会保护自己了。要既能给对方无限遐想，又要在关键时刻金蝉脱壳。等到对方把钱拍出来，还要有能力把暧昧的男女关系变成纯洁的革命友谊。"

许松鼠问："Peter，咱们这是在办文化公司呢吧？"

"当然是文化公司。"我坚定地说，"但这个世界上有太多的人把文化公司当桑拿房，我们的使命就是要让他们分清楚两者还是有区别的。说吧，那个黄灿灿的秘书都提什么要求了，是不是想要另一只兔子？"

许松鼠道："他倒没想在我们这洗桑拿，他把咱们这儿当提款机了。人家开价了，回扣要25%。如果扎了一千万就要二百五十万，扎了三千万就要七百五十万，依此类推。"

我一听就跳了起来："他可真够黑的啊。知道作家写一长篇小说拿多少钱吗？知道知名编剧写一集剧本多少钱吗？知道群众演员风吹雨打任劳任怨一天挣多少钱吗？知道我们文化公司拼死拼活扎蛤蟆能挣多少钱吗？也超不过二三四五百万吧。他两颗大黄门牙一碰就要这么多？"

许松鼠翻翻眼睛说："这话您别跟我说啊，您要有胆子就跟那黄灿灿说去。这里面的道道，咱们谁不清楚啊？不过Peter，我也算了账了，就算给黄灿灿那么多钱，咱们也还有赚。在编剧身上卡点，在演员身上卡点，把剧组吃的盒饭从十块钱一盒改成三块钱一盒，就别住有空调的招待所了，直接睡通铺，弄两台电风扇一吹，我看这日子也能过下去。他那故事本身不就是写苦孩子的吗？也别电视剧拍成了再宣传，未雨绸缪，拍的时候就搞搞选秀闹闹绯闻打打群架，我看宣发也能省不少钱呢。再往后，卖的时候机灵点，自己再偷卖点盗版，估计还能挣不少。"

许松鼠举重若轻地一分析，我也觉得有道理。不过还是有点不甘心。我喝了口茶，定定神，说："我看这个事情，咱们可就得加大力度趁热打铁了。焦大屁股说不见兔子不撒鹰，我的理解还有一层意思，那就是咱们得让他见识见识公司的实力。光你们俩小姑娘去忽悠他已经不行了，咱们要分工协作，密切配合，把一切工作落到实处。"

我冲高大姐使个眼色，高大姐就拿过一个茶壶和一摞纸杯来。用茶壶和杯子说事儿，是我的工作特点，也是我小时候看《地道战》《地雷战》落下的毛病。高大姐知道我的作风，早就把东西准备好了。我把茶壶往桌子中间一摆："这是焦大屁股！"又把一烟灰缸放旁边："这是翻译官黄灿灿。"然后严肃地对大家说："今后，直接面对我们的是黄灿灿，焦大屁股会去忙他的生意，轻易不肯露面。问题都有两个方面，消极的一方面是，黄灿灿不能做主拍胸脯，和他说什么都是废话；积极的一方面是，焦大屁股万万没有想到黄灿灿可能会为了钱把他给卖了。我们有什么话，可以跟他直说。"

大家不住地点头，觉得我这个老大分析得有道理。

我继续说："现在，我们就要分成两个战斗小组，第一组是突击队，由我和Rebecca组成。"我把两个纸杯放在烟灰缸旁边，"任务是正面进攻黄灿灿，尽量压低他的回扣，提高他老板的投资额度，让他们尽快吐句实话，到底想投多少钱给个准谱。Rebecca，我们要尽量多地和黄灿灿见面，逗他说话，给他录音——就是打电话也得录音,以防这小子滑头跑了。他要是把咱惹急了,咱好歹也得有点把柄啊。恩威并施,让他明白只有一条活路,他只能死心塌地地跟着咱们干!这种吃里爬外的家伙都是软骨头。"

许松鼠崇拜地看着我说:"老大,你这招数都是从哪儿学的啊?"

"这都是小儿科。《英雄本色》看过吗?《教父》看过吗?你们年轻人有时间多看看这类有教育意义的影片,别老整天风花雪月看言情宫斗雷剧,看什么《爱情公寓》,谈恋爱也需要毅力、智慧和勇气知道吗?不能光靠颜值。所以说,真正的文化,是能推进社会进步经济发展的。"

我正意犹未尽地发挥着,赛观音在一边不高兴了:"Peter,干吗把我从突击队里摘出来啊?我也是冲锋陷阵的好手,难道我工作得不好吗?你不能不用我!"

我笑了起来,说:"Laura 啊,我不是不用你,是要把好钢用在刀刃上。"我拿起了代表赛观音的纸杯远远地放在角落里,"你都快被焦大屁股赶成兔子了,再让你直接和敌人正面交火太危险,我总不能为了钱搭上员工的贞洁吧?所以这个时候,你就得避其锋芒。我派给你一个重要的任务,这个任务谁都干不了。你还记得那个唱《我是一个筐什么都能装》的网红歌星吗?他们那消息树公司是个江湖骗子,这位姑娘本来早应该大红大紫了,可现在愣是被憋在垃圾箱上。你去把这个小星星给找到,告诉她我们有部剧可能用得着她,如果可能的话还要用她的歌当主题曲呢。对,就围绕着这个歌写剧本,让她连唱带演,她粉丝有几百万吧?自带粉丝,不红也难。这戏肯定是各个地方台抢着播的,地方台不抢视频网站也抢，除了粉丝之外，我们还能买点击，予以加持，对她的成长有着极大的催熟作用！反正，话你自己会想，看着说吧。你要把她时刻拢在身边，随时听候组织的召唤，还要让她大公无私不计报酬。这能做到吗？"

赛观音激动得脸都红了。她铿锵玫瑰一般表态："这个我擅长，坚决完成任务！"

"剩下的就是你了，Simon。"我拿起了最后一个杯子，转向小手枪，"写手找到了吗？大IP？"

"找到了找到了。"小手枪兴高采烈地说，"网名叫'谁比谁更傻'，正牌00后，是各文学网站的红人，随便写点什么点击率都几千万，回复率巨高，六岁就曾创下一个帖子十二小时零六分钟被灌废的纪录，粉丝遍布五洲四海，上到风烛残年的老太太，下到刚会回帖的小朋友，都把他当偶像呢。有一次他发了张照片在'黄大仙社区'，就露了后半扇，十五分钟后服务器就瘫了。"

"人才啊人才。"我叹了口气道，"你赶紧和人家见一面，一定要把他牢牢地控制住，必要的话赶紧和他签个什么合同，别让别人瞎起哄把人抢走！还有，这样的人长相很重要，你要看仔细，千万别是只青蛙。"

小手枪不解地问："我怎么没想明白这和剧有什么关系啊？"

"呵呵，焦大屁股不是要见兔子吗？到时候我把编剧和演员都给他带去，我要让他看看，我们的兔子实力有多么雄厚！"我把杯子塞到小手枪手里，总算松了口气。

许松鼠有点不打底地问："就这俩人，镇得住台面吗？更何况，焦大屁股的意思是写他自己的经历，把自己当IP呢。"

"我有把握。"我笑道，"咱们把黄晓明赵薇叫他面前来值当吗?那得费多大劲啊?凑合是个人就得了。焦大屁股在爪哇待那么长时间,他对国内突飞猛进的文化事业一点都不了解,咱们说谁是腕儿谁就是腕儿。再说了,他也就是肚皮舞娘的审美情趣,怕什么?实在不行,还有黄灿灿给咱们托着底呢。他不信我们总得信黄灿灿吧?黄灿灿一垫话,我倒觉得 IP 不 IP 的不重要了。"

赛观音在旁边酸酸地说:"行啊,Peter,他就肚皮舞娘的情趣,你就把我给当兔子了。我在你眼里就这么不济吗?"

我赶紧找补:"他眼光不行,经常把美玉当石头。我是怕他糟蹋你啊。"

高大姐赶紧说:"还有我呢,干吗没我的事儿啊?"

看看,我的员工工作欲望就是这么强烈。我握着高大姐的手说:"打鬼子的办法有很多种,在后方生产也是抗战。高大姐,从今天起,您要保证大家的后勤工作,保证大家吃好喝好,大铁柜订房的事就交给您了,千万别让同志们中午排队。您就是我们的总预备队。没有预备队的计划,不是天衣无缝、滴水不漏的计划。您好好想想,决定战争胜负的是什么?决定历史进程的又是什么?就是预备队啊。当年英国将军威灵顿,就是靠着最后一支预备队,给了拿破仑致命的一击!"

第三章　温泉水滑洗凝脂

　　我把我自己和许松鼠小姐分配到突击队里是有理由的。明里的理由是，我们两个人都是特别能战斗的人；暗里的理由是，我想近距离观察一下许松鼠小姐。

　　我对许松鼠小姐感兴趣，那还得从我的朋友紫菜卷说起。我和紫菜卷是中学同学，小时候在班里，我们没少干把女生辫子钉在桌子上、往女生脖领子里放毛毛虫的事儿。这样的事情干多了，我们自己也分不清楚哪件是谁干的，当然，我们班的女生也分不清楚，她们总是把我俩看成一丘之貉，有时候该记恨紫菜卷的，全记恨到我头上来。直到现在，我们班女生聚在一起，还经常对我俩咬牙切齿。据说有几个在澳大利亚的、巴西的、冰岛的、赤道几内亚的女生，还经常在推特上回忆被我们两人虐待的悲惨情景。青春期时的遭遇会让人铭记一辈子——我们班的文艺委员、最漂亮的女生现在成了非洲某国一个军阀的压寨夫人，据说左右双手开枪，百发百中。她学枪的时候，就是把赵大春和紫菜卷当成假想敌的,所以学得又快又好,当地人称"双枪销魂女罗刹"。

话题不往远扯,单说我和紫菜卷。我们上大学后就分道扬镳了,他学画画搞艺术去了,而我呢,学起了商业管理,想发财。在毕业以后的漫长岁月里,我曾经风光无限,虽然不能说富可敌国,小康是有的。置了房子买了地,娶下美丽女青年一名。紫菜卷混得比较惨,老背着他那两张破画在大使馆区打游击,一路叫卖还容易被城管抓,过着饥一顿饱一顿的日子。那个时候我经常接济紫菜卷,有点闲钱了就叫秘书买两箱方便面、一箱二锅头给他送去。

俗话说,风水轮流转。就在我的事业蒸蒸日上的时候,天降横祸,我的大部分资金,被股票套得牢牢的,然后银行贷款到期,就开始周转不灵。树倒猢狲散,家产败光,老婆离婚,我从一个出入高尔夫俱乐部的体面人,变成了一文不名、流落街头的无业人员。而紫菜卷呢?却突然发迹,成了著名画家,婚也结了,闺女也生了,房也买了,整天把自己打扮得跟达利似的。就这样,我们的阶级地位莫名其妙地发生了逆转。现在,每次我和紫菜卷吃饭,都得他埋单。

有一天我去他住的郊外小区蒲公英花园喝小酒,紫菜卷请我吃他们那儿的特产、旁边鸟尾巴村饭馆老雷家里的大肉夹饼。我们说着说着,就说到未来的发展,规划起宏伟蓝图来。人一有成就,就莫名其妙地乐观,紫菜卷一口咬定这是最好的时代,动不动就用煽动性的语言描述以后的好日子。在美术学院上学的时候,他就没少用这一手煽动抱有艺术理想的女学生。那天我跟紫菜卷说,我的文化公司已经初具规模,打天下差点意思,但扎上几年蛤蟆,弄个老婆孩子热炕头还有点把握。紫菜卷一听就两眼放光,说:"那我给你发过去一特别能干的女青年去当帮手吧?有了她,你肯定如虎添翼。"

我就没把他的话当真。我说:"有这样的女青年你怎么不自己留着,还往我这儿发?"

紫菜卷笑着说:"这女青年是我邻居。我老婆看我紧你还不知道?适龄异性一接近我到三百米以内,她的鼻子就能嗅到。当然啦,我也是个自觉的人,我老婆的嗅觉就是没那么灵敏,我也不会乱说乱动的。人总得有点社会责任感吧?咱们已经过了荤冷不忌的年龄了。总之,我觉得把她发给你,于你、于她,都有莫大的好处。"

紫菜卷解释得含含糊糊,更加重了我的怀疑。虽说我以前给过他滴水之恩,他现在应该涌泉相报,但我也没有头脑热得把他当活雷锋。我打着哈哈,不置可否。

"这姑娘没坏心眼。"紫菜卷继续跟我推销着,"身子骨还挺结实,看上去能生养。对事业可是绝对忠诚,不是被逼无奈绝对不会跳槽的。长得也还不错,让她去当博览会的花瓶肯定不行,但开个企业年会研讨会什么的,肯定能拿上台面。你不如跟她见见面。"

"我是说见就能见的人吗?"我继续拿搪,"人都有两面,你得跟我说说她的缺点。"

"缺点啊?"紫菜卷挠挠头,"人无完人,这姑娘没什么大毛病,就是没事就把自己想象成资本家的孩子。不是好吃懒做,而是穷讲究,喜欢弄点茶道,烧个咖啡,听听音乐,看看先锋电影。不过也得看怎么理解——要是搁在真正的劳动人民那堆里,就太扎眼了,不和谐。可要是搁你们那文化公司里,不正好是如鱼得水、相得益彰吗？追根溯源，她的那些小心肠，还真是你们这些对时尚一知半解、没情调愣装艺术婊的文化公司给培养出来的。现在她去你那儿，也算是认祖归宗，以其人之道还治其人之身了。"

紫菜卷好像要把一个旷世才女送到我身边，我还得感激他信得过我。怎么我帮他的姑娘解决就业问题，还得念他的情啊？

紫菜卷又说："要说真正的缺点，这姑娘有时候一根筋，认准了什么事情，八匹马也拉不回头！"

"还是的呀。"我终于找到了台阶，"没毛病的人你也不会往我这发啊。"

紫菜卷只好服软："行行，算你帮我一把还不成吗？在人生曲折的道路上，老赵你还真没少帮我，你就再多帮这一次吧。"

我点头："好吧，谁叫咱是发小呢。"

紫菜卷松了口气，赶紧趁热打铁："这个姑娘发给你，有三大好处：一、她可以帮你的公司活跃气氛，让你的公司员工在轻松自如的环境里工作，充满朝气；二、你要是觉得她还不错可以收入私房，金屋藏娇；三、你要是觉得她不适合做老婆，就把她当劳动模范往狠了使。她尝过失业的苦头，特知道珍惜来之不易的一切。"

紫菜卷妄图拿利益美色诱惑我，要给自己找回点面子。我说："得了，这事儿咱也不说谁欠谁的情，双赢行吗？"

就这么着，许松鼠小姐来到了我们公司，成了 Rebecca。不过她一直不知道我和紫菜卷有着幕后的议论。她根本就不知道我和紫菜卷的交情有多深。紫菜卷只是跟她说："我朋友的朋友的朋友的外甥办了个文化公司需要人，你不如去试试。"得，他还比我大一辈儿呢。

许松鼠到了我们公司后，果然如愿以偿展现了她敏锐的洞察力和干脆的办事风格。尤其是和黄灿灿的交锋，多脆落，就得这么办事儿，不跟他们瞎磨叽。

可是，对人才的发掘和培养是一件长期的工作。我可不能就凭这么两件鸡毛蒜皮的事情就信任紫菜卷肉麻的吹嘘。把她放到突击队里，就是要看看，许小姐到底有几斤几两，到底是只没长大的天鹅，还仅仅是长得俊了点的鸭子。

再约黄灿灿，就得我请客了，地方也不能在城里的饭馆，得去度假村过个周末。周末焦大屁股管不着黄灿灿，可以尽着心意说话。

我就让许松鼠给黄灿灿打电话约他。许松鼠嗲声嗲气地冲话筒说："喂，黄先生，我们赵总想约您周末去休息一下，啊，泡温泉啊，对对，什么？当然是各有各的泡法。哦，那我问问啊。"

许松鼠捂着话筒，面露难色看着我。我问："又怎么了？"

"他问是带着老婆泡，还是不带着老婆泡。"

"我们是文化公司！"我坚定不移地回答道，"丫不带老婆，还得我给他打野鸡去啊？丫把自己当什么人了。"

许松鼠点点头，冲着话筒说出的话差点没把我鼻子气歪了："赵总说都行，随您愿意。"

按照许松鼠的分析，如果黄灿灿不带老婆，那就是憋着找小姐，好色，不仅好色而且能占多大便宜就想占多大便宜。这样的主，不是自我感觉太好不分大小好歹，就是根本没把对方当合作者，什么事儿都别谈了，不可信。他要是带老婆了，那事情还算好办,说明他只爱钱不爱女色。目的单纯点,事情也就简单。

我心说现在的未婚女青年怎么什么都懂。行,你就自作主张吧。

许松鼠关掉电话上的录音键,坐在那里发呆。她想了半天说:"黄灿灿这小子老奸巨猾,怎么他就不说我想让他说的话呢?"

度假村是许松鼠找的。我这几年落魄江湖,根本就没心思在外面游逛,所以对旅游业的巨变根本不了解,不知道哪儿好玩哪儿不好玩。许松鼠可没闲着,她坐在家中居然还能认识一个开度假村的老板。要说认识也不意外,这老板就是她住的小区的开发商刘大鼻子。据许小姐自己沾沾自喜的介绍,刘大鼻子家有仙妻,可还曾经对许松鼠想入非非。无奈许小姐防范得针扎水泼刀劈斧砍均不奏效,这刘大鼻子没了辙,只好跟她说:"得了,我对你也没什么招了,以后你有什么情人朋友亲属团之类的,就尽管往我这里带吧。就当我没逮着凤凰,种棵梧桐树总行了吧。"

许小姐说:"就您那泡澡池子,还招凤凰呢?我看你那里泡澡的可全是中年以上女性,都在那儿琢磨着拿温泉水治疗停经脚气不孕不育呢。"

"随便你怎么说,你觉得我这儿是什么就是什么。"刘大鼻子彻底没了兴致,"想来就给我打个电话,我好给你们安排安排。"

就这样,许松鼠把我和黄灿灿带到了大峪子山庄刘大鼻子的老巢。还别说这刘大鼻子挺重视我们,亲自等在那儿迎接,安排我们入住,布置吃喝玩乐所有事宜。许松鼠把我拉到刘大鼻子面前,说:"刘总,赵总你见过吗?没见过你总听说过吧?"

刘大鼻子看着我,茫然地摇摇头。

"你可真够老土的。"许松鼠做出很不屑的表情,"那你听说过赵薇吗?"

"小燕子?"刘大鼻子的脸上顿时浮现出欢快俏皮的表情,"当然听说过啦。怎么了?赵总和赵薇是亲戚吗?"

"亲戚多庸俗啊。"许松鼠翻了翻白眼,"赵总以前就当过赵薇同班同学弟弟的三姑的经纪人。叫什么来着,赵总?"许松鼠没词儿了,一个劲地冲我眨眼睛。

我心里那个气啊,这是对待老大的态度吗?不仅不为老大排忧解难,还净给我出难题。不过我脸上倒是浮现出笑容来,握着刘大鼻子的手说:"您别净听她瞎忽悠。"

刘大鼻子显然是来了兴致,他开始猜:"赵丽蓉?还是赵丽颖啊?谁是谁的三姑啊?"

许松鼠一拍脑门好像想起来了。她说:"我知道了,叫李丽珍!"

紫菜卷跟我说过,以前网上视频不发达那阵,许小姐经常到他们家借盗版光盘看,可我还是没想到,李丽珍的盘他也给许小姐。我心里那个气啊,我怎么成了她的经纪人了?我的外包装一向是道学的、儒雅的、智慧的、德高望重的啊,今天非让许小姐把我给毁了不可。

刘大鼻子马上现出恍然大悟的神情,呵呵大笑道:"哎呀,有名有名。那可是著名的实力派演员呢。她演的那个《红楼梦》我女儿最爱看了。"

我和许松鼠差点没笑场。看来刘大鼻子不仅对演艺圈没什么研究,对古典名著也没什么研究,什么都能给记混了。再加上许小姐云山雾罩,想不出糗都难。我回头看了一眼站在身后的黄灿灿，看见他使劲咬着嘴唇，假装东张西望，脸憋得像块红布似的。

　　黄灿灿还算仗义，是带着老婆来的。他老婆和他完全属于两个色系，一身青绿，仿佛是刚刚破土而出的豌豆尖。两个人进了客房就没了动静。本来安排他们去打保龄球的，可他们居然无声无息了。打电话过去问，黄灿灿说："我们想先休息休息，你们玩着。"

　　我只好和许松鼠一起来到保龄球馆。老实说，我的球技很差，扔保龄球如同卸车皮，还是野蛮装卸，那球滚不出一米准掉沟里。许松鼠在一旁冷冷地看着我："照你这么打两局，附近的下水道就全得堵了。"

　　我跟许松鼠说："有你这么跟老板说话的吗？寸有所长，尺有所短。你打得好你怎么不去参加巡回赛啊？"

　　许松鼠就不言声了，心里肯定是一百个不服气。我看着她打球，站在她身后说："你怎么想起她了？我原来以为你是一挺纯情的孩子。"

　　"我想起她并不能说明我不纯情。"许松鼠气喘吁吁地说，"这只能说明我知识丰富。刘大鼻子是什么都不知道，可他骨子里的坏水比你可多多了。"

　　许小姐净顾着说话，自己也把球扔到了沟里。照这么下去，刘大鼻子的温泉山庄，非叫我们给堵得洪水泛滥不可。

　　悠闲的时光总是那么短暂，二十多分钟里，许松鼠小姐的手机就不停地响，显得她特别忙，我在旁边看着都替她累。这姑娘还挺尊敬领导，接一个电话，就跟我汇报一下，什么马尾辫要给儿子找幼儿园，艾茉莉在准备结婚什么的。她说的这些人和事儿我都不太清楚。我就问她："这些人都是你的死党吗？"

许松鼠白了我一眼，说："他们都是我的下级。你雇佣的不是一个员工，而是一支队伍。你还没看出来吗？这支队伍的指挥员，就是我。"

我还真没看出来。就问许松鼠是哪部分的，凭什么自己的山头占得好好的，偏要到我这地面混饭吃？许松鼠就跟我讲鸟尾巴村和蒲公英花园的往事，当年她和女青年艾茉莉、马尾辫的老婆大美女等人，组成了蒲公英花园的美人团，许松鼠是团长，带着大伙与天斗与地斗与物业斗与刘大鼻子斗，结果大多数斗争都以失败告终，只有个别取得了胜利。"如今美人团的人个个都出息了，就我这一团长没出息，还得给您打工。那话怎么说来着？从来都是有一技之长的人冲锋陷阵，没本事的人才当领导。你说是不是这个理儿？水泊梁山一百〇八将，最差劲的也会刻个印，要不模仿一下别人的笔迹，就宋江不行，啥都不会，所以只好当一把手。我以后得改改这个毛病,到你这儿来,权当下基层锻炼吧。"

许小姐的意思是美人团里就数她没本事，可说到兴起处，完全没顾及站在她对面的正是一位一把手。我冷笑一声道："你是说，我是一个四体不勤五谷不分的人吗？"

许松鼠察觉失言，赶紧找补："我没说您，您就是打保龄球差点意思，别的方面都比我强。也有很多一把手活干得漂亮啊。比如有个叫宋徽宗的，那画就画得好。要是让他来做文化公司，估计一眨巴眼睛就发财了。那可是当年的先锋艺术家，居然当了皇帝，你瞧瞧人家国家那艺术气氛。"

许松鼠绵里藏针拿话噎人。宋徽宗我还是知道的，光顾着画画谈恋爱，最后让人给俘虏了，亡国之君。

这边正唠着磕儿，我的手机也响了。是黄灿灿找我。

道高一尺、魔高一丈，这话没错。黄灿灿这小子把我们打发来玩保龄球，他自己却带着老婆直接去泡温泉。现在两个人正在池子里舒坦呢。他打电话过来，就是让我们也过去。做买卖最重要的是什么？就是不按照对方的牌理出牌，一切都有自己的一套，千万不能贪图享受全听对方的安排。可别小看这个举动，黄灿灿这么做可是有深意的。大家穿着泳装泡在温泉中，许松鼠小姐的微型录音笔就没地方放了，那录音笔再小，也总不能掖在她那艳丽无比的比基尼里吧？那还不成了人妖！

黄灿灿狡猾狡猾的，这回我可领教了。

温泉是一个不大的池塘，砌得蜿蜒曲折，用太湖石堆成了好几个区域，实际上就和单间一样。隔着一块石头，闻其声而不能见其人。还有一些石头，刚刚好露出水面，像天然长在水中的桌子，上面可以放下盛着茶壶茶杯的托盘，这也是有意设计的。人在水中，温润环抱，一会就满头冒汗。别看现在天还有点凉，泡上五分钟，人就能光着膀子满街跑，一点都不会觉着冷。所以我和许松鼠还离那个池子五百米呢，就能看见满院子穿着泳装嬉笑打闹的人群。

我们换好衣服，在池子边上张望半天，黄灿灿才从一块大石头后面探出头来，冲我们招着手："这儿呢这儿呢。"这石头上写着四个歪歪斜斜的大字："上善若水。"许松鼠介绍说这是刘大鼻子手书。这刘大鼻子和黄灿灿可都还挺看得起自己的。

我们蹚水到了黄灿灿和他老婆身边，黄灿灿正滋滋润润地喝着冰镇啤酒,他老婆拿着一瓶牛郎星儿童成长牛奶喂呢。这女人是真喜欢绿色,又弄了件碧绿的泳装在身上。许松鼠眼尖,还没走到身边呢就大呼小叫:"哎哟黄太太,您这么打扮可真漂亮,就像那出水芙蓉一样,快给我讲讲您是怎么保养皮肤的。"这先声夺人的一句话,把个豌豆尖说得眉开眼笑,赶紧谦虚:"哪儿啊,我结婚刚三年身材就走型得厉害,现在都不怎么敢穿泳装了啊。还是许小姐漂亮,身段一等一的,让人羡慕。"豌豆尖这么一谦虚,许松鼠反而没词儿了。赞扬本来就是言不由衷的,表达的是塑料友情,要往下续又不显得肉麻,还真有点难度。

许松鼠和豌豆尖打岔,这边黄灿灿就递给我一罐啤酒,好像这大石头后面,就是他们家客厅,典型的反客为主手法。我不和他争一时短长,拿过来就喝。黄灿灿在一旁开了腔:"咱们先把正事儿说了吧。我探过底了,我们焦总是个老实人(他还真好意思说出口),这次是真想拍这个电视剧。可有一条,他虽然不懂行可朋友却不少,你不能狮子大张口,他到圈里一打听就全穿帮,咱什么都干不成。"

我就烦这帮款,明明自己什么都不懂,非要装得随手能招来一大堆专家,真有这本事,为什么不事先打听好了再来忽悠啊?我没搭茬,脸上却显出不屑来。

"你的底线是多少?说个价吧。咱也别拍八十集,瞎耗什么工夫啊,四十集让焦总舒服舒服得了。"黄灿灿想先让我亮底牌。

我"哼"了一声说:"多少钱我根本无所谓。黄先生你知道不知道,这电视剧三五十万一集也不是不能拍,可你拍什么啊?

人总得有点追求,你不向《唐顿庄园》《纸牌屋》看齐,也得向《深夜食堂》《孤芳不自赏》看齐吧?人家大老美一集就敢造出去一个亿的美元,我想那么干,焦总也得有那个实力啊。"

黄灿灿一看我混不吝的样子,嘴里还蹦出了外国剧名,赶紧嘿嘿地笑了起来:"那是那是。焦总不是没有这个钱,可拍剧毕竟是锦上添花的事情。主要的资金还是要投入到建设中去的。"

我说:"那不就得了!您有什么话就快说呗,别逗我了,咱们这不是还得泡澡呢吗?"

黄灿灿犹豫了一下,说:"这么着吧,我估计焦总打算出个两千万。这价钱不高也不低,我也觉得正合适,怎么样?"

"紧张!"我皱着眉头想,真是一只巨大的铁公鸡,两千万打发叫花子呢?

"多少钱不紧张啊?钱永远是紧张的。"黄灿灿教育我。

"行,黄总,那咱们就算交个朋友,以后合作的机会有的是。"我举起啤酒要和他干杯。

"别啊。我是正经问你多少钱不紧张。"黄灿灿怕自己的回扣飞了,赶紧往回找补。

"八千万!"我说,"这里面除了拍戏的钱,还有宣传推广、开会出差、打点电视台艺术总监部门主任的钱呢。买水军还没算进去。你以为啊?"我故意不说回扣的事情,让他着急。

"还有我的回扣。"黄灿灿仗着泡在池子里,直接开了口。

"多少?"我斜着眼睛,面含微笑,眼神和表情根本就不配套,弄得黄灿灿有点毛。

"许小姐没告诉过您吗?"黄灿灿拿着酒瓶的左手伸出两个

手指,另一只手五根指头全伸出来了。

"一千万!"我咬了咬牙。

黄灿灿哈哈大笑起来,他开心地说:"赵总还真幽默,真是做文化事业的人。"

第四章 小手枪请来一位爷

和黄灿灿的谈判几经周折。最后他建议，让我们提出一个六千万元的方案，然后他当着焦大屁股的面，把价格给砍到五千万，他要拿一千万的回扣。这样，他既为焦大屁股节省了一千万的资金，显得自己胳膊肘没朝外拐，能力还超强，又为自己挣了一大笔钱。本来他是想最少要一千五百万的，想就此就把未来自己出国旅行儿子吃奶粉上学娶媳妇的钱都给挣出来，结果我一瞪眼睛问他："我让人背着一千五百万现金到您府上，您敢收吗？"他一时拿不准我的话是什么意思，想想自己也真的没收过这么多贿赂，万一把谁得罪了，指不定是黑道白道卸自己的胳膊呢，就没敢再坚持。

这钱还没影呢，我就先花了一千万，还得找发票走账跟工商税务银行打马虎眼，心里特别不舒服。特别是，我的期望值是至少拿到八千万。怎么黑也是黑，这次多黑一点，今后就少黑一次，一次黑到了位，那是为以后多积德创造条件。从这点来说，我和黄灿灿还真是一路人。所以看到黄灿灿退步，我就打算乘胜追击，进一步扩大战果，向八千万的小目标再进一步。

我想这温泉池子里的水怎么也有个四十度吧，咱不谈完就不出去，在里面慢慢地煮着，看最后谁耗得过谁。谈判，到了最后不就是耗体力吗？可没想到最后先崩溃的居然是我。

黄灿灿这小子估计有几个月没洗澡了，他一边和我说话一边伸手在身上搓泥。那只毛茸茸金灿灿的手忽而上忽而下，弄得我眼花缭乱，没多大工夫他周围的水就变浑了，水面上漂着油花儿。我一个劲地往后退，退到最后就要听不清楚他说什么了。于是我心一横，想：少赚几千万就少赚几千万吧，要不我非得吐在刘大鼻子的"上善若水"题词下面。

就这样，我和黄灿灿总算达成了秘而不宣的君子协议。再看那边的许松鼠，已经烦躁得一会在水面的石头上坐着，一会下到水里，里里外外穷折腾，好似一头漂亮的女水獭。

在去餐厅吃饭的路上，我就批评许松鼠来着："你看你，这么大个人了一点耐性都没有，刚才在水池子里，你那是干吗呢？"

许松鼠说："刚才看见您正处在攻坚阶段，怕扰乱您的心神，没敢跟您说，Laura来电话，Simon那边出事了。"

我心里"咯噔"一下："他一男的，出什么事啊？"

许松鼠道："男的怎么不能出事？时代不同了，男女都一样。"

要说小手枪出事，那也是他太大意，不能怪这孩子，刚接触社会没多久，哪有什么经验哪，都是凭着一腔热血在做事。可问题就出现在这个一腔热血上了。小手枪在网上给那个"谁比谁更傻"发了私信，说自己是文化公司的，看了他的东西觉得很不错，出书拍电视剧都合适。对方一听就来了神，回复说："行，那给多少钱啊？有宣传吗？"

小手枪心想现在网络写手也更新换代了啊，懂讨价还价了。就跟他说："我们钱不多，大家都是干事儿的，钱嘛，是第二位的。要是能出书，就按稿费结算，要是能拍戏，就买个改编权。不管干什么，钱都不可能太多，顶多四五千吧（小手枪也够黑的）。不过能不能用，还得继续谈，毕竟你的东西不是很成熟，得改。"

对方说："那你跟我的经纪人谈吧。"瞧这谱儿摆的。

小手枪此时犯下了一个巨大的错误，那就是把自己公司的地址电话全都告诉了对方。他没想到，这一说，就招来了一牛皮糖一样的家伙。

和"谁比谁更傻"联系上的第三天，也就是今天早上，小手枪去上班，就发现门口地上坐着一特糙的大老爷们儿，满脸络腮胡子，几乎就看不见五官。小手枪走过去的时候恍惚了一下，以为自己又下错电梯了，看看门牌，没错啊。

小手枪硬着头皮走过去，问："你找哪位啊？"

大胡子抬眼皮看了小手枪一眼，说："我就找你！"

小手枪当即往后退了一步，心里转了八百多个弯，想自己刚出道，好像没什么仇家，就是上高二的时候从隔壁班的王小二手里撬过一低年级女生，是不是那女生的相好来寻仇了？不对啊，王小二直到高中毕业都没长出过胡子啊，不可能。

小手枪这儿正琢磨着，大胡子突然就跳了起来，两眼闪烁着奇异的光芒，接着"咕咚"一声就跪在了小手枪面前，双手抱着他的腿，号啕大哭起来："大哥，你可得为我做主啊。我知道了你的电话,连口水都没喝就从家出来了,坐了三天三夜的长途车,我可算找到你啦。"

大胡子死命地拉着小手枪的裤子,还把脸往他裤子上蹭,一把鼻涕一把泪,小手枪的裤腿立刻就湿透了。小手枪赶紧把他扶起来:"您到底是哪位啊?咱有话慢慢说行吗?"

大胡子止住抽噎,说了一句让小手枪差点没晕过去的话:"我就是'谁比谁更傻'!"

就在小手枪茫然不知所措的时候,高大姐来了。还是高大姐有人生经验,说:"有什么事情进屋说去吧,在这哭哭啼啼的,一会儿再把保安给招来,多影响公司形象。"

高大姐慈眉善目,又戴着金丝边眼镜,大胡子一看就有了底。他立刻止住了哭声,站起来说:"这位大姐说得对,来来,咱进屋。"

小手枪就这么恍恍惚惚地被大胡子拉进了屋里。大胡子把他按在座位上,自己拉了把转椅坐在他对面,说:"咱们说正事吧,我等这一天都等了快四十年啦。"

高大姐想救小手枪,打算先打岔扰乱一下大胡子的思路。她用刚学会的英语(长学问了)问大胡子:"Want coffee?"

大胡子立刻扭过头来,冲高大姐挤出一个夸张的迷人微笑:"Yes,baby。"

就这么电光火石的一瞬间,小手枪反应过来自己的脑子为什么短路了。他看着如饥似渴地喝着咖啡的大胡子,问:"'谁比谁更傻',你不是新世纪出生的吗?"

"是啊。"大胡子眼盯在咖啡上,回答说,"我的生理出生日是七十年代,可我的精神生日是新世纪啊。有一天,我突然发现我会写诗了。那是八十年代的第三个情人节,我印象特深刻。那一天,我的情人像云一样从我身边飘走了,我突然诗兴大发,从那以后一发不可收拾。于是,每一年,我的情人都会准时像云彩一样飘来荡去。"说着,他就弯腰从大书包里往外掏东西,"您要不要看看,我带着诗歌本呢。"

小手枪没算过账来:"等等。您七十年代生理出生,八十年代第三年就有情人了,是吗?"

大胡子说出的话更加振聋发聩:"这没什么奇怪的。我的第一个情人是我妈,我这人恋母。可那年她和我爸离婚了,出国了。每年,她都回来看我。"

这句话出口的时候,正好赛观音走进办公室,一听这话转身就对高大姐说:"我就是来报个到打个卡,我今天约了唱片公司的人谈事儿了。"

小手枪苦着脸又问:"那您发在网上那张后脊梁的照片,是您自己的吗?"

"是啊。"大胡子说,"这怎么能造假呢?我这人从来都是诚实的。您一定在奇怪为什么我长得这么粗糙的一人会有那么一美丽的后背吧?告诉您吧,我那个后背,是把我和我老婆的后背用电脑给 PS 了,两头是我的,中间是我老婆的。虽说我把两头发表的时候给裁了,怕吓着大伙,但这也不算什么啊。老婆和丈夫,不分彼此啊。"

小手枪说:"可我还是没明白新世纪您受到什么外力作用,又来了个精神生日。"

大胡子耐心地解释着:"新世纪,我认识我老婆了啊,相识,相知,相恋。"

小手枪没话了。沉默了一会,看大胡子的咖啡要喝完,小手枪没话找话地加了一句:"您夫人是做什么工作的啊?她就能由着您说来就来了?"

"要说我老婆你也熟悉。"大胡子笑道,"说出来能吓破小男人的色胆。她就是大名鼎鼎的安妮·海瑟薇。"

小手枪吐吐舌头,他这辈子都不想再问大胡子问题了。大胡子补充道:"我们不是生理上的夫妻,而是精神上的夫妻啊。我刚进了第二个青春期,就把她当我老婆了。"

许松鼠眉飞色舞地向我汇报着,完全没看见我的脸色变得阴沉、难看。许松鼠说:"大胡子喝完咖啡就说自己三天没吃饭,逼得 Simon 在楼下官府菜请他吃了一顿,半个月工资就没了。到了现在,大胡子还在咱办公室里呢,他说他没钱住宿,打算在咱们办公室里住到连续剧拍完剧组解散。Laura 还把高大姐的提醒转告给了我,说那个大胡子一进办公室就对着您那张全副武装的照片赞不绝口,说特像他精神上的儿子。"

"他们还说什么了?"我问。

许松鼠嗫嚅着说:"Simon 让我问问您请客的钱能不能报销。"

"报销个屁!"我说,"叫他找个作家,他给我招来这么一位爷。我看,咱们公司也别开了,散伙退房吧。"

半夜三更,我和许松鼠匆匆忙忙往公司赶,路上一恍惚,差点撞上马路当间一大石头。也不知道谁这么无聊,好好的马路,摆了一溜石头墩子分隔左右道,郊区黑灯瞎火的,这不是成心让我们挂彩吗?

刚才我陪着黄灿灿喝了两杯,本来有点晕,让大石头一晃,出了一身冷汗,反而精神了。许松鼠在副驾座上,用安全带把自己捆得结结实实的,还问我:"你知道《还珠格格》里的香妃是怎么从汽车里摔出去的吗?那死得叫一个惨。"我"哼"了一声,说:"行了,你把自己绑得像要投江的粽子,摔不死。就算摔出去,也没人家香妃好看。"

我们回到公司的时候已经过了午夜,一进门,差点没把我鼻子气歪。诸位敬业的员工还都没走呢,点灯耗油,愁眉苦脸,坐在那儿发呆。小手枪哭丧着个脸,面朝墙壁,反省着自己的错误;赛观音坐在电脑前面打泡泡龙,脸上被显示屏映得一阵红一阵绿。要说实诚的还是高大姐,正在给大家分夜宵,又是豆浆担仔面,一看就是赛观音的主意。

我闻了闻味儿,呵呵笑道:"伙食不错啊。"高大姐一看我回来了,赶紧招呼:"哎呀!Peter,来得正好,吃点东西吧。"

我阴沉着脸问:"你们干吗都不回家啊?那位爷爷在哪儿呢?"

小手枪一个激灵从座位上蹦起来,哆哆嗦嗦地跟我说:"都赖我,连累了大伙儿,您批评我吧。"

"现在不是追究责任的时候。"我摆摆手,"他在哪儿呢?"

赛观音头也不抬说:"在您老人家的工位上呢。"

大胡子真不是见外的人,他正四仰八叉地躺在我的真皮转椅里,把那双又臭又黑的大脚搁在了我的大班台上,睡得呼呼作响,仿佛是刚从夹皮沟开出的小火车。许松鼠从我身后一个箭步冲上去,抬手就给了他一个大耳勺:"起来!"

大胡子从美梦中突兀地惊醒:"谁呀谁呀?没看见艺术家在这儿休息呢?耽误了创作你们负得起责任吗?"

他看见了我和许松鼠,翻翻眼睛问:"你们哪儿的呀?怎么大半夜的往人家公司里闯!"

小手枪在我身后说:"还不赶紧起来。这是我们赵总!"

大胡子"哎哟"一声,从座位上蹦了起来,走到桌子前面,"咕咚"一声又跪下了,纳头便拜:"兄弟有眼不识泰山,赵总请受小的一拜。"

他这么一来,我一肚子的火反而发不出来了,只好走到我的座位上,一屁股坐下,心里那叫一个不舒服。大胡子转脸对我说:"赵总,是小手枪兄弟介绍我来的,我千里迢迢,就是来投奔您的。俗话说,良禽择木而栖,良臣择主而事。士为知己者死,我从今以后,为了赵总您,肝脑涂地,在所不辞。"

大胡子词儿还挺多。我就问他:"看来你还挺看得起你自己啊。我问你,你有什么本事叫我收留你?你知道在这儿混口饭吃有多难吗?"

大胡子一听我没有赶他出去的意思,心就放下一半了。他嘻嘻笑着说:"我在网上是少女熟女通吃的杀手,见一个杀一个,见一对灭一双。贵公司这三位女士,统统不是我的对手。当然,只限于在网上,一见面就不行了,人家望风而走。"

"我不是问你这个,我们又没开心理咨询热线。我是问你,你写作速度怎么样?都写了什么?有什么东西可以拿出来当见面礼啊?"

大胡子更来神了:"速度没问题。我一天不吃不喝两万字,您就是把一包卫生巾放我眼前当题材,我磕巴都不打就能写出十万字来。我是干什么的呀?至于我给您老人家带来的见面礼,您看。"他从桌子底下拿出他的包来,底朝天往我桌子上一倒,就听"哗啦"一声,足足有七八十个U盘。大胡子特自豪地说:"这全是,是我十年前写的,不包括网友回复,全都满满的。最近五年的,都储存在云里了。"

站在大胡子身后的诸位,傻了。

我不动声色,斜着眼看着大胡子,继续问:"你都拿什么家伙写啊?我怎么知道这些都是你写的?网上的事儿我还能当真吗?您那后背都是安妮·海瑟薇的,我又怎么能确定你真的就是'谁比谁更傻'?我又怎么能确定您那东西不是抄来的?到时候人家找我打官司要版权我又该怎么办?"

大胡子让我给问住了。他翻了翻他的小眼珠,突然间眼泪就噼里啪啦落了下来,真是说风就是雨啊。他用袖口抹了抹鼻涕,说:"真不怕您笑话,我打小就没有拥有过自己的电脑。从七岁起,我就开始去网吧,别的孩子都是打游戏看黄色网站,只有我是在读文学名著。为了去网吧,我偷我妈妈的钱,差点没被我妈把我的腿给打断。十三岁,我妈不知道为什么,突然对我说:'孩子,妈对不起你,这么长时间,就没让你过上好日子。'她给了我三百块钱,说今后由着我上网再也管不了我了。我哭啊哭啊,我妈终于知道我去网吧不是为了享受。那天是情人节啊,我妈出了门就没再回来过。于是,我就写了一首诗,歌颂我的母亲兼情人。"

大胡子颤颤巍巍地从怀里摸出厚厚的诗本来,往我面前搁。再看高大姐,也陪着掉起了眼泪。

大胡子接着诉说他的血泪史:"自古英雄多磨难,从来纨绔少伟男。我和我的爸爸,组成了一个单亲家庭双人组合,生活的重担过早地压在了我瘦弱的肩膀上。没办法,我只能一边上学一边打工一边上网,我比同年龄的孩子成熟多了。这么多文章,说起来您不信,那都是我在线写作啊。在线写作您知道吗?那就是没后路硬着头皮往上冲,每天不管多苦多累,心情有多不好,是和情人约会还是被抛弃,都得更新!一般人坚持不住,这也不是一般人干的活儿啊。就这样,生活给了我人生的经验,在线写作给了我韧劲儿,我才有了实力,我才敢到您面前瞎白话。仰天大笑出门去,我辈岂是蓬蒿人。您要是不信,借我电脑使使,我当场用密码进我的连载,我写给您看。用不了多大工夫,那是倚马可待。"

那几位被大胡子忽悠得不住地点头,看样子我要是不收留他,真是天理难容。

我严肃地对大胡子说:"行了,我现在也不考你,考你的机会有的是。一会儿天一亮,让Simon带你去买身新衣裳,把你那胡子给剃了,想受招安就得有受招安的模样,咱们这是官军,不是土匪。把你的身份证和家庭住址联系方法告诉高大姐,我们也得给你家长一个交代。这两天你先住办公室,过几天给你租间房。合租的,房租自付。我知道你妈给你那三百块钱你还没花呢。试用期三个月,每月工资够你吃饭住房子。但要是想娶媳妇,就得看你能写出什么来了。"

大胡子不停地点头,然后问:"能让那位女士陪我去买衣服吗?"他冲赛观音鼓了鼓下巴。

我凑到他身边一字一句地说:"你要还以为自己是艺术家就

立刻给我滚蛋!从现在起,你就是一工人,流水线上的一颗螺丝钉,懂吗?"

"Rebecca。"我把许松鼠叫过来,"你花半个小时把焦大屁股的故事给他讲讲,在星期一上班的时候我要看见四十集的故事大纲。"然后我转头:"Laura,给他找间房,能睡觉就行了,条件不用太好,反正他一天的绝大部分时间都在这儿过。"接着我就叫:"高大姐。"

高大姐已经把那个纸箱子搬到面前来了:"快抽个纸条吧,孩子,老板用你了。"

大胡子狐疑地看看箱子又看看我,伸手进去摸出一张纸来,展开。上面写着:Victor。

人靠衣装,佛靠金装,捯饬捯饬,焕然一新。大胡子把胡子一剃,也是齿白唇红的乖模样,再加上一身廉价西装一包裹,进我们那写字楼一点都不扎眼了。当白领并不难。

周一的早晨,小手枪把大胡子领进办公室的时候,赛观音就先"哎呦"一声,说:"行啊你,修剪得像个人了啊。"大胡子笑笑说:"我这是像人了,就是有点不像作家。"赛观音撇撇嘴:"你们小镇青年啊,在偏远山区就是闭塞。作家现在都不留胡子了知道吗?现在时兴这行头,美男作家,齿白唇红,没点色相谁理你呀。其实我看Peter对你也挺关心的,一来就给你置办行头,我们跟了他这么长的时间了,他可从来没说过给我们买过什么。"

我端着茶杯走到赛观音面前说:"你能和Victor比吗?他是脑力工作者,干的是创造性工作,你呢?我让你找的那小歌星你给我找回来没有?"

赛观音噘着嘴说:"当然找了。人家说是正拍MV呢,没时间,还要拍个公益广告,得下个月才能和我们谈。"

"连饭都快吃不上了,她拍个屁MV。"我忍不住说了脏话,"我就烦没事儿穷摆谱的人。你说这文化圈,大家凑一块该出名赶紧出名,该划拉钱赶紧划拉钱。青春都挺短暂的,时间都挺宝贵的,瞎拿什么搪啊。这种恶劣风气也不知道是谁给带起来的。你现在就跟她打个电话,告诉她我们这等着上女一号的至少有一打,我们是瞧得起她才找她的,最多等她到今天下午四点,不来就算了。人还不有的是。"

"现在啊?"赛观音看看表,面露难色,"才九点啊,他们演艺圈的人都刷夜,现在肯定没起床呢。"

"可是人民币已经起床了,知道不?"我真有点急了。请客的比被请的上赶,花钱的比拿钱的积极,这什么世道。

大胡子在旁边听得可是两眼放光,问:"你们说的是谁啊?谁当女一号?"

"《我是一个筐什么都能装》那个。"赛观音说,"名字叫竹叶青。"

"嘿,这个人的照片我在网上见过!"大胡子兴奋起来,"挺漂亮的,美女啊。我说和你们在一起就是有奔头,这才第一个工作日啊,我就离明星这么近。咱是不是以后经常能接触明星?能见着刘欢吗?欢哥!那是我偶像,当胖子那么有风度可不容易。"

我冲大胡子一瞪眼:"这和你有什么关系啊?老老实实该干吗干吗去。你的大纲呢?"

"马上马上。"大胡子嘿嘿笑着说,"既然是竹叶青主演,那我加点戏行吗?"

"什么戏？"我问。

"床上戏啊！"大胡子说，"她不演点床上戏可惜了，多漂亮啊。"

"啊呸——！"我差点把刚喝到嘴里的茶给吐出来，"我说你是不是变态啊你？她演床上戏？恶心谁呢你。"

本来这一天安排得井井有条。上午，我坐在办公室里审审大胡子的大纲，不行就让他改，这壮劳力是不用白不用。下午呢，时间差不多了约竹叶青喝个咖啡，就把事儿跟她说定了。这样班子基本搭起来，随时可以对付焦大屁股了。做文化，最艰难的就是这个时刻，这头给钱的要见人，那头出人的要见钱，两头都不落忍。这个时候，能力与信心就是最重要的了，空手套白狼，有条件要上，没有条件创造条件也要上。谁叫咱三张奔四张的人了，还没淘到第一桶金呢？

我正在电脑里一边看着大胡子的作品，一边打着如意算盘，如何将《我是一个筐什么都能装》有机地融合到焦大屁股的故事里，成为其核心理念，许松鼠匆匆忙忙跑了来。她满脸张皇地说："Peter，刚才黄灿灿给我打了电话，说焦大屁股明天要出国去爪哇，只能在今天下午见咱们，要咱们带着编剧和演员去他公司。您说这事儿怎么办啊？"

我一听就从大转椅上跳了起来，问："他不是说短期内不走吗？这又是唱哪出啊？"

许松鼠说，焦大屁股本来打算在国内待一段时间的，可是天有不测风云。这个家伙到处跟人家说他要拍肚皮舞娘的事儿，不知道让谁把消息捅给了在老家别墅里享受的原配夫人那里。焦大屁股的原配是个大醋瓶子,听了这事情以后怒从心头起,恶向胆边生,发脾气把家里那辆买菜用的奥迪给砸了。接着,就带着几个打手迅雷不及掩耳闪电般直接奔了爪哇,今天早晨给焦大屁股打来电话,说和焦大屁股青梅竹马恩恩爱爱的肚皮舞娘及其女儿已经落到她的手里。"你自己说怎么办吧?反正人我已经找了,你做的事情她们也承认了。你是把家产给我让我和你离婚呢?还是马上过来处置这两个娘们儿?"她在微信视频电话中蛮横地说。

焦大屁股这下可慌了神。他不是心疼那母女俩,而是害怕原配把事情闹得不可收拾。这原配可不是好惹的,焦大屁股的丈母娘的亲弟弟在美国做生意,纳斯达克上市公司,焦大屁股打的江山,有一多半是那位爷给他铺的路。要是和原配翻了脸,那焦大屁股在国际上的名声可就坏了,在花旗银行搞点贷款也就没那么容易了。此事对焦大屁股生死攸关,所以他的当务之急,就是必须赶到爪哇平定暴乱。

如黄灿灿所说,这样一来,今天下午和焦大屁股的会面就是敲定投资事宜的唯一机会,即便签不下合同,也得让焦大屁股相信我们,把签字的事情授权给黄灿灿。

但是,我怎么觉得这里面还有些不对劲呢?我看着许松鼠因为着急而红彤彤的脸,总觉得有什么地方不合逻辑。我对自己说,不能慌不能慌,自古成大事者,都是泰山崩于前而面不改色的。现在这点小变故,绝对不能乱了心神。

许松鼠看我直愣愣地盯着她,有点不好意思。她用手指头在我眼前晃晃:"你没事儿吧?这是干吗呢?"

"别动。"我握住了许松鼠的手,"我在数你的睫毛是单数还是双数。"

许松鼠立刻不敢动了。她不明白我葫芦里卖的是什么药。

她不明白了,我明白了。既然焦大屁股的老婆正揪住这件事情不放,那焦大屁股还有必要拍这个狗屁剧吗?那不是明摆着要授人以柄吗?既然拍剧已经不成立了,那他火急火燎要见我们干吗?我说怎么别扭呢,原来就是别扭在这儿了。

我把疑问跟许松鼠一说,许松鼠也百思不得其解。我说:"咱俩也别瞎猜了,你打电话给黄灿灿,直接问,不问清楚了咱们还真不能再往里蹚。"

许松鼠拨通了黄灿灿的电话,然后过来跟我说:"他说要直接跟您汇报。"

我拿过话筒,听黄灿灿说:"赵总啊,焦总的确是喜爱艺术的嘛,人家就是要拍剧,实现一个梦想。不拍这个题材,还可以换别的嘛,比如拍一拍焦总和他夫人的感情生活,那也是很浪漫的,比起原来的故事,有过之而无不及。"

"他还有这心思?"我问,"咱们都别说喜爱艺术这档子事儿了,我压根儿就不相信。你跟我实话实说,否则,我肯定不会继续合作了,你那回扣也就下次再说了。"

黄灿灿犹豫了一下,说:"好的,咱们也不是外人了,我换个电话给你打过去,不过这件事情你千万不要告诉别人,属于绝对机密。"他说完就挂断了电话。

等电话铃再次响起的时候,我毫不犹豫地按下了录音键。

第五章　唇枪舌剑强攻焦大屁股

焦大屁股是卖壮阳药起家的，可这个世界上还没有一个大富豪仅仅靠壮阳药就能铸造起来，焦大屁股显然明白这个道理，所以，他不仅娶了一大款的闺女当老婆，还在经营主业之余搞点副业，比如倒卖钢材、红酒、香烟、电器什么的，哪样来钱快他就干哪样。渐渐地，壮阳药反而显得不重要了，在焦大屁股数不清的产业中，一种奇怪的东西逐渐占了主导地位，成为焦家的支柱型产业。

要说这东西，那是谁都听说过，翡翠。小个的翡翠可以做个扳指假牙什么的，大个的可就了不得，弄个巨型的八仙过海，卖出的可就是天价。这翡翠的出产地，全世界也屈指可数，最著名的在缅甸一带的山区。据说那里的商人都赌性大，从山里出来的大石头，破开一个角，露出绿来，就开始赌了：里面是整块的绿呢，还是就一小块绿？这东西是不能退换的，祖上留下的规矩，全凭眼力，看上哪块是哪块。拍钱，然后搬起石头走人。回到家里，找工匠把石头完全打开，如同开个西瓜。要是里面全是绿的，那就跟中了彩票大奖一样，至少十年之内吃喝不愁；要是个生西瓜，那只能怪自己倒霉，一头在西瓜上撞死得了。这样传奇色彩浓厚的买卖，自然又把翡翠的价格往上抬了不少。据说全世界的土财主最大的梦想，就是在家里置一翡翠大件。有奔驰宝马算什么呀？弄一雕龙刻凤的翡翠马桶，那才叫体现实力呢。

焦大屁股显然是看中了翡翠产业获利丰厚的特点——要是卖出一翡翠大浴缸，那顶多少颗壮阳药丸啊？于是他义无返顾地投身到这个浩浩荡荡的洪流中去了。但是，他才不会千辛万苦地跑大山里去跟人猜西瓜呢，因为他打小就不会挑西瓜。他干的是来料加工销售，在爪哇办了一工厂，专门负责把买来的天然翡翠加工成大款们接受的、俗不可耐的样子，然后再运往东南亚各国进行销售。就靠这个，他实现了日进斗金的梦想，夜里睡觉都能笑出声来。

可是，阳光总在风雨后，阴沟里面爱翻船，人太顺了就容易出事儿。去年一年，焦大屁股的货走得并不畅快，今年刚开春，突然就接到了一笔巨大的订单，说是有人要买整整一船的翡翠。焦大屁股这下可美坏了，一天的时间，除了晚上和肚皮舞娘在一起待上一会儿，其他时间全都扎在工厂里监工，日夜赶活儿，那废寝忘食的劲头，比在线写作的大胡子一点不差。就这么苦干了半年，可算把一船翡翠凑出来了，装上集装箱就要开运，结果却被爪哇海关给扣了。人家扣他东西也有道理：别光想着自己发财啊，这么多值钱东西卖出去，税呢？

以前单个走货不显眼，这次是大规模，肯定被人家盯上了啊。

焦大屁股赶紧算账。这一算账不要紧，光税就上亿了，把个焦大屁股心疼的，怎么想怎么不平衡，合着自己疯了似的干活，都是在给爪哇人民做贡献呢？他思前想后，琢磨了几个星期，终于琢磨出一个办法来，不仅能少掏钱，还能小小地赚一笔。

黄灿灿在电话里神秘兮兮地跟我说的秘密，就是这个。原来，爪哇海关的税上得狠，但也有网开一面的地方，比如如果做货物的广告，那广告费用就可以打入成本，这部分就不用上税了。焦大屁股一想，行啊，那我拍影视剧吧，我只需要让影视剧里的演员在翡翠大床上来点床上戏（真和大胡子不谋而合），就算做了广告了，到时候把给文化公司投资的发票和两张DVD光盘往爪哇海关一送，就少了一大笔税啊。这是其一。其二呢，影视剧还能赚钱啊，赚的钱没有翡翠多，可也总比干上税合算，如果弄好了，把自己在文化圈里弄出名也未可知，最不济还能认识一帮名演员呢，其中有漂亮不懂事的收归己用也不是不可能。这么一想，焦大屁股立刻变成了一个热心文化事业的人，到处跟人打听拍剧的事儿，这么一打听，就打听到我这儿来了。

我说呢，这世界上绝不可能有无缘无故的爱。如果一个大屁股的家伙突然跟你说他喜欢文化，一定要小心，肚子里肯定全是花花肠子。

黄灿灿絮叨了半天，我都听得入了神，许松鼠站在我旁边半天我都没发现。等他说完了，我也明白了其中的原委，许松鼠才告诉我："录音机里的磁带没了，应该换一盘。"

可不是嘛，当黄灿灿讲到猜西瓜的时候那磁带就转完了。我问："你干吗不早换啊？"

"我怕出了动静，那边反应过来。"许松鼠说，"还有件事情，竹叶青彻底撂挑子了。"

"什么？"我忍耐不住了，"她烦不烦啊？就她会掉链子。你去把 Laura 给我叫过来，她是怎么办的事儿？"

赛观音哭丧着个脸走了过来，跟我说："Peter，这可真不赖我。刚才还说得好好的呢，这不刚给我打了电话，说她发高烧了，又是咳嗽又是打喷嚏，都从家出来了，结果叫了出租车直接就去了医院。关键时刻怎能感冒？可人家就是病了呀，我有什么办法。竹叶青话说得可是特客气，说是怕把病毒给带咱们公司来，写字楼里全是中央空调，有什么病，说传开也就传开了。"

知道什么叫走投无路吗？就是现在这个样子。我把脑子里所有和演艺圈沾边的人名都过了一遍，还真都是远水解不了近渴。机会就摆在面前，抓不住可怎么办啊？我盯着许松鼠的眼睛数睫毛，没用，我就是把许小姐的眼睛给看成翡翠的颜色，也没有任何作用。

大家都停下手里的事情看着我，等我拿主意呢。我又不是神仙，变不出活人来，我也没主意啊。我在心里把竹叶青那叫一个骂。一边骂一边叹气，这是不是天绝我也？这辈子就没有发财的命！

人一慌神就容易口渴，一口渴自然想喝水。我拿起茶杯，才发现水早就让我给喝完了。高大姐在一旁见了，赶紧过来拿我的杯子，要去饮水机那儿给我打水去。

我的心里突然一亮，感觉就像飞机冲破了云层进入万里晴空，汽车摆脱拥堵开进高速公路。我叫了声："高大姐，别动！"

高大姐踩到了地雷似的，马上站在那儿，手里的杯子举在半空中。

我笑眯眯地围着高大姐转了两圈，说："行，就是您了。"

"我什么呀？"高大姐有点毛，"您打我什么主意啊？"

我帮高大姐把滑落到鼻梁的金丝边眼镜扶好，说："您显得多么德高望重啊，我怎么一点都没注意到您有着老艺术家的气质？行了，竹叶青不来，我就带您去了。"

"Peter，你是让我冒充演员吧？"高大姐赶紧摆手，"哎呀不行不行，我怎么能是演员呢？我根本就不是那块料儿，我一点都不像。"

"高大姐，您在大铁柜歌唱得不是挺好的吗？"赛观音急着想把自己摘出来，在旁边猛敲边鼓，"您唱的什么来着？《都有一颗红亮的心》，那声出得多嫩啊。"

"公司危难之时，您就别推脱了。"我拉着高大姐的手说，"养兵千日，用兵一时，关键时刻方显风流本色。高大姐，我们公司里，焦大屁股他们唯一没见过的女人就是你啊。您的任务是什么来着？您就是我们的总预备队啊。现在，是该把预备队拉上去的时候了，胜负成败，可就全看您的了。"

高大姐为难地看着我，不知道该怎么办好。

我看看手表，时间已经不早了，赶紧对许松鼠说："Rebecca，一会儿我们上了汽车，你教教高大姐怎么才能像个明星。"然后转身对赛观音说："Laura，你到商店里买点水果，代表咱们公司去探望一下竹叶青小姐。她要是真的病了，就好好安慰一下她。可她要是没病装病，咱们以后就再也别打她的主意了。"

赛观音的思想压力挺大的，她用力点着头，咬牙切齿地说："Yes,sir！"

有时候，心里真替自己做的事情悲哀。在常人看来特别高尚的职业，本质中却是别人用来做手脚的工具。外表的光鲜，无法掩饰内心的肮脏与无聊。坐在汽车上，我问自己："这么干有意思吗？这样会不会卷进一个巨大的旋涡而不能自拔？"

其实，所承受的一切，都是因为有钱在支撑。钱能换来的美好未来，在激励着无数的人前赴后继，抛却自己的欢乐与优雅，做着心里一万个不情愿去做的事情。一分钱难倒英雄汉，一分钱其实难倒的是全世界的人民。大家活着为什么？不就为了再多弄一点，给大衣柜里多置一件衣服，让汽车变成SUV，让房子再多出那么几十平米？想起来，还真得感谢发明货币的那些家伙，是他们让我们的生活从简单变得无比复杂，从单纯变得深不可测，从吃多少饭做多少饭，到必须盘盘碟碟摆满桌。是他们让后人明白了奢华无止境，每个人都想在吃喝拉撒之余，过上比现在更腐化的生活。

我一边开车一边胡思乱想着，后座许松鼠一直在给高大姐打气："您得摆谱，您不能对谁都笑。会用眼角看人吗？会有节制地点头打招呼吗？您看看我——"许松鼠在给高大姐做着斜着眼睛看人的表情，旁边坐着的大胡子都快激动疯了："Rebecca，你这么看人可真勾魂，我就一直想学没学会呢。等什么时候有空了，你就多看我几眼吧。"

"呸，你喜欢受虐待啊？"许松鼠说，"哪儿凉快哪儿歇着去，有你什么事啊？"

黄灿灿把我们带进了一间巨大的会议室。这会议室可不光有大桌子，还有一个玻璃大鱼缸，里面养着七八条肥头大尾巴的金鱼,水面上还漂了几朵睡莲。鱼缸上面压了一块厚重的镂空玻璃,就算是个茶几了。围绕这个让人无比眼晕的茶几的,是一圈棕色的真皮沙发,沙发用皮革油擦得光可鉴人,坐上去就感觉人一个劲地往下出溜。沙发的旁边,还摆了一个巨大的根雕,那造型七缠八绕,头三眼愣没看出是什么东西。许松鼠问黄灿灿,黄灿灿指了指根雕下面放着的塑料小牌子,那上面写着"万马奔腾"。许松鼠耸耸肩,说:"还万马奔腾呢,我看是一堆马的木乃伊。"

总之,焦大屁股的会议室,到处洋溢着一个人突然暴发后的兴奋与不知所措。

我、许松鼠、小手枪、高大姐和大胡子落座后,焦大屁股出现了。他穿着黑色丝绸裤子,上身则是花花绿绿的纱笼布衬衫,活脱脱一副东南亚老地主的模样。他一进来就冲大胡子寒暄:"哎呀,赵总,幸会幸会!"大胡子抬了下眼皮,把头扭到另一侧。许松鼠赶紧拦着他说:"这边这位才是我们赵总。"

我和焦大屁股也是第一次见面,客气地握手。焦大屁股的心思显然不在我身上,他环顾了一下这几个人,问:"怎么 Laura 小姐没来?"

我心中暗想,Laura 小姐当然不能来,她要来了你哪还有心思跟我们说正经事。

许松鼠笑着说:"Laura 可想你了,回去老跟我们念叨呢。可惜她今天有急事出去了,她让我们给您带话,说等您回国了,她一定来看您。"

许松鼠可真够黑的,就这么把赛观音给搁火坑里了。

焦大屁股呵呵笑着说:"没错,我一见 Laura,就觉得她和我有缘。这男人在世界上,总会遇到几个红颜知己的。"他转头看了眼高大姐:"这位是?"

"著名表演艺术家高兰花老师。"许松鼠在一旁介绍说,"历史电视连续剧《包龙图与杨门女将情意传》中饰佘太君,连续剧《妈妈求你了再看我一眼吧》中饰妈妈,大众电视金百万奖获得者。"

焦大屁股赶紧拱手:"哎呀久仰久仰。国内的电视剧我看得不多,但是对高老师的演技我是印象很深刻的。"

高大姐这辈子都没被人这么夸过,红着脸站起来,扶扶眼镜,局促地说:"您过奖了。"

"艺术家啊,谦虚谨慎。"焦大屁股握着高大姐的手赞叹道,"这回我算明白了,真正的大腕,那都是从不张扬的。在外面吹嘘自己的人,全都是假货,嘴尖皮厚腹中空。"

许松鼠怕焦大屁股纠缠太久,高大姐撑不住再说秃噜了,赶紧把他拉到大胡子这里:"青年作家胡子哥哥,在互联网上是著名的写手,网名'谁比谁更傻',现在三十多个出版社的女编辑都跟着他呢,求他把书稿给出版社。真是红透半边天啊。是吧,胡子哥哥?"

要说表现,这大胡子表现可真不含糊,许松鼠没教他,他却是无师自通。大胡子根本就没站起身来,只是在沙发上勉强欠欠身子,说:"有时候我也看不上那些女编辑,连我的东西都没有仔细领会就非要给我出书。这样不负责嘛。出版界,鱼龙混杂!"

"这是他的作品。"许松鼠把一沓子打印得密密麻麻的 A4 纸递过去。大胡子可真行,把发表在《中学生作文报》上的作文都给复印了。大胡子看着焦大屁股恭敬地把文稿接过去,漫不经心地说:"第一页上的二维码,是我的个人微信公众号,焦总有兴趣的话可以去看看。"

"一定一定。"焦大屁股双手捧着那沓子纸看着,上面的二维码复印得含混不清,估计也没看太明白,"不错不错,现在的作家都现代化了,把自己的作品直接就发到外国去了,佩服佩服。"他把这沓纸转交给身边的黄灿灿,"有时间好好学习一下。"他又对我说:"赵总真是年轻有为,麾下集结了这么一帮精兵猛将,让人羡慕啊。"

寒暄客套完毕,大家全都坐踏实了,小手枪把策划书和大胡子写的大纲呈给焦大屁股。我说:"这是我们做的文案,请焦总审阅吧。"

焦大屁股哈哈大笑起来:"还审阅什么啊?赵总的实力,我还能不相信吗?"

"您还是看看的好。"我说,"这上面有预算,我们需要的资金大约是六千万元,焦总可以琢磨琢磨。"

"啊?这么多?拍个剧这么费钱啊?"这个数字显然出乎焦大屁股的预料。他开始翻阅我的文案。其实我早瞧出来了,焦大屁股就不识几个字,他根本就不可能把文案看明白,因为我自己都看不明白。焦大屁股假装在看,实际上是在想对策、做决定。他就这么翻了三四分钟,抬头说:"这个剧只拍四十集,我看两千万资金足够了。而且我希望回报率是100%。"

"您可真会开玩笑。"许松鼠在旁边乐了,嗲声嗲气地说,"焦总,两千万连网剧的成本都不够,演员也不敢请,咱们不带这么玩幽默的啊。"

我们在焦大屁股的办公室里这叫一个磨叽,痛陈演艺圈的种种黑幕、潜规则和不道德行为，什么演员为了上戏要被迫和导演睡觉啦、什么为了让电视剧顺利播出提前打通关节啦、什么大腕经常为了钱临时撂挑子啦、什么宣传策划要给娱乐记者塞红包啦、什么为了数据好看买水军买点击啦……说到难过处，许松鼠小姐几乎是声泪俱下，一听就是平时的八卦新闻没少看，而且温习得耳熟能详。总之，许松鼠小姐给焦大屁股上了一场演艺圈基本常识普及课，她居然连周杰伦身上有几颗痦子、昆凌第几颗牙齿是虫牙都知道。

在许松鼠唾沫星子乱飞的时候，我一个劲地用眼睛看黄灿灿，意思是你老哥该垫话就垫个话啊。对于焦大屁股来说，这点钱是九牛一毛，他这不是明摆着消遣我们吗？可是黄灿灿根本就不接我的眼神，而是把头扭了扭，两只眼睛看着天花板。大胡子也抬头看了看，冲我摇头，意思是天花板上什么都没有。

许松鼠说得口干舌燥、额头冒汗。她终于把她知道的那点事儿给倒完了，然后对焦大屁股说："焦总，我要喝水。"

"喝水喝水喝水。"焦大屁股听得正入神，赶紧招呼，"小黄，给这位小姐倒茶啊，你是怎么招待客人的？给那几位也倒茶。"

"您看，这文化界的人虽然看上去斯文，却真的没有省油的灯。我们在里面左冲右突，要保证作品的水准，还要保证有社会影响力，精神物质双丰收，能做到也是不容易啊，这是一个综合的、系统的工程。"

焦大屁股不停地点头："有道理有道理，跟我们卖壮阳药一样，既要让普天下的人民群众都过上冲锋陷阵所向披靡的生活，还要让他们都爽，不觉得累。最后呢？还不能说大家都是靠吃药扛着呢,那说出去多丢人啊。所以,我和赵总一样,都只能甘当无名英雄。"

"是啊,都找着共同语言了,焦总,您就再添点吧。再怎么说,无名英雄也是英雄啊,不是无名苦力。您得让我们过上吃得饱穿得暖的生活,请得起有号召力的演员,那样我们才能保证有想法,能拍出让大家满意也让您满意的作品。"许松鼠喝了口水,精神恢复了不少。不过我能看出来,她已经是强弩之末了。

焦大屁股哈哈大笑起来:"行,有理、有力、有节,我被你们说服了。我把预算提高一倍,四千万怎么样?翻了一倍啊,我可是个爽快人。"

这个时候我的耐心也达到了极限,真的想站起来,拍拍屁股就走人。这都什么和什么啊。四千万,等于大家在一起白忙活,都给焦大屁股义务劳动呢。我心里的火一点一点往上拱,但大伙也都知道,我是一个能控制情绪的人,在这样的时候,人必须有韧劲。大胡子不是说过吗?天将降大任于斯人也,必须苦其心志。

我也哈哈大笑起来,笑得比焦大屁股的声音还响亮。我边笑边说:"焦总,您真不愧是闻名天下的价格杀手。这四千万,说够也够了,勉强能把戏拍成,说不够也不够,因为除了拍戏以外,我们连包方便面都买不起。哈哈哈哈哈哈。"

焦大屁股听完我的话,继续笑道:"那您说到底多少钱就够了呢?哈哈哈哈哈。"

我说:"这不是秃子头上的虱子,明摆着吗?哈哈哈哈哈,我的文案上已经写了啊,六千万。这是我们经过严密计算、认真考察、科学论证得来的结论啊,既做到了勤俭节约,又做到了心情愉快,性价比最为合理,您不心疼我们也不肝疼,两全其美,又叫双赢啊,哈哈哈哈哈哈。"

焦大屁股看我在仰天长笑,他却突然止住了笑声,说:"行了别说了,再说我就要喷血了。"

他转头问黄灿灿:"我听明白了,赵总说的也有道理。可是他不打算让步啊,做生意怎么能不让步呢?真的没有二话可讲的话,我们还是找别人吧。"

我心里那叫一个气!心说你要是不和我谈了,我就叫你一分钱都花不出去。一夜之间,这座城市所有的文化公司都会把你写进黑名单。这不是因为我小气,而是因为你这焦大屁股明明是为了给自己解套,却偏要做出施舍的嘴脸来,真是太不厚道了。

黄灿灿这个时候发言了。他不紧不慢地说:"焦总,我看赵总的确是个干事儿的人,在文化圈里,既能说又能练的人的确不多。我觉得咱们还是应该和赵总合作的。不过赵总提出的预算,我也认为的确是高了一点。咱们还是初级阶段,再怎么说也不能拿钱花着玩儿,是不是赵总?谁的钱不是钱呢。退一步海阔天空,退才显男人本色。"

黄灿灿说了一堆两边讨巧的话,焦大屁股不耐烦了:"那你什么意思呢?我怎么没听明白?"

黄灿灿赶紧说:"我的意思,五千万。这只是我的个人意见,成不成的,请焦总和赵总定夺。我人微言轻,说了不算。"

我立刻抢先表态:"好吧,我这个人一向高风亮节,宁可自己少赚,也要把朋友的事情办成。"

焦大屁股"哼"了一声,说:"既然都二比一了,那也就只好这样。我时间紧,还得处理好多事,收拾东西赶飞机呢。小黄,你跟他们再把合同细节商量商量，商量好了就赶紧签了吧。一万年太久，只争朝夕。我们做事要拿出点精神来。要不然夜长梦多，指不定谁就把咱们的题材给抢了。"他站起来拍拍自己巨大的屁股，"你们接着聊吧，我走了。"

他走到门口，突然又转回头来："对了，小黄，别忘了跟他们说，咱们的故事变了。那个肚皮舞的故事好像不容易在国内通过吧？咱们改个更纯情的，你给他们讲讲，麻烦作家重新写一遍。"

真不敢相信，事情终于成了。焦大屁股旋风般消失后，黄灿灿说："你拟个合同草稿吧，发我信箱里，没什么毛病咱就签了。对了，合同要阴阳的，我们还要签一份一个亿的合同，包括发票，给爪哇国海关看的。"

我一听就炸刺儿了："什么？要多五千万的发票？"

出得门来，大胡子抑制不住激动的心情，对我说："行啊老板，生生把两千万给提到五千万了。Rebecca妙语生花，老板您气势如虹，就是屁股再大的蛤蟆，在您二位面前也得乖乖地俯首听命。"

这大胡子还真有点眼力见儿，怎么就知道把我和许松鼠往一块夸呢？不过，我还是心情沉重，五千万发票，让税务局查出来吃不了兜着走，后半辈子吃牢饭了。但这个压力不能表现出来，我只好敷衍地说："也得谢谢高大姐，是她成功地让敌人折服的。"

高大姐又不好意思了："谁让咱们没把那个竹叶青叫来呢？我这也是赶鸭子上架，我才刚上路呢。"

"咱们就是拿着个棍子扎蛤蟆。"小手枪说，"扎上了啊。"

我不能打击大家已经高涨的情绪,应和起来:"就是,谁说没有枪头就扎不到蛤蟆!"

我开着车,尽量忘却那多出的五千万发票,和大家说说笑笑。公司成立以来,气氛就没有这么轻松过。我们像是一支打了胜仗的敌后武工队,带着收获的满足与不可明说的伤痕班师回朝。

正说笑间,许松鼠突然大叫一声:"红灯!"

我一脚踩住了刹车,汽车发出刺耳的声音,全车人都因为惯性从座位上弹了起来。怪了,我明明看见的是眼前绿光一闪啊,怎么会是红灯?

"豌豆尖!"许松鼠指着一个刚刚骑车横穿马路的绿衣女子说,"真巧啊,怎么会是她。"原来刚才我看到的绿光是她的衣服。

这不奇怪啊,碰见熟人也不是不可能。

许松鼠的眉头皱了起来,她没说什么,好像陷入严肃的、不可遏制的思考中。

第六章　许松鼠揭了敌人的底

为了证实自己的能力，挽回办事不力的影响，赛观音真的把竹叶青带到了公司。我们一回来，就看到她们两个面对面坐在沙发上，听听音乐聊着愿望，眼睛都哭得像桃子。这是哪出跟哪出啊。看见我们回来，赛观音赶紧搀着竹叶青站起来。竹叶青脸上流露着勉强的微笑，对我说："Peter，真是对不起，我耽误了你们的事儿了。"

"没什么没什么。"我摆摆手，满脸狐疑地看看竹叶青，又看看赛观音。

大胡子立刻就有点不能自持了，他飞快地拿了个小本子硬挤到竹叶青和我中间，说："竹叶青姐姐你好，我是您的粉丝，我追踪您已经有年头了，您的照片，从小时候吃奶的到在晚会上表演的，我都有，您能给我签个名吗？"

我一把把这小子推开："去去，哪儿的啊你？一边歇着去。"

竹叶青"扑哧"一声笑了，幽幽地说："唉，我是属于被人遗忘的花朵，现在还有谁能知道我啊？花儿为什么这样红？那是因为有人捧。有人捧的歌手像个宝，没人捧的歌手像根草。难得他还这么喜欢我，其实我没唱过什么，只是一现的昙花，雨后的彩虹，过一阵就被人忘了，就像忘记一顿饭那么容易。"说着说着，她的眼泪又止不住掉下来。

高大姐端着茶过来说："姑娘，坐下说吧。"

赛观音也在一旁劝慰："是金子总会发光的。这不，现在你就是有组织的人了。你的好运气就要开始了。等着吧，迎接你人生的第一个高潮吧。那话怎么说来着？准备着，时刻准备着。"

我把赛观音叫到旁边问："她这是怎么了？感冒发烧不应该有这么大动静啊？"

"还说呢。"赛观音说，"她哪是发烧啊，她是在医院打胎呢。怀孕了，又被抛弃了，觉得人生灰暗，一点指望都没有，自认为得了抑郁症。我要不是及时赶到，她没准就从医院的走廊窗户里跳出去了。"赛观音就是有这个特点，屁大点事，都能给说得像天塌下来，显得她是个能翻云覆雨的人，是个能给人间送温暖哪有要求哪有她、哪有不平哪有我的人，要不怎么敢和观音姐姐比呢？我就是看上她这样的特点，才让她当财务经理，每个月给大家发工资的。一点点钱，她都能夸张得像一笔巨款，有效地保证了团队的安定团结。

听她这么一说我来了情绪，就像一个追逐八卦新闻的娱记："她和谁呀？"

"我怎么知道？"赛观音噘着嘴说，"她自己也许都搞不太清楚呢。"

"那她还能干重活吗？"

"我看她行,她正处在苦大仇深的状态,如果引导得当,是能够化悲愤为力量的。"赛观音说,"可是我已经觉得自己心有余力不足了。不知道该怎么劝她,我可是既没失过恋又没怀过孕的人,从哪里下手啊?"

每当赛观音想推卸任务的时候,都会故意标榜自己的纯洁。我忍不住打击她道:"你会怀孕吗?你就说,没人恋上你你失个什么恋?"

大胡子和竹叶青很快打得火热。要说这歌星,平时对歌迷粉丝是又爱又怕。要是没有粉丝捧场,别说没有信心和成就感了,连活着都觉得了无意趣,会对职业和未来产生动摇;可粉丝里什么人都有,好多人爱屋及乌,喜欢的已经不仅仅是歌了,连人都必须事事合自己的心意。粉丝可以不吃不喝点灯熬夜,歌星不行啊,歌星还得有私人空间呢。要在平时,估计竹叶青见着大胡子这样的早就躲起来了。可什么叫巧合啊?偏偏今天竹叶青处在孤苦伶仃、顾影自怜的状态,大胡子谄媚的话语,都被她当成温暖心灵的良药。所以几句话下来,竹叶青的情绪已经大为好转,不仅给大胡子签了名,还把名字签在了他的衬衣上。

"看见了吧?"我对赛观音说,"人家大胡子也没怀过孕,可人家怎么就行呢?"

竹叶青这几天正处在走投无路的状态,不仅在感情上遭遇挫折,连带着事业上也不顺。她签约的消息树艺术社因为菜花蛇事件,把钱就坡下驴地挪用了,她的专辑无限期搁置,还限制她在外面接活,连去酒吧歌厅唱个夜场都不行,说是怕影响形象。"你说那倒是发我点生活费呀,也没有。你们知道,我开销还是挺大的，做歌手的，必须保养自己，时不时得去做个 SPA 啊，买点化妆品啊，打个玻尿酸什么的。不怕你们笑话，我现在连出门打车都得算计着钱。你们说我这过得像人的日子吗？我家里的小时工都离我而去了。"

说了半天，还是因为没钱。这世道，外面看着房地产汽油价格一个劲地涨，涨到多高都有人抢着要，好像钱根本就不是个事儿，但说起话来，像焦大屁股那样拿着钱四处散德行的人还真不多，随便碰上一个，没说上三句话，那意思都归一块了：缺钱！

这就摆出了一个严峻的问题：现在，即便是我们打算请竹叶青出来拍片，也得经过消息树艺术社的同意，要么把竹叶青给租借出来，要么干脆就付一笔违约金，给竹叶青赎个身。我知道那些公司的小九九，他们专门找那些透着点红的明星签合同，然后把他们搁置起来，如果有别的公司找来，那就请君入瓮，玩一道狮子大开口。谁愿意整天都这样无所事事啊？饿不死、吃不饱，时光就在等待与焦虑之中蹉跎着——往往那些小歌星自己先就忍不住了，到处寻找门路想盘活。他们本身就是最好的推销员，于是消息树什么都不干就能挣钱。当然也有意外，和竹叶青同时签约的另一个网络歌手，也是特纯真的小姑娘，扛了三个月就崩溃了，不仅精神崩溃，世界观都变了，最后找了一大款把自己给嫁了出去，现在过着锦衣玉食但就是不唱歌的生活，消息树拿她也没辙。

竹叶青算是比较执拗地追求理想的女孩，对事业绝对坚贞不屈。可是她也是人啊，也得有个排遣的渠道，所以她的感情就变得特别脆弱。谁要是对她好一点，那她就会整个人都扑过去。

我叫赛观音在账上先给竹叶青拿五千块钱现金。对她说："你啊，先回家休息休息吧，买点营养品。这钱你先拿着，花完了再跟我说。你虽然还不是我们公司里的人，但我们早就把你看得比亲人还亲了。我相信总有一天，我们会走到一条路上的。"

竹叶青捧着钱，"哇"的一声就放声大哭。我知道事情就快成了，在不久的未来，竹叶青将义无返顾地、坚定不移地加入我们的队伍。仗义疏财、雪中送炭，钱虽不多，最能收取人心。

我把哭哭啼啼的竹叶青送走，转身对大胡子说："你个小混蛋，以为会写个剧本就了不起啊？告诉你，满大街都是写剧本的，你就往电脑上挂根骨头，狗都会写。"

大胡子灰溜溜地回到了自己的座位上。

剧本写成什么样，大胡子不知道，我也不知道，没人知道。我让许松鼠打电话给黄灿灿，问大纲改成什么样子，黄灿灿还挺不耐烦的，说："你们看着改呗，就别提爪哇那档子事儿了，说什么都行。"

许松鼠问："你那合同什么时候传过来啊？咱们得赶紧签了，你不是也想早一天拿回扣吗？"

黄灿灿就嘿嘿地笑，说正在看呢，先不着急，让我们把剧本大纲好好捋一下。"一切的基础就是剧本，剧本好了什么都好了。好的开始是成功的一半。"

这黄灿灿又开始绕弯弯儿了。许松鼠跟我说的时候，我心里那叫一个烦。人若有点小权力，就开始教训人，好像自己是成功人士，所以就比别人多了教育人的本事和资本。许松鼠看我神情有点恼火，小心地说："Peter，有句话不知道当讲不当讲？"

"讲吧，有什么不好讲的？"我奇怪啊，许松鼠怎么也变得吞吞吐吐起来。

"我怎么觉得，黄灿灿他们，压根就不想给我们钱呢？我也说不好，就是一种直觉。"

"那他们在干吗呢？拿咱们打镲过瘾玩呢？"我心里的怨气被点起来，"他们是一群变态？闲得无聊大老远的从爪哇跑回来消遣咱们一顿就走？不会吧！"

许松鼠叹了口气说："我也说不准怎么回事，我就是觉得这件事从头到尾就那么别扭，那么没个准谱，那么邪。但愿我是多虑了。Peter，你可得精明点，别看着钱就要到手了，心中发热，干点什么糊涂事儿出来。这世道，也就咱们这几个人实在，你看江湖上，哪有好人呀？"

许松鼠一直对我给竹叶青钱的事情耿耿于怀，可是她没敢说。我知道她是在劝诫我呢。我就跟她说："这江湖上是什么人都有，可就缺一种人，那就是古道热肠的人。所以别人不古道热肠，咱们古道热肠一下，就非常显眼。你别心疼那几千块钱，我是觉得竹叶青有潜力，她在未来总会出人头地的，到那个时候，她会想是谁给她雪中送炭来着？不是别人，救穷人出苦海的是咱们。她一辈子念咱们的好，咱们就能跟着沾光。不说那么远，就说现在，多少人被系在套子里呢？竹叶青这么出去给咱们一宣传，那还了得？全世界的小星星就全得奔咱们这个古道热肠的太阳靠拢。咱们马上就要到用人之际了，到时候帅哥美女争先恐后给咱们义务劳动的局面就一定会实现。和这个大利润比起来，几千块钱算个屁啊，咱们要把眼界放长远，把心胸放辽阔，不在乎一城一地的得失。咱们要的，是整个演艺圈的未来。"

许松鼠皱着眉头跟我说："你就真有把握肯定能圈一山坡长

相俊美的小人类吗？"

"能。"我乍着胆子咬着牙说，"我保证，咱们公司用不了多久，就能变成全中国最莺歌燕舞的地方。然后融资、上市，变成一头眉清目秀的独角兽。"

许松鼠笑道："你这叫雪中送炭吗？我怎么觉得你这是投机取巧收买人心呢？"

这又怎么了？主观投机取巧，客观雪中送炭，大家不都是这么干的吗？这个世界上，就不可能有无缘无故的爱啊。

一连一个多星期，黄灿灿一直在磨磨蹭蹭，到了后几天干脆就关了手机，微信、QQ均如石沉大海。在这个星期里，剧本大纲改了三遍，导演谈了四个，饭吃了无数，公司的支出呈直线上升。换句话说，我在合同没签、投资没有到位的情况下，已经为这件事情拼命投入了。我们公司就像一台没有加油的汽车，走上了高速公路，全靠着那点剩油维持着。关键是，我们还不知道那个能加油的休息站在哪儿。我们加快速度的时候，都以为事情已经板上钉钉了，可真实的情况是，我们速度提高到了全速狂奔的状态，才发现路况扑朔迷离。

黄灿灿的可疑行径，连大胡子都有所察觉。有一天他突然问我："Peter，咱们这是到哪儿才算个站啊？这剧本大纲都把我给改吐了。真没想到在大城市立足这么困难，写个东西就像是拉线屎，这叫创作吗？这明明是虐待。这黄灿灿简直就不是人养的。"

"你吃这点苦就有抱怨了？你看看你这样子像个成大事的人吗？叫你改那是因为你写得不好，你还不耐烦了。"我声色俱厉地把大胡子批评了一通，心里把黄灿灿也骂了个狗血喷头。我不得不面临的现实是：黄灿灿已经有效地打乱了我们的工作节奏和正常的生活秩序。要把这一切重新纳入正轨，必须让资金到账。

得搞清楚敌人想干什么。我仔细把前前后后想了一遍，追根溯源，觉得黄灿灿的行为，蕴含着三种可能：一、想重新谈判价格；二、焦大屁股还是想找只兔子，兔子没到手心有不甘；三、黄灿灿想提前拿到回扣，再和我们签合同。在这三种可能中，黄灿灿出问题的可能性最大，他所做的一切，都是在扰乱我们的心智，让我们骑虎难下，不得不遵从他的安排。谁都愿意早点看到钱，他这么沉着，百分百有阴谋。

我决定把扭转局面的重任交给许松鼠小姐完成。既然许小姐能在高举高打的写字楼中找到饭辙，那她也肯定有能力大海捞针，把那个黄灿灿从芸芸众生之中给我找出来。

我把任务交代给许小姐的时候，她明显地犹豫了一下。可能是想到这样的脏活累活也只有她干最合适，她还是勉强答应了，但是要提两个条件。

我说："好吧，条件尽管提，只要是为了工作，我什么都尽量满足。"

许松鼠说："第一，我要Simon给我当助手；第二，在完成任务中发生的一切费用，你得给我报销。"

关键时刻提条件，是许多白领青年的本能。可事到如今，我只能一点不打磕巴地答应许小姐。可能是看出我心中的含糊，许小姐安慰我道："放心吧，怎么也不会超出五千块钱的。"

此后整整三天三夜，许松鼠和小手枪都没来上班。剩下我、高大姐、赛观音和大胡子在办公室守着。悲观的情绪越来越浓重，不祥的阴云笼罩在心头。我着急上火，嘴上起了好大的泡。

我在任何时间都得保持着随时能出动的状态，手机二十四小时开机，一有动静就会惊起来，盼着许松鼠的电话。有一天夜里三点，我的手机突然响了，我从睡梦中蓦然惊醒，赶紧看手机，结果把我气了个半死，居然是卖春药的小广告。看完这个短信后我再也睡不着了，坐在床边，呆呆地等到天明。

第四天早晨，许松鼠和小手枪回来了。他们走进办公室，神情亢奋，就像侦察回来的杨子荣与申德彪。许松鼠走到我办公桌前，从书包里掏出一支微型录音笔，"啪"一声扔在我面前，说："Peter，苦海无边回头是岸。咱们和焦大屁股的合作应该立刻终止，另寻出路。这两个人，根本就是大骗子。"

电话打不通，许松鼠就直奔焦大屁股的办公室，门口有个家伙拦她："你找谁啊？"

许松鼠站那儿，直盯着那小子的眼睛："我找黄灿灿。"

那小子脖子一梗："我们黄总不在。"

许松鼠立刻就抓住了破绽："你们公司当家的不是焦总吗？怎么就这么几天，水泊梁山就改寨主了？"

对方一愣神，许松鼠一把推开他就往里冲。这走路的劲儿用得大了点，许小姐的脚垫把自己硌得生疼。

他们没白来，黄灿灿正坐在焦大屁股的老板椅上摇啊摇呢。

许松鼠一见着黄灿灿，气就不打一处来："黄先生你可真行，你知道全城的娱乐圈都被你搅和得团团转了吗？你坐这儿看风景呢？"

黄灿灿笑嘻嘻地对许松鼠说："Rebecca 小姐，你可算来了，我在这儿已经恭候多时了,你们也真算沉得住气,今天才想起来找我。我们焦总一走,我是每天早晨八九点到晚上五六点坐在这儿等,你们早就应该来找我啊。就知道打电话加社交软件,有个屁用。咱们这社会虽然现代化了,可好多事情,仍然是当面才能说清楚。"

黄灿灿一席话,倒让许松鼠有点摸不着头脑。本来是他在磨磨蹭蹭,怎么现在倒打一耙?

许松鼠心里转着小九九,脸上却一点没动声色。她一屁股坐在对面的沙发上,问:"现在来得不算晚吧?黄总!"

"你可别这么叫我,让焦总知道了还不把我给扔窗户外头去?焦总在,我就是个秘书,现在焦总不在,我为了管教下面的人,临时让他们把我叫黄总。过过干瘾也不算过分吧?"黄灿灿站起来,从文件夹中抽出一沓纸来,冲许松鼠一晃。

许松鼠眼尖,看见了纸上的大红印章。那是什么?那不就是大家伙儿朝思暮想的合同吗?她不顾脚疼跳起来,想把那沓纸抓住。黄灿灿手一挡,说:"慢来慢来,咱们还有话没说清楚呢,这合同暂时还不能给你。"

许松鼠冷笑道:"好啊,有什么见不得人的话就说出来吧。"一只手却已经伸到包里,按下了录音笔的开关。

黄灿灿把合同又收回到文件夹中,示意许松鼠坐下,慢条斯理地说:"咱们在社会上做事,总得给彼此一个信任吧?你们得让我感觉有合作的诚意啊。现在,我的心里一点底都没有,怎么敢就把合同给你们呢?那也太冒险了。"

许松鼠明白黄灿灿在说什么了:"你的意思,不是说让我们把回扣现金先都给你吧?"

黄灿灿又嘿嘿地笑起来:"Rebecca小姐真是善解人意。"

"可你听说过钱还没给就先拿回扣的事情吗?"许松鼠伶牙俐齿地说,"你要信任,我们也要信任啊。就这么无凭无据给你把钱拎过来,你以为我们都傻啊?"

"不傻不傻。"黄灿灿说,"我也没说都要啊?我只不过是要意思意思,做买卖,现在不都时兴个定金什么的吗?我也就要个定金即可。给多少,那随便你们。"

"你要是想要个三百五百的,那我就能做主给你了。"许松鼠边说边从包里掏出钱包来,特认真地数里边的钱。黄灿灿哈哈大笑起来。

许松鼠莫名其妙地问:"笑什么啊?数钱很好笑吗?"

"我是被Rebecca小姐的风趣给逗笑了。"黄灿灿走到许松鼠身边说,"你要是做不了主就先回去问问赵总,我要的是这个数——"他把五个手指头都伸出来了,"剩下的,那就是让焦总把他该尽的义务尽完后的事情了。"

"哦,你要五十万啊,你可真够黑的。"许松鼠大声地说,"其实呢,依据我们公司的财务状况,全都先给你也不是什么难事,不过咱们办什么事不都要有个规矩吗?你要定金,我说行,这要求有道理。可你要五十万,这也不是小钱啊,我回去请示我们老大又太麻烦。这样吧,五千怎么样?咱们说好了,我明天就让财务去提钱,万一赵总不同意,我自己都出得起。然后呢,咱们就一手交钱,一手交合同。在合同生效后的五天内,你保证焦总的钱到位,钱一到,我一周以内把你的回扣全给你。"

许松鼠就这么兀自说着,黄灿灿急得直摆手:"Rebecca小姐,姑奶奶你小点声行不行?隔墙有耳啊。"

许松鼠一翻眼睛:"怕什么?我看焦大屁股的江山,没多久也就快成你的了。"然后她故意压低声音说:"这钱你可得让焦大屁股一次投到位啊,别今儿给仨瓜明儿给俩枣,那是逗猴呢。我们都信任你了,你也得信任我们。大屁股要是便秘,您也不痛快。"

"你不能这么称呼我们焦总,也不能这么形容我和他之间的关系。我们是战斗的友谊,焦总是太阳,我永远是他身边的一颗小星星。只有在他不在的时候,我才闪光呢。"

许松鼠笑着点头:"焦总应该为身边有你这样一颗闪金光的小星星自豪——我说的可是真心话。"

黄灿灿呵呵一笑:"那我也说真心话,我要的是五百万,看你Rebecca实在,一百万,一百万总行了吧?"

焦大屁股的公司在一栋小楼里,这个小楼坐落在一个安静的机关大院中,是这个机关的三产。也正是由于这个原因,在这里办公总给人一种神秘莫测的感觉,总觉得和这个大院有什么关系。许松鼠早就看明白了这一点,她居然借来一辆快报废的破富康让小手枪开着来找黄灿灿(后来我才知道这车是紫菜卷的,他一直想把这车出手),汽车就直接停进了院子。小手枪一直坐在车中,眼观六路耳听八方,就差没拿个摄影机了。

许松鼠出来的时候,看见小手枪坐在车里打盹儿,她上去就给了小手枪一巴掌:"你这叫蹲守吗?偷懒。"

小手枪猛地从困顿中惊醒,他看着许松鼠说:"我睡是睡了,可我什么都没耽误啊。你猜我看见谁了?做梦你都想不到。"

"谁啊?"许松鼠坐进车里,"马云?"

"看见他我兴奋个什么劲啊?他又不是美女。"小手枪得意扬扬地说,"我看见焦大屁股了,这家伙根本就没去爪哇,他和一美女在院子里遛狗呢。"

许松鼠让小手枪开着车在院子里慢慢溜达。小手枪的驾驶技术,那是有名的二把刀,再加上紫菜卷的破车油嘴儿有点堵,开起来在路上一顿一挫的。刚开始许松鼠还以为自己是脚疼连带着胃不舒服,打嗝呢,后来才发现是小手枪离合器踩得不瓷实。许松鼠问:"你这车是怎么开的?跟进了稻田似的。"小手枪倒也老实:"Rebecca姐姐,我的技术水平你又不是不知道,可能到了非洲,也属于二流水准,在大马路上开快了还看不出破绽,你让我贴着马路牙子慢慢遛,那肯定原形毕露。"许松鼠就笑。小手枪说:"这有什么可笑的?那马路上张扬的,前面一有车就按喇叭的,那都是我这样的,怕露怯,所以才拼命充熟手,外强中干。"许松鼠说:"行了行了,你这么小岁数知道什么叫外强中干啊。"

两个人嘴上打着镲,眼睛却一直四处张望着。还是许松鼠眼睛尖,首先发现了一抹翠绿在楼后面一闪,她赶紧让小手枪把车拐过去。拐过去就看清楚了,那个绿油油的影子,居然是豌豆尖。豌豆尖左手拉着狗链,链子的尽头是一条胖胖的卷毛比雄犬,不过长得有点邋遢,一看就是有日子没收拾了;她的右手,紧紧挽住了一个男人。瞧着那家伙的大屁股许松鼠就认出他是谁了。

看见这一幕,许松鼠吃惊地张大了嘴巴,她的运转速度比IBM电脑还快的脑袋瓜在短时间内一片空白,死机了。

小手枪看许松鼠脸色不对,赶紧推她:"我说Rebecca姐姐你这是怎么了?你倒是醒醒啊。"他真是慌了神,这种场面他只在中学课本里见过,那篇课文的题目叫《范进中举》。课文里教的,出现这种情况必须立刻抽一大嘴巴才能救过来。可小手枪就算有两个胆子,他也不敢抽许松鼠。所以一时间他乱了方寸,右手一推许松鼠,左脚就踩空。只听紫菜卷的汽车"扑哧"一声,熄火了。

歪打正着,许松鼠的脑袋瓜撞上了挡风玻璃,她"哎呦"了一声,悠悠地缓过一口气来,瘫在椅子上说不出话,半晌才缓缓地说:"我真是服了他们几个人了。"

小手枪吓得脸色都白了。他没见过豌豆尖,不明白许松鼠为什么有那么大的反应。

许松鼠又看了看小手枪:"我说 Simon,你真的是没见过女人吧?那豌豆尖,打扮得跟关云长似的,你还说她是美女?"

小手枪不服:"我怎么没见过女人啊?你我不是天天见?"

许松鼠被噎得直哆嗦:"行啊你个小手枪,这个时候你不鼓励我还打击我,我下次要是再带你出来,我就不叫 Rebecca。"

许松鼠缓缓地镇定了下来,做的第一件事情,就是给大峪子乡温泉的刘大鼻子打了个电话。

那天晚上黄灿灿和豌豆尖是以夫妻的身份出现在我和许松鼠面前的。泡完温泉吃完饭,我和许松鼠忙着赶回公司对付大胡子,就先结了账,把这二位扔在了宾馆里。可现在,许松鼠看见本该回到爪哇的焦大屁股亲亲昵昵地搀着豌豆尖,她不短路才怪呢。

许松鼠给刘大鼻子打电话,就是让他帮着查查那天晚上,黄灿灿和豌豆尖在山庄里都干了什么。

刘大鼻子说:"你那二位朋友可真够孙子的,你们一走,他们就把房间退了，拿了退房的钱扬长而去。前台的经理知道你们是我的朋友，还特地安排了汽车把他们送回城。他们要是不住应该早跟你们说啊，一起坐车回去不就得了？是不是想赚你们一天的住宿费啊？"

许松鼠挂了电话，心里就全明白了。根据她超强的判断能力，很快就把这件纷繁复杂的事情的前因后果，捋出了大致的线索来：这件事情的主谋是黄灿灿，而焦大屁股和豌豆尖，只不过是黄灿灿手里的道具与同谋。黄灿灿精心编造了一个在国外卖壮阳药起家的爪哇大款的故事，这个故事里除了肚皮舞娘以外，还包括倒腾翡翠、海关扣税等等一系列云山雾罩的内容。这个故事，如果是一口气给我们讲完，那也太玄乎了，估计没什么人信，于是他们三个就慢条斯理地把故事演给我们看，焦大屁股夫妻两个拆开来，焦大屁股演男一号，而黄灿灿扮演焦大屁股的下属，当然他还兼着总导演呢。我和许松鼠要请黄灿灿去温泉谈事，孤家寡人的黄灿灿又为这个把焦大屁股的老婆豌豆尖借来。就这么着，把大伙都给蒙了。

接着，黄灿灿又编了一出焦大屁股后院起火的高潮戏，他就可以敞开跟我们谈条件了。黄灿灿提出提前要回扣，是整个戏中最关键的一步，他软硬兼施地想逼迫我们入套，就是想让我们提前掏钱，这笔钱是五百万也好，是一百万也好，甚至是五千也好，只要黄灿灿拿到了手，他就会像烟雾一样人间蒸发。蒙一笔是一笔，骗子的典型思路。

可事情的发展往往就是这样，人算不如天算。万没想到焦大屁股在小手枪面前露了行藏。其实上次许松鼠在大街上看见豌豆尖骑自行车的时候就有所怀疑，一个钱多得必须大笔花出去的公司中的高级职员的老婆，家里明明有宾利，怎么会像个普通群众一样上街骑车呢？按照许小姐的脾气，就算没车也应该叫专车啊。当时许松鼠在心里就打起了鼓，只是转念一想，也许人家有钱人就好骑车呢？不仅骑车而且还有可能有其他怪癖呢，也难说，所以她没敢把怀疑说出口，只是拐着弯地提醒我要小心。现在在许松鼠看来，这一切都指向一个结论：黄灿灿他们，是不折不扣的骗子，他们的最终目的就是把所谓的回扣拿到手就颠儿了。

许松鼠回到家里，把她的结论反反复复琢磨了好多遍，又上网查爪哇国的情况。不查不知道，一查吓一跳，哪有爪哇啊，爪哇是古代的称呼，现在那地方早就改名了，叫印度尼西亚，而且爪哇只不过是其中一个岛，物产风光都还不错，人口还挺多。许松鼠赶紧把有关爪哇的所有资料都打印出来，那意思是下次见着黄灿灿就跟他主侃爪哇了，知识就是力量，她相信不出五句话，黄灿灿就会被问得破绽百出。

许松鼠把她得出的结论向我做了汇报，她旁征博引，显得自己特别有学者风范。我听了半天，冷汗就从后背流下来了，心里明白，不管黄灿灿他们是不是骗子，这买卖肯定是不能做的。我们是个小公司，钱都拿来装门面了，要在资金到位前先把钱交给黄灿灿，那是一万个不能够啊。咱丢不起钱，也丢不起脸。我赶紧对许松鼠说："这事儿咱们千万不能外传，要是让别人知道咱们都不知道爪哇是什么，肯定要被笑话死，还办文化公司呢，透着就没什么文化。"

许松鼠道："那怕什么？办文化公司就一定要有文化吗？那

咱们的文化事业干脆就别发展了。吃一堑长一智，咱现在不是知道了吗？谁不是在斗争中成长啊？"

我嘿嘿地笑着，心里却是一团乱麻。许松鼠说的很有道理，可这里面还有好多关节想不通呢，既然他们都是骗子，那我们下一步该怎么办？竹叶青挖还是不挖？项目是停止还是继续？这一切都像躺在银行柜台上的一把零钱，数也不是不数也不是。

最重要的是，公司已经出了不少血了，人家竹叶青也都差不多以身相许了，就这么把这件事黄了，要是大胡子把这事兜到网上去，江湖上以后我还怎么混啊？干什么都得要个品牌不是？

许松鼠看我不言语，笑道："后悔认识有钱人少了吧？"

我点点头。

"你这人就是太实在。"许松鼠说，"我都不忍心看你这副样子。这样吧，帮人帮到底，就当我做件公益事业吧。三天之内，我再帮你找个有钱人来。"她说这话时表情轻松，仿佛这个世界上所有有钱人都认她的账，那她还在我这儿瞎混什么啊！

第七章　许松鼠大弄玄虚

没有什么事情是不可能发生的。若干天以前，许松鼠还跑到我这里来找工作呢，如今，她反而成了我的救命稻草。若干天以前，我还以为赛观音认识的有钱人最多呢，可没想到山外有山天外有天。世事难料，所以，人得常怀感恩之心，春风和煦地对待每个人，包括比自己辈分低很多的人。

我就是这样一个善良的人，所以危难之中，自然会有人出手相助。

许松鼠并不是那种在款圈里呼风唤雨的人物，她直接认识的资产过千万的人，也就刘大鼻子一个。我刚开始就猜她想带我去向刘大鼻子开口，因为我听她说过，刘大鼻子曾经请紫菜卷写个他们蒲公英花园的电视剧。可紫菜卷画画行写字却未必中用，写了没几天就放弃了。当时许松鼠还把自己开的茶餐厅免费提供给紫菜卷当写作场地呢，没想到紫菜卷三天打鱼两天晒网，又有老婆监控着，不敢天天来许松鼠这儿上班。刘大鼻子看他进展太慢，也就丧失了拍电视剧的满腔热情。后来，过于讲情调的许松鼠把个茶餐厅经营得乱七八糟，经常有遛弯的老头老太太到她这里乘凉。许松鼠提供的下午茶小点心人家不吃，就在那里聊免费天儿，而且一聊就奔天黑，内容涵盖保健品、房地产、医疗保健、儿孙教育加各式低价旅游团信息，以及方圆二十公里内的广场舞八卦。就这样，茶餐厅和许松鼠一样，变成了高不成低不就的状态，蒲公英花园的其他业主趁机把房盘了过去，改成一个火锅店了。

这些个故事，都是紫菜卷喝多的时候跟我说的。从他的口气里，我觉得许松鼠对他很是倾慕，他们之间的关系暧昧得有点过分。不过由于老婆孩子就在身边，紫菜卷干看着眼馋也没任何办法。而许松鼠呢？好比是一艘搁浅的航船，在驶向爱情的港湾时半道被拖了底，进退两难，只好听天由命，等潮起潮落了。

我曾经把我自己的满腹怀疑，拐弯抹角地跟许松鼠提过。许松鼠听完以后说了声："喊，紫菜卷要是真跟你这么说，那他的自我感觉也太好了。我对他有意思？真是笑话。我只是和他老婆特别谈得来而已，至于他本人，我从来没打算和他发展邻居以外的任何关系，他别做白日梦了。"

还是回来讲许松鼠和刘大鼻子吧。刘大鼻子曾经想拍电视剧，所以我们在找投资的时候理所当然地想到了他。可是许松鼠却说，这事儿找谁都行，就是不能找刘大鼻子。个中原因，那自然也是许小姐太青春靓丽，太招人。对于刘大鼻子来说，许松鼠就是他最为明确的目标兔子。刘大鼻子可是对许松鼠觊觎已久，一心想把心高气傲的许小姐收服成为二房。所以许松鼠要泡个温泉行，想要投资，那是门都没有，除非自己主动投怀送抱。许松鼠小姐虽然仗义，把公司的事情当成自己的事情，可也没大方到牺牲身体的境地,她也没必要这么做啊。

于是,许松鼠小姐口中所谓的"有钱人",似乎就真是一神龙见首不见尾的家伙。问她,她就神秘一笑,说Peter你是老板,你得沉得住气啊。你就等着吧,到时候我一定把钱给你弄来。

我看过《三国演义》,我怎么觉得许松鼠这是故意抬高自己,把自己和那个诸葛孔明比,玩起草船借箭抖上包袱了。她倒挺会来事儿的!

头两天,许小姐还都正常上班。到了第三天下午,许松鼠特神秘地跟我说:"Peter,一会儿你有时间跟我去喝咖啡吗?"我一听就来了神,笑嘻嘻地问:"是不是中央慰问团来给咱们老区人民送温暖来了?"

许松鼠说:"可不是嘛。"

这咖啡馆离我们写字楼不远,在一片富人别墅区的大门对面,就是那种连锁式的店,一进门,小桥流水,绿荫掩映,倒真有点闹中取静、意境悠远的意思。走过架在门廊的木桥,里面就是一排排的沙发。许松鼠坐下,不客气地点了一大堆冰激凌和一杯咖啡。我对咖啡向来不太在行,就觉得这么一小杯肯定便宜不了,喝起来又不解渴,怪亏的。许松鼠看着我狐疑的眼神,说:"知道这是什么吗?蓝山咖啡。知道蓝山在哪儿吗?"

我摇摇头:"我就知道香山,顶多还有石景山。"

许松鼠啜了口咖啡,慢悠悠地说:"在遥远的太平洋彼岸,有一个岛国叫牙买加你总知道吧?"

我仍然摇头:"我刚弄明白印度尼西亚在哪儿,您说的那地方,太远,超出了我的认知范围。"

"那也没关系,谁叫咱们刚起步呢。"许松鼠兀自说下去,"牙买加是个多山的国家,首都旁边有一座蓝山,因为终日烟雾缭绕,远看山色青黛而得名。"

"我知道了,这山上种了咖啡,特香,就叫蓝山咖啡,就好比咱们中国的冻顶乌龙、小站香米、即墨老酒、镇江香醋,是一个道理。"我急着说。

"你是只知其一,不知其二。"许松鼠笑道,"蓝山咖啡可是有讲究的,这座山的斜坡上长的咖啡,只能算是三等品。而海拔一千八百米以上的咖啡,才勉强算得上是二等品。真正的极品蓝山,出产在海拔两千二百五十六米,也就是顶峰附近。"

我刚一口喝了半杯咖啡,听了这话,咖啡在嗓子眼转了一圈又回到嘴里含上了,没舍得咽。

"蓝山咖啡的特点也不光是香,它的咖啡因含量只是普通咖啡的一半,所以晚上喝也不会失眠。比如我吧,咖啡只喝蓝山,别的都不入法眼,你知道这叫什么?品位。我们做文化公司的人,不能光想着挣钱,先要把品位立起来。Peter,我建议,以后咱们公司里的咖啡,都换成蓝山,别喝那些速溶的玩意儿了,那只是美国人的大碗茶。你看美国人有文化吗?他们那好莱坞,净生产垃圾了。"

我说:"你说得轻巧。你让大胡子敞开喝蓝山,那还不得把牙买加岛给喝沉了?其实先沉的是我。"

许松鼠笑了:"别心疼钱啊。今天这顿不会让你埋单,我掏。"

我和许松鼠东拉西扯地打着镲,不知不觉半个多小时就过去了。许松鼠看看手表,点点头说:"差不多该来了。"我赶紧把在沙发上往下出溜的身体挺起来,做出青年才俊才有的正襟危坐状。我正琢磨她会叫来一什么神仙，只见许松鼠突然向门口招起手来。

我的眼珠子差点没掉沙发下面去。进来的人哪像大款啊，是一个袅袅婷婷穿着暴露的姑娘。她夸张地和许松鼠打着招呼，一步三摇走到我们面前坐下，和许松鼠亲热地搂到一起。

我强忍着一肚子的疑问，客气地说："姑娘，你想喝点什么？"

那姑娘一点都不迟疑地说："可口可乐啊。大热天的，来冰镇的吧。"

"这是我们文化公司的总经理Peter先生，演艺圈的大腕儿。你不是喜欢曾志伟叔叔和洪金宝伯伯吗？赶明儿让Peter把他们擦过嘴的餐巾纸给你弄两张来，让你夙愿得偿。"

许松鼠一介绍我，对面的姑娘立刻肃然起敬，收起了笑容，主动握着我的手说："久仰久仰。"久仰什么呀，我自己都快不知道自己是谁了。

"这位叫艾茉莉，我跟你说过的，我们美人团最能干的人。她认识几乎所有大款的老婆或者小三，甚至一个大款的几个老婆都同时和她成为闺蜜。"许松鼠自豪地说，"艾茉莉最大的特点，就是左右逢源、游刃有余。这也是我们新时代女青年的素质的体现。"

我冲艾茉莉点着头，明白了这个姑娘的路数，一定是开着什么俱乐部呢，和阔太太们打成一片，心里却不由得感喟一声。想不到自己英名一世，如今却混到了想辙吃阔太太软饭的地步。

许松鼠把事情大概讲了一下，就是我们有一个特别好的题材要拍电视剧，或者网剧，到底是电视剧还是网剧，得看资金、市场落实和审批才能决定。演员导演剧本都已经落听，可资金临时出了问题，现在需要救急，问艾茉莉手头有什么被钱憋得难受的有钱人。"收益率至少50%以上，机会可是千载难逢的。"许松鼠强调道，"不过我们也有要求，那就是必须在两周以内资金到位，我们已经被耽误了太多的时间。你知道的，拍个戏的难度，和发射个航天飞机差不多，都需要窗口期，这几天一旦没有开机，演员们都签着别的档期呢，下次再聚齐可就不知道猴年马月了。"

她没说我们是被黄灿灿和焦大屁股给耍了，丢人哪。

艾茉莉听完后沉吟了一下，说："钱他们倒有的是，可是，你们这个戏，六千万的投资额我觉得太小了。这帮有钱人，都恨不得明天就搬回一月亮那么大的金山来，你要说给他们找路子投资点石油啊航空啊，炒炒哪个国家的货币贵金属核弹头，或者倒腾点战斗机什么的，他们都会有兴趣，拍个戏的项目，太小儿科了吧。"

我苦笑着说："可是我们公司没有你说的那些经营项目。我们也想一举把花旗银行给搞垮，真的没那实力。"

许松鼠听了艾茉莉的话也着急了："那他们平时手头就没存什么零花钱吗？干大事，小事也不应该丢啊。他们已经一夜暴富了，不能盼着那么好的运气会连续两次降临在自己头上吧。应该扎扎实实地做点实际的事业。"

艾茉莉摆手打断她："别着急，让我想想。"她打开随身的小皮包，从里面拿出一个精致的塑料盒子来。我一看还以为是副扑克牌呢。只见艾茉莉不慌不忙，把盒子中的牌抽出来，在手里洗了洗，放在桌上，然后像一个真正的老手一样，用手掌一划，那些牌在桌子上铺成了一个扇面。

我探过头去一瞧，哪是牌啊，那是密密麻麻记满大款资料的卡片，用红色笔记的是大款老婆的名字，黑色笔记的是大款的名字，底下则是他们经营的内容、资产状况、家庭矛盾，甚至还有个人的喜好和性格，有的地方还画了记号。我倒吸了一口凉气。我就听说过美军抓萨达姆时做过这种扑克牌，没想到艾茉莉移植了这一招。这小妮子真是个有心人，她居然给全城有头有脸的人物都建了档案。

艾茉莉说："你们看，这上面凡是画了五角星的，都是喜欢追剧的。紫色是言情，褐色是悬疑，绿色是战争，橙色是玄幻穿越，打开电视就能一直等到冒雪花。他们其实生活得也挺无聊的，土财主。"

这些东西许松鼠也是头一次见。她特有兴趣地拿起一张来，横看竖看左看右看，叹道："真是一步一洞天，你还有这么一手呀。你为什么不把这些资料存电脑里啊？"

艾茉莉冷笑道："不要什么都依赖现代化。电脑并不保险，要是有哪个挨千刀的把电脑植入病毒远程遥控了怎么办？所以我的原则，要命的东西绝对不放电脑里，随身带着，就像我喜欢带着现金一样。谁会注意你包里的一副扑克牌呢？"

艾茉莉把这些卡片仔细端详着，一会拿出一张，看看，摇摇头；一会又拿出一张，看看，又摇摇头。许松鼠问："怎么？都不合适吗？"

艾茉莉突然问许松鼠："要是有人愿意投钱，可她却和我们美人团有过节，你愿意吗？你能接受吗？"

许松鼠一下被问愣了："你说谁？不会是说……"她的蓝眼

睛骨碌骨碌转着。艾茉莉微笑着点头："没错,就是她。"

她们两个在那儿打哑谜,把我放一边给着急的。我忙不迭地说："有什么过节啊?谁和钱有过节啊?海峡两岸都经贸合作了,有什么大不了的事不能放在一边,赚钱对大家都有好处嘛。"

许松鼠说："我真没想到你私下里和她还有那么深的往来。其实,我和她有什么过节呢?有过节的该是大美女。"

艾茉莉说的人,名字叫小花狸,现在可是IT领域响当当的女强人,代理着五六个品牌电脑的"大中国区"销售,她要是感冒了,整个电子产品市场就得跟着发烧。这个小花狸也是很有来头的,当年是美人团成员大美女的老公胖冬瓜的秘书。后来大美女抛弃了胖冬瓜,和开黑车的马尾辫结了婚,小花狸千年二房扶了正,理所当然地被胖冬瓜纳入正室。说起来也奇怪,这胖冬瓜二婚以后,突然就交了好运,做什么成什么,买张彩票就有奖,就是在大街上摔个跟头都捡钱。上次带着小花狸出国玩,捡了张信用卡,交给了国外的警察叔叔,结果人家失主找了回来,非要送他们返程机票。原来那张信用卡虽然早已经过期,却是人家父母那辈的定情物,有纪念意义的。运气这么好的人,生意场上自然也挡不住,这才几年啊,他们就从默默无闻的杂牌电脑销售商变成了全世界都哈着的人物。我是后来从时尚杂志上了解到他们的事迹的。他们住着洋房别墅,开着香车宝马,还生了个大胖小子——合着这世界上所有的好事都让他们赶上了。据说现在,许松鼠都不敢在大美女面前提胖冬瓜的名字,甚至连"电脑"两个字都不能提,怕说了这事惹大美女伤心。虽然大美女日子过得也比大多数人强,可她毕竟错过了一个有潜力的大富豪啊。

艾茉莉却和他们保持着密切的联系。艾茉莉现在和男朋友在城里羊不拉屎胡同开着一个高档会所，胖冬瓜会带小花狸过去。故人相见，说话叙旧，那是格外亲热。这些事情，艾茉莉压根就不向美人团的任何人说。

事到如今，许松鼠还有什么不好接受的呢？她只是问了一句："你有多大把握他们肯投钱？喜欢看电视剧的人不一定会去拍电视剧，就像吃鸡蛋的人未必自己去养鸡一样。"

"你不是要快吗？也就他们快。上次胖冬瓜跟我念叨了一次，他厌倦做生意了，想退休去娱乐圈闯闯，过过当演员的瘾，哪怕当个配角呢。他年轻的时候，可是挺风流倜傥的，我还见过照片呢。"

"我们可以给他安排角色，看他想演什么吧。"我立刻表态，"怎么拍不是拍啊？"

"他想演心狠手辣的黑社会。他说一辈子没做过犯法的事，就想在戏里当当坏人，演一超哥。"艾茉莉笑道，"你们给他好好编排编排吧。我今天晚上能见到他，先跟他提提。不过现在他已经大权旁落，超过一百块钱的花销都得小花狸签字才能报销。"

正说着呢，我的手机突然响了。赛观音在电话里说："Peter，你赶紧回公司吧。警察来咱们公司了，说是要让你回来协助调查。"

还好，警察都穿便衣，这让外人以为是客户造访，我们的公司形象没有毁于一旦。他们是经侦警察，专门管诈骗贪污之类的事情。不过他们坐在我们办公室，仍然让我有点紧张。最紧张的是赛观音，因为焦大屁股和黄灿灿，是她介绍给公司的，而她又是公司的财务。她跟警察反复强调："我也是受骗的人，你们可千万别把我当成他们的同伙啊。"

黄灿灿这小子，骗了不止我们一家。虽然他在警惕性很高的许松鼠小姐面前没有得手，但在另外一家文化公司那里，弄去了十几万。那家公司出了钱却找不到人了，马上就报了案。警察一查，这小子以前就底儿潮，麻利儿地布下天罗地网，反正就把他们给逮了起来。黄灿灿是软骨头，和焦大屁股比赛着向警察招供，当然也包括和我们公司的事情。从警察的嘴里我们知道，这几个家伙平时业务都还挺繁忙，他们特意在机关大院里找了亲戚的房子住，租了那里的宾馆，为的就是让别人觉得他们正规，没来由地相信他们。

警察把情况核实了一下，知道了我们是取得营业执照的合法公司。他们对我笑道："你们也真够可以的，弄个网络写手冒充剧作家，弄个后勤人员冒充名演员。刚开始我们还以为你们也是一伙骗子呢。黄灿灿招供说，他一眼就瞧出来那俩人是假的，没有说破，是因为觉得你们这种自作聪明的家伙更容易上当。赵总啊，我们虽然不会做生意，但我们知道一点，做生意要诚恳，只有自己诚恳，才能交上诚恳的生意伙伴，你说是吗？"

我能说不是吗？

我使劲点头，心里想："现在警察都特会教育人。"我说："您要是在文化圈里混得时间长了就知道了，我们已经算很诚恳了。比我们黑的人是大多数。"

"我才不在你们那个圈子里混呢。"警察说，"要跟比自己高尚的人比才能进步，别老跟坏人比。这么比迟早会把自己折进去。"他指指公司门口我年轻时的画像："你看看，这画像摆在这儿，说明你们还是向往善良的。"

警察们办完了自己的事儿，走了。我暗暗松了一口气。一方面庆幸这件事最终没给公司造成太大的损失，另一方面也在想，还好，我们不是世界上最笨的人。

赛观音红着眼圈走到我面前，抽噎着说："Peter，都是我不好。我想辞职了，我觉得对不起你。"

我正要说什么，大胡子也过来："老板，你看你老不让我以作家自居，人家都开始怀疑我们了。其实我就是作家，只不过金子还没有闪光，美玉还需要雕琢，我是有潜力的。你得包装我啊，跟全世界一嚷嚷，那什么人都能成作家。你看看那过气明星、三流模特，除了签名基本不会写字的人，最后不都是美女作家了吗？你就算是卖花生瓜子的，好歹也得弄个纸盒子，那也能卖个好价钱。"

我烦躁地冲他们挥挥手："行了行了，都别闹了你们，该干吗干吗去，还嫌不够乱啊？"

"还有什么可干的？不都黄了吗？"大胡子问。

"你给我写剧本去！"我瞪着眼睛，声色俱厉地说，"地球不是还转着吗？只要地球转一天，就会有人哭着喊着看电视剧，明白？遇到什么挫折都得写电视剧。还有你，"我转向赛观音，"辞什么职啊？不想当九天玄女飞天女青年了？辞职了你拿什么买房啊？你到哪儿混去呀？你以为你是香饽饽人人都要啊？现在00后的小女生竞争力多强你知道吗？个个貌美如花心狠手辣身强力壮还任劳任怨不要钱都干活。你看看你自己，娇生惯养的，干活都得哄着，你从我这儿出去还有的混吗？你现在立刻给我去做调查研究，想想花多少钱，用什么办法，能把竹叶青挖到我们公司来，我三天之内要看报告。"

我说得口干舌燥，心里却畅快无比。怪不得有那么多人哭着喊着要自己当老板呢，原来老板自己郁闷了，可以通过向员工发脾气来达到心理平衡。训人真不是一般的爽，不仅能让员工服服帖帖，自己的闷气一扫而空，还能在被动的时候鼓舞斗志。所以说，老板可以什么都不会，但嘴皮子一定要利落。该甜的时候甜，该凶的时候凶。这样，大家才能在老板的领导下万众一心、拼命干活，最后还都念老板的好。有的人在外面说不出话来，只能回家训老婆。老婆多无辜啊，我对她们表示深切的同情。

高大姐给我端过一杯咖啡来，说："Peter，喝点水吧，这是 Rebecca 让我给你煮的。"

我喝了一口，味道怎么这么熟悉啊，想了想，是蓝山咖啡。许松鼠还真会来事啊。我让高大姐把许松鼠叫过来，问："你从哪儿弄来的咖啡？"

"买的啊，上档次吧？"许松鼠不无得意地看着我，"好喝吧？一喝就上瘾，听说就有人专喝这一口，不计成本，最后把自己的跨国公司都给喝垮了。"

我笑了笑，对许松鼠说："这次你把咱们公司从崩溃的边缘给救了回来，你说我怎么谢你吧。"

许松鼠笑道："Peter 你这就见外了。爱岗如家，人人有责。振兴中华，从我做起。大家好才是真的好呢，我只是做了我应该做的。"

真没看出来，这许松鼠思想觉悟还挺高。

可我还是想奖励她一下，给公司挽回了多少损失啊！损失是小事，她还给公司挽回了声誉呢。这样的人不表示一下，将来不能服众。我说："你也别假客气了，咱们公司的规矩，该怎么来就怎么来。这回你和 Simon 劳苦功高，你是首功，Simon 是二功，咱都得奖。"

"那你奖励 Simon 吧。"许松鼠说，"在我走投无路的时候是你收留了我，这份情我还没还呢，现在就算咱俩扯平了，谁也不欠谁的行了吗？创业伊始，物力维艰，能省还是省省吧。要是没什么别的事，我就先干活去了，那边艾茉莉说，胖冬瓜对这事儿挺感兴趣的。"

这个时候我就觉得有点不对了。许松鼠可不是不在意钱的人，作为一个员工，怎么现在倒替我算计起来了？别是这姑娘心里还有什么想法吧？

我又把高大姐叫过来，说："这两天你帮我好好盯着 Rebecca，我怕她犯什么毛病。打听打听她出什么事儿了，那眼睛本来是深蓝，怎么现在泛绿光了？不正常啊。"

高大姐神秘兮兮地说："我也觉得她有点变化。"接着她暧昧地冲我笑笑说："Peter，我觉得这姑娘人不错，她对你也挺有好感的。俗话说，肥水不流外人田，该出手时就出手。你也单身晃悠着呢，干脆咱们就把你们俩撮合了得了。最近公司不太顺，不如冲冲喜。"

这都怎么了这是？高大姐平时也不八卦啊，难道是客串了回大明星，开了窍了？我狠狠盯了高大姐一眼，说："还是算了吧您。我还想健康长寿呢，您不会打算把这盏明晃晃的煤油灯给我请家里来吧？石油价格飞涨您不知道吗？"

第八章　居然睡到了竹叶青床上

胖冬瓜和小花狸很顺利地通过了我们的文案。其实胖冬瓜也没细看，就把文案转手给了秘书，说："你看看，要是行的话，给花总打个报告，然后把合同签了就行了。"这种态度，让我突然有了一种预算打少了的惆怅感。

然后他转头就跟许松鼠聊开大美女了，问大美女近况如何。胖冬瓜悠闲地坐在自己别墅花园的葡萄藤下，跷着二郎腿抽着烟，报纸放在茶几上，手机放在报纸上。艾茉莉和许松鼠坐在旁边，未免都有些唏嘘。

许松鼠不打磕巴地汇报了大美女的近况，说她喜得贵子后大门不出二门不迈，在家相夫教子，就没离开过鸟尾巴村。胖冬瓜慢悠悠地说："人啊，都是有着自己的追求的。有时候她自己都不知道追求的是什么，凭着自己的感觉走。过得好就好，她自己满意比什么都强。"胖冬瓜还是那个胖冬瓜，可胖冬瓜又不是那个胖冬瓜了，几年过去，已经沉稳得像个大领导。看来还是环境磨炼人，胖冬瓜在坚苦卓绝的发财路上披荆斩棘，其气质已经接近任何号称成功的企业家了。

也就聊了半个小时的时间，秘书就把文件拿了回来："胖总，花总说只要是您同意的，她就没意见。合同已经签了，只是希望您在进军演艺圈的时候注意安全，不要太劳累，卫生与健康是第一位的。另外，有问题多和导演商量，不要摆投资者的臭架子，尊重艺术，尊重人才。"

胖冬瓜笑笑说："女人话就是多，导演又不是姜文老师，我不会跟人家吵架的。"

接着他站起来，把签好的合同递给许松鼠："你们回去赶紧看看，这个合同上还有什么疏漏没有，没有问题就签好字盖好章，赶紧拿回来，咱们就开张。而且我的律师还需要一份备案呢。"

许松鼠拿回合同，感激地说："胖总，真不知道怎么感谢您。"

"有什么可感谢的？生意不存在谢不谢，就跟爱情一样，没有谁欠谁，大家都是各取所需的。"胖冬瓜摆摆手，"我要忙去了。"

艾茉莉好奇地问："胖总，您的公司都交给夫人打理了，您没事儿在家干什么啊？"

"我的事儿多了。"胖冬瓜扳着手指头说，"我是高尔夫球会的秘书长、钓鱼协会的干事、糖尿病研究总会的会长、书画协会理事，还是著名的沙漠老狐狸网络社区东拉西扯版的版主，一天到晚，转不开磨啊。网上冲浪，说得体面点叫冲浪，实际上是潜水，也很好玩啊，比读书看报有意思多了，还省钱呢，让我充分感受到我卖电脑是有意义的。当然，我也代表花总去参加一些业界的会议，偶尔去见一下互联网巨头们，但我还是喜欢玩。"

许松鼠把合同带了回来，详细的经过跟我汇报了一下，最后用无比羡慕的语调补充说："你看看人家，活得像一个真正的退休老干部，生活多滋润哪！"

我笑道："你过不了这日子。你是无风都有三尺浪的人，叫你闲一天，能把你憋死。真不知道你没工作的那些日子是怎么熬过来的？"

合同写得很仔细，大意是双方成立一个筹备会，由胖冬瓜任会长，我来当执行会长，具体的事那边不管，只派财务来看账。每集戏里必须出现他们正在销售的某品牌电脑不少于若干个镜头，然后电视剧的收入双方按照比例分成。但是有一条，特别提到了胖冬瓜必须出演一个角色，戏份不能少于10集。我立刻把大胡子叫来，说："你在戏里得设计一个胖子，让他当男三号吧。"

大胡子为难地说："男三号有床上戏，人家干吗？"

"你不会用替身啊？"我说。想了想又觉得不妥，改口道："这样吧，把男三号改成女主角的爸爸，加大他的戏份，让他足足过个戏瘾，还安全。"

大胡子没敢吱声，转身回去嘟囔："这叫什么戏啊，怪不得现在的剧都那么难看呢。"

交代完这些事情，我就让高大姐去楼下的官府菜订个包间，今天晚上通知大家都别回家吃了，我请客，用以庆祝公司成立以来干了第一件拿得出手的事情。消息传出，大家无不雀跃。我还特意叮嘱赛观音说："你看看那个竹叶青，身体恢复得有力气吃饭没有，要是肠子阑尾子宫什么的都没问题了，就把她也叫来。"结果赛观音居然在电话里跟竹叶青说："今天晚上你一定要来啊，就是有伤也不能缺席，我们老板要请吃饭。千年的铁树开了花，铁公鸡居然把毛拔，我们总算盼到这一天了。躬逢盛世，共襄盛举，你得在场。"

说句实话，我手底下这帮兵，除了高大姐嫁了个会做饭的男人，其他人都晃悠着呢。他们过着饥一顿饱一顿不规律的生活，没人陪着吃饭，独自下饭馆又不合适。往往就方便面或者外卖打发晚饭。过了晚饭，那基本就不再有机会吃东西了，早饭时间都在赶往公司的路上，午饭呢？大铁柜的自助餐虽好，可也架不住天天吃，把胆汁都快给吃出来了。白领苦啊，外面看着让人羡慕，实际的日子是一塌糊涂，加班加点不许有怨言，开工资的时候嫌少也不许表现出来，报销的时候，票据永远都比报销额度多上好多倍，基本没时间干自己的事情。偏偏内心还高傲得不得了，有点钱基本都拿去玩格调了。幸亏他们遇到了像我这样仁义的老板，知道疼人。要是遇到翻脸不认人的黑心资本家，那他们的生活简直就是暗无天日。

那顿饭我是悠着点的菜，毕竟钱还没到位，但就这样也上三千了。结账的时候我是一点记忆也没有了，酒宴刚开始二十分钟，大家就开始斗酒。本来我的计划，是打算以感谢许松鼠的名义把她给灌倒。可我万万没想到的是，许松鼠小姐的酒量，相当于我和小手枪和大胡子加起来的总和，两瓶五粮液下去居然面不改色心不跳。这下她的气势就把大家全给镇住了。喝酒喝什么？就是喝个气势，气馁了，那就会变得不堪一击。

第一个倒下去的是大胡子。他一边哭一边拉赛观音的袖子，说自己这么多年来怀才不遇的痛苦经历。可偏偏赛观音那天穿的衣服没有袖子，结果大胡子一把就薅住了她的胳膊。一旦被抓住，赛观音想拔都拔不出来了，只好任凭大胡子的鼻涕眼泪往上抹（上次是抹了小手枪一裤子）。大胡子断断续续地说："你知道我这胡子留了多久吗？我从十三岁长出胡子那天就没刮过。人家买洗发精都是洗头发，可我却是洗胡子。为了这把胡子，我吹了三个女朋友啊，她们的皮肤个个吹弹可破，怕扎。可谁承想，我刚一进城胡子就让你们给剃了。我现在想起来真是可惜啊，我的青春，我的爱情，我的纯真，我的追求，我的回忆……"他说到这里，再也忍不住，呜呜哇哇地号啕大哭起来，接下来说什么就谁也听不清了。

接下来是竹叶青。这小妮子喝高了，突然就趴我怀里了，一会笑一会哭，还哼着小曲儿。我推她推不动，搂着又不合适，一个劲地冲许松鼠使眼色，意思是赛观音被人拿住了大穴，你倒是搭把手啊。许松鼠笑嘻嘻地靠过来——我这才知道什么是落井下石——她没有去扶竹叶青，反而趁我腾不出手的工夫，把一大杯白酒扎扎实实地灌进了我的喉咙。

等我恢复知觉的时候，不知道身处何时何地，只觉得胃里阵阵翻涌，脑袋里好像塞满了沉重的沙子，晃一晃都特别疼。再看看自己，躺在一张大床上，挣扎着坐起来，突然就觉得天旋地转，哼了一声又躺下了。

"你醒了啊？"一个女人的声音响起来，"喝点热粥吧，我刚熬好的。"

接着我就听到这个女人向我走来。

一碗香喷喷的碎米粥放到床边的茶几上，里面有木瓜、银耳，竹叶青笑眯眯地坐在旁边，说："吃点热的吧，凑合吃，我只会熬粥。"

竹叶青穿着细花的两件套睡衣，弄得我有点不好意思。我再看看自己，就穿了一件衬衫，底下穿没穿裤子都不知道，也不好立刻就看。我仔细地回忆，实在是想不出喝酒的时候发生了什么事。愣愣地瞧着竹叶青，不知道该说什么好，也不知道该有什么表情。

"喝吧。"竹叶青温柔地说，"喝完您就赶紧回家吧，否则您就得在我这儿过第三夜了。"

我问："是谁这么不负责任把我搁你这儿了？他们人呢？现在是几点？不会是已经过了一年了吧？"

"还没过年呢赵总，您只是在我这里昏睡了三十个小时。另外，也不是您一个人在我这儿过夜，前天夜里我这睡了一屋子的人。只是昨天天刚亮，他们就都走了。"

"把你这儿当宿舍了。"我大致明白过来。竹叶青说，前天晚上醉酒后大家嚷嚷着要先送竹叶青回家，结果到了这里大胡子和赛观音就死活不走了。我在楼下的出租车里左等右等他们不下来，只好上去叫，结果一进门也走不动了。还是竹叶青比较清醒，对搀我上楼的许松鼠说："干脆就在我这儿凑合一夜吧。"

许松鼠说："不行，他们怎么样我不管，我得回家去。我还是一个没出嫁的女人呢。"

结果许松鼠和小手枪扔下我们几个，扬长而去。

这个解释还算合理。我问："那为什么就留我一个在这里呢？他们走的时候难道就不叫我吗？"

"这可不能赖我。"竹叶青悻悻地说，"也就是我强撑着送许松鼠到了门口，前后就两分钟的工夫，回头再看，您已经特别自觉地爬到了我的床上，抱着枕头鼾声如雷了，怎么推怎么打都不醒。我也实在是没了力气，只好由着您睡了。放心吧，我的伤还没养好，不会非礼你的，只是您这一觉睡得可真够长的，两圈还带拐弯。"

我的酒劲全醒了，心里想这下可真的糟了，这事儿要是让狗仔队知道了还了得？那我可是跳进黄河也洗不清，不说黄河，在英吉利海峡游上几个来回都洗不清。我哪还有什么心思喝粥啊，一个鲤鱼打挺从被窝里窜出来，吓得竹叶青也站了起来："你干吗？"

"不干吗，谢谢你收留了我这个混迹街头的醉汉。不过我得走了。我不能再给你添麻烦，再说我还得工作呢。"我站起来发现自己还穿着裤子，长出了一口气。以前我醉酒回到家中，可都是喜欢在第一时间把自己脱得精光，然后钻到被子中蒙头大睡的。

"那你也得吃点东西啊。"竹叶青倒显得挺关心我，"这粥我可熬了两个多小时。再说你也是为了公事才睡到我家的，这怎么也和私情沾不上边。"

我想想她说得也是，便老实不客气地坐到餐桌边，稀里哗啦地喝着粥。还别说，这竹叶青的手艺不错，也讲究，米是事先砸碎了的，再加上熬的时间长，入口即化，粥里还洋溢着木瓜的清香。我没怎么打嗑巴就吃净了一碗。竹叶青问："您还需要不需要再来一碗？对了，我这还有臭豆腐。"

我真想不通竹叶青提臭豆腐干吗，本来挺好的胃口，一下又全没了。

我站起身，对竹叶青千恩万谢，然后头也不回就出了门。到了楼道里才发现，竹叶青家住在一栋高层公寓的 23 层。早知道这么高，我昨天夜里才不会爬上来呢。

人心里有鬼的时候，就特别容易碰到鬼。我按了电梯呼唤钮等电梯的当口，就觉得旁边有人影一闪，接着就是快门的声音。我赶紧用手遮住脸。

晚了。楼道拐弯处钻出两个人来，一个举着照相机，一个拿着录音笔。我真感觉奇怪了，这狗仔队娱记吧，发布会的时候，有时候求爷爷告奶奶给红包都不来，可你最不想见他们的时候，他们总是出现在你的面前。他们就好比苍蝇、蚊子、黏在鞋底的口香糖，不厌其烦地死死地跟着你，躲不掉闪不掉，非得让他们叮一口沾一下才肯罢休。

"请问这位先生，您是刚从竹叶青小姐的房间里出来吗？"拿着录音笔的家伙问道，笔上的指示灯一闪一闪的。

"你是——问我吗？"我假装汉语很不熟练，我是不懂日本话韩国话蒙古话，要不然我就直接说别的语言了，"竹叶青，什么意思？我，不是很明白。我，科瑞丫，思密达。"

两个狗仔对视了一下，仿佛印证了什么东西。其中一个人开了口："原来您会说中国话啊。我们一直听说竹叶青小姐有个韩国男朋友，还让她怀了孕。可是她自己却怎么都不承认。看来是真的了，我们终于抓了个现行。"

"怀孕？我不会怀孕！"我摇着头，可是一摇头又翻天覆地晕了起来。我想我还是别装了，再装非得让人把国籍改了不可。于是我老实地用普通话说："行了二位爷。我根本就不知道你们在说什么。我告诉你们，你们要是敢把我照片放在网上，或者在报纸上胡说八道，我宰了你们。"

那两个家伙听了我的威胁，居然哈哈大笑起来："原来您是中国人。您是想打官司吗？没关系咱们打吧，越打那是越红火。我们也不怕您找黑社会报复我们，为了这点小事搞得身败名裂不值当，而且咱们还说不准谁和黑社会更亲呢。您要是不和我们掏心窝子，那我们只好在网上写：'清晨神秘男子走出歌星竹叶青卧室'。这么写是不会失实的，因为我们拍摄了您出门的全过程。"

电梯来了，电梯怎么这么慢啊。我一头钻进电梯里，那两个小子也跟了进来，这下成了瓮中捉鳖的态势。拿相机的说："我看您还是老实回答问题吧，您和竹叶青小姐是什么关系？她那个韩国男朋友呢？难道是吹了？"

"她没有男朋友，她也没怀孕。"我思忖半天，斟酌着说，"我也不是她什么人，只是普通朋友而已。我们昨天晚上聚会，喝多了点，在她这儿借宿了。我们实际是好几个人在一起……"

"可我们只看到了您一个人。"拿相机的家伙说，"要是我们写一大帮人，可能情况就会更复杂。"

现在的写手都是什么思维啊，唯恐天下不乱，怪不得组织上要严厉打击低俗新闻呢，要换了我我也得打击。我反客为主地说："你们是哪个单位的？是娱乐小红锣工作室的吗？我认识你们老总，那个谁来着？"

"您认识谁都没用了。"举着录音笔的小伙儿得意地说，"两个小时前我们就开始网上直播了。您出了电梯，手机有网络了，就能看到自己的光辉事迹。"

我坐进出租车里，气急败坏地给许松鼠打电话："Rebecca，你们这是唱的哪一出啊？怎么狗仔队的鼻子就那么灵？他们是半仙啊？"

　　许松鼠在电话里说："我们都在公司呢，您回来再跟您解释吧。"她停了停又说："是您给 Laura 定的任务，让她少花钱把竹叶青弄到我们公司来，我们是万般无奈，才决定给您来一出美男计的。怎么样？被狗仔队盯上的感觉挺爽吧？"

第九章　就这样掉到陷阱里

人生会有许多经验教训，最重要的一条就是，千万别和明星凑一块儿，一入娱门深似海。掉进娱乐圈这霉就算倒上80%了，如果不幸再和狗仔们遭遇，天啊！那你就是世界上最倒霉的人。而我，就被许松鼠、赛观音这几个不知轻重的家伙，搞成了世界上最倒霉的人。

从天蒙蒙亮开始，我的手机、办公室电话就响个不停，仿佛我们公司一夜之间，成为业务最为忙碌的地方。电话有记者打来的，有亲戚朋友打来的，还有歌迷打来的。我也挺纳闷儿的，这竹叶青也不怎么红啊，怎么就会冒出这么多的粉丝来。其中有一男的在电话里对我破口大骂："我们最心爱的竹叶青姐姐就被你这个禽兽给糟蹋了，我这辈子的幸福就算是完了。你给我等着，快则一个月，少则三五天，就准备着挨板砖吧。"

我正想问他板砖是网络上的虚拟板砖，还是现实生活中那种扎扎实实能拍脑袋的板砖，他却把电话挂了。我的脊梁沟里开始冒凉气,这小子别是真想暗算我吧?当时我就把我和约翰·列侬联想到一起了。

正琢磨的时候,电话又响了。我本不想接,看看号码居然是紫菜卷的。紫菜卷在电话里嬉皮笑脸地说:"行啊哥们儿,几天没见本事见长啊,在娱乐圈里闹起绯闻来。我这外甥真给我长了脸了。我说呢,昨天半夜我睡不着,爬起来夜观天象,感觉有人命犯桃花,没想到应在你身上。想知道破解之法吗?到凉台上去,探出半个身子,右手挥条手绢,咒语是:大爷上来玩啊。"

我心里这叫一个气啊,心说紫菜卷表面上也道貌岸然,怎么一样落井下石?看来人的本性都是一样的,不管他是艺术家还是个蹬三轮车的。我想跟他说说经过,可转念一想还是算了吧,现在就算我长了一百张嘴,也说不清楚。舆论武器可真是可怕,众口铄金,积毁销骨。以前我们搞策划,都琢磨着找个什么事儿把人给炒红了,没想到事情落到自己头上,才知道其中的厉害。我说这歌星影星怎么一个个脾气都这么大呢,天天被人侦察着、威胁着、挤兑着,那脾气能不大吗?

我关了手机,把公司里幸灾乐祸的几个人都叫了过来,阴沉着脸问:"说说吧,你们是怎么想的?"

"我们没怎么想啊。"赛观音嗫嚅着说,"我们本来就想找个机会把你给灌醉,然后把你和竹叶青撮合到一块去。不是真的撮合啊,就是造个炒作点。你想想全中国人民都知道你和竹叶青有一腿了,那她的签约公司还敢继续用她吗?没人愿意自己身边有敌人的老婆啊。这么一来,他们巴不得就把竹叶青无罪释放了呢,咱们公司不就捡一大便宜吗?"

"谁是主谋？"我盯着赛观音追问，"Laura 你挺老实一孩子，不可能想出这么弯弯绕的计策来。"

许松鼠打断我的话说："Peter 你别为难她了，这是我的主意，又和 Laura、Victor、Simon 和竹叶青一起开过诸葛亮会，群众献计献策，众人拾柴火焰高，这才定下了这条锦囊妙计。其实大家心里都有底，就你还蒙着呢。我们所有的环节都解决了，万事俱备，只欠东风，可巧你自己把东风送来了，非要请大家吃饭。于是拣日不如撞日，我们昨天就将计就计了。至于那两个狗仔记者，是竹叶青自己的朋友，平时都用小红包喂得肥肥的，招之即来，来之能用。"

"小样，你还挺兴奋！"我怒气冲冲地说，"许小姐你可真聪明。你知不知道这叫制造假新闻蒙骗公众？你知不知道这么做侵犯了我的隐私权？你知不知道你让我蒙受了不白之冤，我以后怎么在江湖上混？最重要的一点是，你们现在要是把竹叶青给弄红了，他们公司就更不会放手了。这叫机关算尽太聪明，反算了卿卿性命！"

我们在公司里从来都是称呼英文名字的，这回我称呼许松鼠为"许小姐"，说明我是真的动怒了。赛观音眼泪直在眼睛里打转，说："Peter 你不会是真急了吧？ Rebecca 是为了我完成任务，要怪罪你就怪罪我吧。"

"我不是为了 Laura，赵总经理。"许松鼠毫不示弱地说，"我这是为了咱们公司。别人怀宝剑，我有笔如刀。拿破仑说过，一篇文章顶得上两万军队。而我认为，一篇文章抵得过几百万现金。在关键时刻，牺牲小我，保全大我，是中小型企业出奇制胜之道。赵经理，我就不明白了，让您为咱们公司做这么一点小小的贡献，怎么就这么不乐意。公司是您的不是我的呀。再说您又没吃什么亏，不仅没吃亏，在公众眼里您还占了天大的便宜，您自己好好想想吧。您要是觉得我做得过分，那我现在就可以收拾东西走人。"

眼看着我和许松鼠要闹僵，高大姐急了。她抱过来一大堆茶杯茶碗放在桌子上，拿起一个纸杯子塞到我手里，就像在哄一个孩子："Peter，你别着急呀，着急没用啊，赶紧给大家分析分析吧。"

我把纸杯揉成一团扔在地上，说："好，许小姐，你还知道这个公司是谁的。你现在就回家，我放你假，你好好想想你错在哪儿了。"

话刚出口，赛观音就嘟囔着说："那我也申请休假，我都好多个周末没休息过了。"

大胡子紧接着说："那我还在这儿起什么哄啊？老板你也把我给休了吧。咱办公室里要是没有年轻女性了，我在这儿不是瞎耽误工夫吗？"

小手枪看到形势急转直下，跳起来大声喊："你们都别说气话了，行不行？你们都不是想真的走吧？咱们不都把钱弄来了吗，还没分就散伙，那不都白干了？"

小手枪一席话惊醒梦中人，大家全都不言语了。场面就这么尴尬着，谁都找不到一个合适的台阶下。

正在这个时候，公司的门开了，闯进来俩扛摄像机的家伙，看样子是电视台的。走在前面的是个小姑娘，打量了我们几个人一下，就拿着话筒直愣愣地奔我而来。

高大姐奋勇地挡在我们身前:"你们是哪个部分的?要找谁?来干什么?"

"我们采访他呀!"小姑娘冲我努努嘴,"歌手竹叶青的男朋友,赵大春先生!"

"谣传,纯粹是谣传。"我摆着手,"你们不要相信那些八卦小号的胡言乱语,他们从来都是不负责任的。我正准备起诉他们呢。"

小姑娘笑道:"您就别装了,我们要把您的话就这么播出去,肯定被人家笑话死。我们是刚从竹叶青小姐家过来,她都承认了,就是这么回事,您要不要先看看视频回放啊?"

小姑娘不慌不忙把自己的手机打开,找到视频递给我。"您看看吧,竹叶青小姐把您夸成了世界上最完美的情人。这次我们做的就是'七夕'中国情人节特别节目,我们正抓瞎不知道做什么内容呢,就遇到了你们这档子事儿。你们郎才女貌,特别符合大众口味,可解了我们的燃眉之急了。"

歌星影星诸类明星在媒体面前都是什么表现?她们大多数和生活中不一样,总是端起架子来,比一般群众要更城府一些。其实这些,没准都是五分钟以前刚学的。接受采访,对他们来说是竹竿打狼两头怕。娱记怕他们翻脸不认人,而他们也很害怕娱记心怀鬼胎,憋着不可告人的目的提问,下套让他们钻。可是,也有个别例外,这例外我见过两个,一个是直来直去有话直说的王菲,另一个就是竹叶青小姐了。她们两个简直让我佩服得五体投地。

竹叶青小姐虽然出道还没有多久,可是耳濡目染,对付娱记已经有一套了。

在视频里,记者问她:"传言您有了男朋友,这是真的吗?"

竹叶青小姐落落大方地回答:"是真的啊。我为什么不能有男朋友?"

我的冷汗就顺着后脖颈子往下掉。记者又问:"有目击者看见一位文化公司的老板在您家过夜,您想解释一下吗?"

"没什么好解释的,他的确是在我家过夜了。"竹叶青说,"我和普通人一样需要感情。你们就别瞎猜了,他叫赵大春,我们从小就认识,在幼儿园里玩过过家家,现在只不过是把过去的游戏变成真实的生活。还想问什么呢?"

竹叶青真会编故事,我怎么可能和她在一个幼儿园里呢?差着辈分呢。可她却从我们一个苹果两个人分、一块饼干两个人吃、一根冰棍两个人嘬开始说,说到最后怎么捉弄幼儿园老师。再后来,我们就失散了,天南海北不知道对方在干什么,直到有一天竹叶青受到感情上的挫折,一个人在大街上溜达,考虑着是投江呢还是回家吃药,这个时候,她遇到了我。

"是他给了我重新生活的信心。"竹叶青说着说着就声泪俱下了,"我重新感觉到了这个世界上还是有真情在的。我们志同道合,配合默契,体贴周到,身体健康,我们能走到一起,能说不是天意吗?"竹叶青小姐煽情的话语,把小姑娘说得不住地点头,自己的眼圈都红了。

"可是就是我们这一对珠联璧合的人,却有人要生生给拆散了,这人们能答应吗?"竹叶青小姐话锋一转,突然抛出一颗重磅炸弹来。我能明显地看到扛着摄影机的摄像师肩膀一哆嗦。

"怎么回事?"小姑娘关切地问,"新社会了,还有人干涉你们吗?"

竹叶青冷笑道："你们去问大春吧，他会把事情的原委都告诉你们的。"

我完全明白了，我已经没有办法解套了，我将在新老各种舆论工具的强大压力下，和竹叶青小姐弄假成真，她一把把我拉到了众目睽睽之下，让我的一举一动，成为大家关注的焦点。

还有，她把向自己的签约公司发难的艰巨任务也完全抛给了我。行，好人自己当，坏人让我当，自己又娶老公又过年，一箭双雕，洗碗刷盘子交贷款的活都是我的。我怎么就这么贱哪？我只是一个想赚点钱的小老百姓，又没有太远大的志向，为什么要生生把我扔到旋涡中间？

我面对黑洞洞的摄像机，无可奈何地说："竹叶青小姐说的没错，我们的确是青梅竹马，虽然我比她大点，但我在幼儿园学习不好，学前班就一直留级，最终和她留到了一起，使我们能够有机会共同生活学习，谈情说爱。"这话从我嘴里说出来，是多么的言不由衷啊。我抬眼看看许松鼠赛观音他们，个个在位子上正襟危坐，想笑又不敢笑出声来，把自己的脸都憋红了。这话本来说的就有破绽嘛，留级也没听说过留十几年的。

电视台的记者都有一个毛病，那就是脑子只喜欢在自己感兴趣的主题里转悠，根本就不想这话合不合逻辑。所以，我的胡说八道就没有引起他们的注意。小姑娘继续问我："竹叶青小姐说你们的爱情有阻力，那么阻力来自何方呢？"

"阻力来自事业发展。"我顿了顿说，"竹叶青签约的公司，一直不肯为她制作专辑，也不肯给她什么发展机会。现在竹叶青和我有了感情，我也愿意为她的事业做出一点哪怕是微小的贡献,但是,我们支付不起高额的违约金。人家要钱也是可以理解的,毕竟培养一个人不容易,但是大家都知道,一个人的人生如白驹过隙,一个歌手的艺术青春,那就更短暂了,好比电光火石一般,谁不愿意拿自己有限的青春,更多地为广大人民群众服务呢?所以我们现在最发愁的就是这件事情,不管是在汽车上还是家里,不管是在厨房、厕所还是卧室,不管是在床上还是床下,不管是在白天还是黑夜,我们都为这件事情夙夜忧叹、食不甘味、寝不能寐。我们痛苦啊,她得了间歇性歇斯底里,我得了植物神经紊乱。我在这里,希望借助媒体的力量呼吁一下,流水不腐,户枢不蠹,宝剑锋从磨砺出,梅花香自苦寒来,汽车放久了会生锈,歌手闲置着会难过。我希望有关人员能够高抬贵手,放竹叶青一马,让她的人生闪烁出光芒来,这样她才不会因为虚度年华而悔恨,也不会因为碌碌无为而遗憾。大爷大妈们,我求你们还不成吗?"

我以前还真的没发现我有演戏的细胞。一席话下来,我居然感到眼泪在眼睛里不停地打转,我还真被我自己的话给说伤心了。再看对面的小姑娘,满脸同情地看着我,仿佛我是贫困山区的失学儿童。而高大姐呢,居然站在一旁拿手绢抹起眼睛来。

我清了清嗓子,说:"热爱竹叶青的歌迷有多少啊?我怎么能忍心看着他们等到花儿也谢了!"

女孩和她的摄影师抽着肩膀走了,我松了口气,顿时感到天旋地转,一屁股坐在转椅上,坐得力道大了点,转椅发出了刺耳的响声。

是高大姐先发现我不对劲的,她赶紧跑过来问:"Peter 你怎么了?"

"完了,完了。"我挣扎着说,"我已经全毁了。"冷汗顺着额头冒出来,我眼睛里金星乱冒,很快就失去了知觉。

我醒来的时候,人已经在救护车里,脑袋枕在一个人的胳膊上,睁开眼就看见好看的肩膀,皮肤上还毛茸茸的,再往上看,是一双湛蓝的眼睛。许松鼠这姿势真够难拿,左臂托着我的脑袋,右臂举着输液袋,就像一名刚刚翻身得解放的女奴。旁边坐着的大胡子看见我睁开眼睛,"咦"了一声说,"还真邪门,别人抱着你你都不醒,Rebecca一抱你就醒了。"

我疲惫地问:"我出什么事儿了?"

"你晕倒了,可能是受刺激太大。"许松鼠说,"去医院挂两天吊瓶吧。没有好身体,拿什么左冲右突!"

医生们把我上上下下翻检了一遍,结论是没什么大事儿。"谁都有身体上的低潮。"大夫说,"他工作压力太大。这样的人我们每天都会遇到一大堆,全是被逼的。好好休息几天就没事儿了。钱啊,挣起来得有够,要是为钱把身体搭上去了,那多不值啊。"

我特别不喜欢人家给我讲道理。前两天警察就跟我讲道理,我没敢吱声,现在医生也给我讲道理,我就有点不忿。我问:"大夫,您挣钱有够吗?"

大夫冲我笑了笑,没说什么就走了。许松鼠在旁边说:"你就少说两句吧。和医生犯恁扭,你找死啊你?"

许松鼠忍着脚垫疼前前后后地奔走拿药交费,一起来的大胡子却东张西望,不知道该做什么好。他从来没进过医院,对医院的机构设置完全不摸门,和我待着又没意思,于是就站在窗口向外看，这一看就看见一个女人从出租车上走下来。那女人戴着墨镜，步履匆忙。大胡子一看就乐了，回头冲我说："头儿，你女朋友来了。"

这就叫哪壶不开提哪壶。竹叶青打电话到公司里找我，高大姐说我去医院了，这竹叶青二话没说，叫了出租车直奔医院而来。她进门的时候正好遇到许松鼠抱着一口袋药回来，两个人在门口照了个面对面。竹叶青特自然地接过许松鼠手里的药，对许松鼠说："Rebecca 小姐让我来吧，谢谢你。"

许松鼠的脸色可不自然，红一阵白一阵。我心里顿时乐开了花，心说叫你聪明，这就叫搬起石头砸了自己的脚。竹叶青来看我只说明了一个道理，那就是她想继续把我们的"恋爱关系"发展下去，闹不好，她后面就带着狗仔队呢。

看着竹叶青走到旁边，我立刻装出一副可怜巴巴的样子，拉住她的手说："我浑身都疼，特别是心肝胆肺胃，五内俱焚。"竹叶青一听就急了，赶紧叫医生。医生过来又是一顿东摸西摸，说："没事儿啊，他回家休息休息就好了。"竹叶青看看我又看看医生，说："他要是有个三长两短，你们这医院就算开到头了。"

这就叫否极泰来吧？我左手搭在竹叶青肩上，右手搭在许松鼠肩上，后面是大胡子拎着东西跟着，香艳无比地被搀出了医院。老夫聊发少年狂，左牵黄，右擎苍，心里的得意劲就别提了。拦了车，竹叶青说直接回她家。许松鼠把我往后座里一塞，气呼呼地说："Peter，我回公司了，你自己保重吧。"

我冲她眨眨眼睛，带着笑意说："好吧，我不在的日子里，你要抓紧员工纪律，告诉他们，领导在和不在都得一个样。"

许松鼠根本就不理我，扭头就走。大胡子问："我是不是也就别当灯泡了？"

我点点头："别当了，节约能源，你陪 Rebecca 回去吧。"

走进竹叶青的房间，我就一屁股坐在沙发上，嘴上"哎呦哎呦"的，脸上却泛着报复得手后的笑意。竹叶青端过一杯水来，说："我还是第一次看见男人撒娇呢，鸡皮疙瘩都起来了，现在还没下去。"我喝了口水，说："本来男的就没什么机会垮着，天天苦撑，得着这么一宝贵时光，你就由着我的性子吧。"

竹叶青坐到了我的身边："好吧乖孩子，现在阿姨喂你吃药。"说着就把手里的药片往我嘴里塞。幸亏我反应还快，先把手迎上去挡住了她："行了行了，这儿没别人咱就别继续惹火啦。我坐会就走。"

"那不行，你还得继续吊瓶子呢。"竹叶青说。

我收起了嬉皮笑脸的神情，严肃地问她："竹叶青小姐，您已经把我折腾得病了。咱们两个人的配合，就适可而止吧。蒙蒙老百姓得了，咱别自己蒙自己啊。我看咱们等到您成功地虎口脱险，就恢复到正常的合作关系，行不行？"

竹叶青反问我："你说呢？"

我一下就愣住了。

竹叶青继续说："Peter，我没有和你开玩笑。你认为我是一个拿感情换出路的人吗？不是。我现在需要一份感情，我是奔这个来的。你别以为演艺圈里都是乱七八糟的，一点都不乱，大家都和正常人一样，有吃饭的需求，也有感情的需求。这件事情从一开始我就没开玩笑，我是认真的，否则我和娱记说那些屁话干什么？"

"等等等等。"我赶紧打断她,"这个事实让我接受起来有点困难。到底是你病了还是我病了?我和你又不熟,我有什么让你喜欢的?有什么让你觉得应该为我投入的?我没明白。"

"你没明白是你不相信我。反正我自己心里明白就行了。喜欢和爱,有时候并不需要什么理由,只要看一眼就够了。你知道你拿钱救济我的时候,我的心里有多感激吗?那天,我本来打算找个旮旯了此残生的。"竹叶青说,"你先躺床上吊瓶吧,别胡思乱想。把身体养好了咱还得干大事呢。反正现在是木已成舟,网上搜索排名咱都进前十了。你考虑一下,是逃走耗费的精力大还是乖乖就范耗费的精力大?我也不强求你,给你时间,你自己考虑。娶谁不是娶?嫁谁不是嫁呀?"

我这个人,是非常忌讳把感情和工作掺和到一起的,可现在,许松鼠一计害三贤,她也没有想到,竹叶青居然敢玩真的。这可怎么好呢?想到此处,我脑袋又开始晕了。不行,我得走。我站起来,说:"我还是先回公司吧,事务繁忙,一点都不能放松。"

"好啊,勤劳的人。"竹叶青笑眯眯地说,"现在咱家门口埋伏着七八家工作室、三四家电视台的记者,你要是觉得身体扛得住你就走。我猜你不愿意被人第二次堵在我家里,那样你就更脱不了身了。"

得,我还被困住了。我站在那儿,考虑着如何冲破外面的枪林弹雨,如何跟狗仔们把话说圆了。竹叶青说:"你别琢磨了。我们家门口一天二十四小时都有埋伏,因为现在咱们两个是娱乐八卦焦点。你现在好好躺着吊瓶子,我把我们公司老总的态度向您汇报一下。刚才我急着找你,也就是想和你说这事儿。"

我只好回到沙发上。竹叶青从门口吃力地把一个大衣架挪了过来，把盐水瓶子挂上，让我躺下，把针头扎好。然后她坐在旁边，轻轻摸了摸我的额头。

"你干得还挺麻利。"我笑道，"是不是经过训练啊？"

"猜对了。"竹叶青笑道，"你不知道，我是卫生学校毕业的。将来你要是真的能娶我，你就享福了。"

"你赶紧说说你们那傻老板什么意思？"躺着办公还真挺舒服的。

"他说不行。"竹叶青说，"原话是：想下这么个套儿让我钻，门都没有。所以，为了您的计划不半途而废，咱们还真得好下去。不仅要好下去，还得让所有的人都看到，我们不是在作秀，我们的确是两情相悦，爱如潮水。"

第十章　和竹叶青弄假成真

我的病没好，相反却加重了。睡在竹叶青的沙发上，昏昏沉沉，不愿意醒来。说来也是，这几年混单身，吃得饥一顿饱一顿，经常饮酒作乐，生活无节制，有时候想起人生的旅途已经过半，可还是一事无成，和那些事业成功的大款相比差上好多级别。就算不和他们比，和我的同龄者比也相距甚远。往好了说，三十年河东三十年河西，今天我背了，明天就该我顺了；往坏了说，人生紧要处居然没有赶上趟儿，差了一步，当时觉得不多，可过后却发现相隔了十万八千里。每当想起这些事情来，心里就乱糟糟的，即便躺下了，也睡不着，经常是隔着三层楼有人打个喷嚏，我就会惊醒，此夜辗转难眠直到天亮，痛苦不堪。我数过羊、数过树叶子、数过星星、数过头发……世界上难数的东西我都数过了，可就是没什么大用。

平时人要在单位装大尾巴狼，舒服不舒服全靠这一口气撑着。如今气泄了，以前的亏空可就全显出来了，磨牙咳嗽打呼噜，腰酸背痛腿抽筋，经常半夜里哼哼唧唧，突然大吼一声惊醒，坐在那里心跳不止，浑身冷汗。竹叶青被我的怒吼吓醒，就赶紧端杯水过来，紧张地坐在旁边看着我，想劝却什么都说不出来，有时候就躲到卫生间去抽泣。

没办法，有时候，人是对自己无能为力的，眼睁睁看着命运的列车，把自己从鲜花锦簇的车站带走，奔向一条莫名其妙的道路。

天马上就要亮了，我还没有睡着，头痛欲裂，呼吸困难。被我折腾得也睡不着的竹叶青干脆搬把椅子，坐到我旁边抽烟。抽了三支，说："我知道你根本就不相信我。这也难怪，像咱们这样经受过沧桑的人，就算是遇到了正常异性都不容易相信，更何况彼此都还不是普通人。可这又能怪谁呢？怪只能怪咱们是在一场交易中跑到了一起。可话说回来，没有交易，咱们又怎么可能认识呢？看命吧。你要是真不喜欢我，等把我这场秀做完了你就走，回到你们那个 Rebecca 身边去。我早就不在乎什么了，得我所幸，失我所命，肝胆相照易，相濡以沫难。我好不容易遇到一个自己看得上的人，没想到他就像插进稻田里的麦子，枯萎得如同超市里的韭菜。你别有什么思想压力，赶紧好吧，好了咱把事儿办了，早好早了。"

竹叶青说着说着就哭了，哭得我心烦意乱，我只好拍拍竹叶青的腿，说："算了算了，别想那么多了。我没压力，睡不着是因为兴奋。我这人一生病就兴奋，小病都表现得跟大病似的。实际上我没什么问题。"

"还没问题呢？"竹叶青说，"粉刺都长到脚后跟上了，平时就体力透支，肝火大。"

我说："你到底喜欢不喜欢我我也不知道，我是肯定不喜欢你。我从来没有想象过我会被一个歌手爱上。不过你说的也有道理，咱们先把这正经事办了，只要你们那老板口一松，咱们就广阔天地，大有作为了。熬吧。这点上我们要达成共识。"

说句公平话吧，这两天我虽然处在时而清醒时而糊涂的状态，但凭着我的观察与思考，我觉得竹叶青这孩子本质还不错。她不像其他演艺圈的家伙那样过着昏天黑地的生活，相反却把自己的家打理得相当有条理。她不会做什么饭，只会熬粥，可皮蛋粥艇仔粥小米粥玉米粥红枣粥白薯粥她都熬过了，还没吃过一种重样的。我想不管在今后的漫漫人生路上怎么过，我一看到粥就肯定会想起竹叶青来。就凭着这粥，我那如同冰山般冷酷的心灵，已经稍微软下一个角来。真不知道竹叶青的前男友是怎么把她给扔下的，但我觉得那小子的确是做了一个错误的选择。

我就这样一边跟竹叶青唠着磕儿，一边转着心思，一直到了天蒙蒙亮才昏昏睡去，结果睡着没多会儿电话就响了。许松鼠没好气地在手机里说："Peter，你现在真是乐不思蜀不理朝政了？不来公司也就罢了，连个电话都不打。你知道都出了什么事儿了吗？"

我问："都出了什么事儿了？你要有空给我送几套换洗衣服来吧，我这身都穿臭了也不敢脱。"

许松鼠笑道："你别装纯洁了。我还不知道你？"

我立刻严肃起来："别没大没小的，古今中外你听说过公司员工干涉老板的私生活吗？说吧，到底什么事？"

"行，Peter。"许松鼠马上换了一套公事公办的口气说，"我接到了消息树艺术社正式的律师函件,要不要派人给您送去?"

"你现在就拆了念给我听。"我不耐烦地说。许松鼠什么时候也变得这么婆婆妈妈起来。

"他们严正要求我们对不道德的商业行为进行解释和道歉,否则将诉诸法律。解释期限是三个工作日。今天已经是最后一天了。"

我对许松鼠说:"你就跟他们说,让他们告去吧。我们没有任何不道德的商业活动,所以根本就没有解释。谈个恋爱都得经过他们公司同意,那成了什么了?比封建社会还操行!"这话一出口,我就反应过来说重了,想改口又说不出什么来。只听许松鼠把电话"咔"地挂了。

我的衣服是小手枪给送来的。趁竹叶青在厨房熬粥,小手枪低声对我说:"领导,Rebecca 现在正以泪洗面,公司笼罩在凝重悲痛的气氛之中,高大姐都买了两次面巾纸了。要我说您这招可真够高的,不仅敌人陷进了重重迷雾,就连我方人员也难辨真伪。您这到底唱的是哪一出啊?"

我怕竹叶青听见,冲他摆手:"你去跟 Rebecca 说,让她赶紧找律师做打官司的准备,敌人告我们很难告赢,他们要告的肯定是竹叶青。人都有这种心态,得到的时候不珍惜,一旦要失去了就觉得一万个不甘心,非要把对方搞倒搞臭不可。Rebecca 要还是哭,你就跟她说,计谋是她设下的,她必须有耐心等到所有的套都解了。现在竹叶青是将计就计,我得来个将计就计的将计就计。不入虎穴焉得虎子,舍不得赵大春又怎么能套回竹叶青呢。"

小手枪无比佩服地点着头："高，实在是高，姜还是老的辣。"

这时候竹叶青从厨房出来，端着两碗热气腾腾的木瓜银耳莲子粥放在茶几上，顺势就在我脸上亲了一下，对小手枪说："喝口粥吧。这两天 Peter 身体虚弱，不能太累了。你们多担待点，以后只要不是警察来公司，就别找他了。"

小手枪特有眼色，连粥都不肯喝，忙不迭地告别走了。

竹叶青送走小手枪，回到我身边笑盈盈地看着我。我被她看得心里发毛，问："你到底唱的是哪一出啊？我就不明白了，我哪点值得你喜欢？我觉得一点根据都没有。"

"我去庙里拜过佛。"竹叶青说，"方丈跟我说的，我要经历一次劫难。此后遇到的第一个男子就是我的真命天子。恭喜你 Peter，你中了头彩。"她欺身上前，坐在我腿上，搂着我的脖子，在我耳边轻声说："我就是喜欢你，没有理由，或者什么都是理由。"

我不是一条硬汉，应该说，我几乎没有能力抵抗竹叶青的诱惑，我已经有日子没和女人这么亲热过了，更何况对方还是一名相当艳美的女人。我甚至想，这个世界上已经无人再相信我们之间什么都没有发生，如果今后我还再去辩白，谁信呢？即便有人相信，转而就会笑话我有生理缺陷。严格地讲，我和竹叶青还都属于伤病员之列，但自暴自弃的心一起，这些也就不算什么了。总之，竹叶青像一条真正的美女蛇盘在了我的身上，她的皮肤细腻、光滑、柔软，散发着薄雾般的香气。她温柔地游走于我身体的各个角落，让我既想蜷缩又想舒展。她就像富有弹性的水一样包裹住了我，让我四肢松软、放任自流，任凭自己像木头一样漂浮,像琥珀中凝固的那枚虫子,心满意足地在甜蜜的汁液中死去。

这个世界就是这样,两个在几天前还互不相干的人,如今赤裸地纠缠在一起。说是赤裸,却不知道彼此心中怀着什么样的心思。但是欲望却在太阳的照耀下冉冉升起,不仅不顾一切,而且不知死活。竹叶青微卷的头发垂在我脸上,眼睛微微闭着,咬着自己的嘴唇,汗水从她的身体里渗出来,让她浑身散发出一种迷醉的味道。她陶醉了很长一段时间,脸色变成了酡红,却突然吃惊地发现我在端详她,立刻问:"怎么了?难道你不舒服?"

我笑道:"我舒服得很。我是在欣赏让我屈服的女敌人。我一向是坚贞不屈、守身如玉的,你也就会在我生病的时候乘虚而入。"

竹叶青咬牙切齿地对我说:"你知道吗?地主家的儿子要是弱智或者小儿麻痹,甚至奄奄一息了,都要娶个漂亮媳妇儿进门圆房,这叫冲喜。我看你病病快快老不好,所以决定牺牲自己,让你重新发出芽来。我可告诉你,我的伤也没好呢,跟你们混,酸甜苦辣可是全都吃了,我是冒着生命危险的。"

还别说,这"冲喜"虽然没什么科学根据,可有时候也真管用。从那天下午开始,我头也不晕了眼也不花了,甚至还勉强爬起来帮竹叶青一起做了晚饭。我下厨房是因为我实在不想再喝粥了,我想吃点别的,方便面都行。所以我就在厨房煮面条。竹叶青实在看不过眼,又打开软件叫外卖,一盘炒苦瓜、一盘拍黄瓜、一盘烧冬瓜。她刚要点结账,我急急忙忙补充说:"再带份猪脚姜来!"

竹叶青说:"我不用补。"

我说:"我用,我得补。"

我就这样恢复了精神和战斗能力,当天晚上变得神采飞扬,又在竹叶青的床上闹了半宿。竹叶青气喘吁吁地问我:"你怎么报答我吧?是我让你重新回到了健康人的行列中。"

我说:"我早就知道你是有偿的,却没想到你这么直接!"

竹叶青恼羞成怒,狠狠地在我脖子上咬了一口。由于毫无思想准备,我差点疼昏过去。我喊起来:"现在歌星都兴张嘴咬人吗?"

"给你个教训,叫你再胡说八道!别忘了我叫竹叶青!"

就因为这一口,我第二天不得不竖着领子出门。早晨七点钟,我鬼鬼祟祟地从竹叶青家出来,夹着个包,左顾右盼。还好,狗仔队蹲守了几天也都疲了,抱着照相机手机坐在走廊里打起了瞌睡。我蹑手蹑脚绕过他们,从防火楼梯往下走。那可是二十多层的高楼。我一边走一边把自己想象成911事件中的美国消防队员,真管用,居然脸不变色心不跳地走到了大街上。

我没有打车,只想在街上安安静静地溜达一会儿。我得想想清楚,我和竹叶青是不是真的就成了恋人关系,我回到公司又该怎么面对许松鼠。按照常规来说,这许松鼠走人是走定了,可是现在这档子事,还真缺不了她。要没有她,我就缺了条胳膊,搞不定胖冬瓜那伙人。怎么办呢?

我坐在豆浆店里细细地看起手机来。这两天舆论的焦点好像还真在我们这里,有影没影的事情都往我们身上招呼,王宝强和马蓉那档子事儿反而在第二条了。我看着报纸,就像是在看别人的故事,直到豆浆店的老板突然出现在我面前。

"您就是赵大春先生吧?"他有点胆怯地问我。

"是啊。"我说,"怎么您认识我?"

"我认识您您可能不认识我。"老板直起身来,反反复复地把我全身看了一遍,"真是一表人才啊。昨天的娱乐小红锣,介绍了你和竹叶青小姐的曲折恋爱经历,太难得啊太难得,你们才是现在青年人的表率呢,从那么小在一起坚持到现在,不离不弃不容易。正能量。"

我打断他:"您看错了吧?我们可不能算是全须全尾儿。从幼儿园毕业到今年上半年,我们也是分着的,现在也是刚从各自沧桑的生活中走出来。这就好比我们从您这儿出发,一个向左走,一个向右走,走好几十年又碰上了。"

老板笑道:"您不跟我这么说我也知道地球是圆的。可网上的确没提这段,他们一个劲讴歌你们的纯洁感情呢。我只信娱乐八卦,不信他们我们还能信谁呀?您也就别谦虚了,人家怎么说你们就怎么过呗。"他从兜里拿出一沓子名片大小的纸片来,"这是我们的优惠券,从今天开始,您在我们店里吃饭,豆浆九折,油条八折,其他咸菜小吃免费。您和竹叶青小姐一起来吧,用完了再来找我要,我要是不在,你就跟伙计说,说你是竹叶青的男朋友,照样给你打折。"

我心说这都是什么乱七八糟的啊,敢情这和竹叶青谈恋爱,还能换豆浆喝。

老板又从另一个口袋里摸出一个创可贴来塞到我手里:"您看您脖子上那伤,让老婆咬的吧?别遮着了,再化脓了。我告诉你个秘诀啊,已婚男人,身上要常备创可贴,因为女的经常疯起来没轻没重,张口就咬,也不看地方。我看她们上辈子都是属狼的,狼外婆,嘿嘿。所以我有经验,老带着这个。要不记者见着问起来您怎么说呀？竹叶青小姐的嘴是唱歌用的，您不能说是她咬的吧？"

"的确不能。"我收下了优惠券和创可贴，"谢谢老板。"

"不用谢。"老板说，"以后叫我老孙就行了。您要是真谢我，下次带着竹叶青小姐来照个相，我就把相片搁那神龛里赵公元帅旁边——你们都姓赵，讨个吉利，发财容易。"

吃过早饭，正好八点半钟，我又去刚开门的商店买了件高领T恤，贴好创可贴，穿好新衣服，打辆车直奔公司。一路上，我都在想怎么面对许松鼠。

办公室里出奇地安静，大家都在忙着自己手头的事情，我进去了居然没人抬头理我。这让我感觉有点不对劲，我还以为人们会像见到久违的亲人一样，扑过来向我眼泪一把鼻涕一把地诉说分离后的委屈呢。我走到我的座位坐下，招呼高大姐过来。

"怎么了这都是？赌气呢？"我问，"我生病这两天公司里都还正常吗？"

高大姐压低声音对我说："Peter你可回来了。你不知道啊，Rebecca天天哭得跟林黛玉似的。本来你们俩处得好好的，我都以为你俩差不多该挑明了，结果呢？半路杀出个竹叶青来。可这也真怨不得别人。平时Rebecca傲气啊，自己觉得有多么了不起，现在倒好，亲手弄了个引狼入室。作孽啊！"

"等等高大姐，您说什么？"我提醒她。这一早晨已经有俩人说竹叶青是狼了。

高大姐立刻反应过来："您瞧，人老了管不住嘴。我不是说竹叶青小姐是狼，我的意思是，碰到自己可心的人了就得赶紧抓住,缘分这东西,还不是说没就没啊?这可大意不得,必须像对待工作一样认真仔细。"

我点点头,总算说到正题上来了。

"他们不是跟您置气呢,他们是真的忙,好像事儿挺多的。我看不懂,马上给您叫去啊。"高大姐扭头走出去,在许松鼠面前嘀咕了几句什么,许松鼠点点头,拿着一摞纸走到我面前,都不看我,就把几份文件往我面前放:"Peter,这是和小花狸总经理签定协议的正式文本,双方都已经签字盖章,没有问题;这是针对竹叶青公司律师函的回复,也是律师帮助起草的;各种推卸责任和无理搅三分,水平挺高的。这是我们与小花狸成立剧作工作室,办独立账号的各种手续;这是您和竹叶青小姐举行联合新闻发布会的方案,后面是应该邀请的媒介名单……"

我打断她:"谁说我们要开发布会来着?"

"肯定要开的,现在对方在媒体上的火力很猛,这两天他们就会把枪口对准竹叶青。那个时候你们肯定需要在公众面前正式亮相,不仅是为了以正视听,而且也为了获得同行和舆论的支持。您可是最擅长以情动人的,这个会也正好能发挥您的长项。"

许松鼠夹枪带棒的话没让我生气,相反却让我感激起她来了。的确,我不在的这几天里,她承受着巨大的心理压力,还把整个公司的事务处理得井井有条,这不能不令人感动。我是一个知道好歹的人,我说:"我该怎么谢你啊?"

"不用谢。请你把这些单据给我报销了。这是我和小手枪跟踪黄灿灿的费用。"许松鼠把一沓子贴好的发票放在我面前,"公安局已经说了,他们几个人因为涉嫌诈骗被刑事拘留,证据核清了就要报请批捕。"

我飞快地在那些单据上签了字，说："Rebecca，你可不能心生退意，我还得要你帮呢。"

许松鼠说："我走不走不是我说了算，也不是你说了算。醋海风波，现在才刚刚开始呢。Peter，我已经设计好了你和竹叶青结婚典礼的方案，你要不要先看看？不过这个方案现在拿出来还太早，依我看，得等咱们拍的剧得奖的时候，搞个双喜临门才对。"

"的确是有点早了。"我知道许松鼠是在找话茬发泄不满，但却不接她的招，"这拍戏的过程中，绯闻还得继续闹，最后才能决定是劳燕分飞还是有情人终成眷属。走一步看一步吧。"

"你说得对，Peter。"许松鼠道，"不过我有一个请求。"

我说："什么事儿说吧。"

"你能和竹叶青小姐达成共识吗？你们怎么闹我不管，千万别把我给折进去，我可是良家妇女。"

许松鼠噎完我，扬扬得意地走了。我把大胡子叫过来："你那剧本弄得怎么样了？"

"我是疯狂赶工啊。"大胡子说，"提纲已经完成，剧本也完成了一半了。这活计，没点体力还真干不了，幸亏我小时候砍柴放牛收粮食拉泔水一样没少干过，练就了惊人的体力和旺盛的精力，这才能保证今天胜任这个光荣的任务。"

"嗯，你的工作态度终于端正了。认识到自己不是作家而是长工，这很重要。"我看了大胡子一眼，"说正经的吧，你把胖冬瓜总经理写成什么角色了？"

"女主角的爸爸，兼任夜总会老板，天天泡在美女窝里。"

大胡子露出淫荡的笑容说，"竹叶青小姐童年不幸，父母离异，她的父亲，也就是胖冬瓜，每日寻花问柳，给竹叶青造成了巨大的心理伤害。后来，她爸爸破产了，原来手下的三陪搭上了大款，买下了这座夜总会，为了报复，胁迫竹叶青沦落风尘。巨大的社会地位反差啊，塑造人物的空间可太大了。就在这个时候，竹叶青唱出了《我是一个筐什么都能装》……"

我立刻打断他："你这事儿发生在什么年代啊？新社会可不成。"

大胡子得意地说："这点我当然考虑到了。所以我刚开始想把戏安排在三十年代的上海滩，这样咱们比不上张爱玲，也赶得上张恨水了。可是，胖冬瓜要求在戏里出现他卖的电脑，三十年代怎么会有电脑呢？所以我灵机一动，把戏改成科幻的了，未来的某一天，不知道什么年代。"

我一下子从转椅上弹了起来："什么？科幻？你知道科幻得多花多少钱吗你？不当家不知柴米贵，你老先生坐电脑前面大笔一挥，我这边真金白银就猛往外砸。那道具、那布景、那服装，那都是那钞票做的。不行不行，给我改。"

"这就难了。"大胡子挠着后脑勺，"又不能在新社会又得用电脑。我要写在资本主义社会吧那咱还得出国拍，成本也降不下来呀。"

我瞧着大胡子，想了半晌，突然有了主意："时空转换呀。胖冬瓜是改革开放后的企业家，他去寻根去了，寻出一段辛酸的、不同寻常的旧上海老故事。他女儿竹叶青是一什么都不懂就懂网恋的女学生，用电脑记下了祖辈的故事。这不全结了吗？"

"对呀，我怎么没想出来啊。要不怎么说你是老总呢，脑子就是比普通群众灵。"大胡子拍着脑门恍然大悟地说,"夜总会老板胖冬瓜的女儿是竹叶青,竹叶青与情人的私生子是胖冬瓜,胖冬瓜又生了个女儿还是竹叶青。"

"行了行了,真够乱的。"我冲大胡子挥手,"快写去吧,写完咱们赶紧送审。"

第十一章　女人也会威逼利诱

　　有一些人总是说钱是身外之物，生不带来死不带走。说这种话的人要不就是富过了，花钱如流水觉得没意思，要不就是根本没尝到过钱的好处。钱这东西，它如果什么都换不来也就罢了，可它能换来随心所欲啊，没有钱你欲一个试试？所以，辛苦就辛苦在我们这些知道钱的好处，可又总觉得钱不够的人身上。有时候就像你超级喜欢一个美女却总追不到手一样。没办法，我们境界高不成低不就，如果不一举发财就得辛苦一辈子。

　　由此看，有那么多报纸拿我们说事儿也可以理解。按说竹叶青和我，那都是人啊，人和人互相喜欢上了有什么可说的？可是说我们两个泡在一起，可以让狗仔小编们换来钱，这就是另外一回事了。不仅办媒体的能换来钱，我们也能换来钱，这叫产业。钱不是自己长出来的，钱就是不停地喋喋不休地炒作，炒得人好奇了、炒得人不耐烦了、炒得人不得不表明立场了、炒得人不知道 skr 就赶不上时代潮流了，于是想，关注个公号吧，转发个八卦吧,那个破真人秀节目,咱就看一眼吧——费这么大劲炒作,就是要的人们这一念之差。念头一动,钱就出来了。可能三年后大家才会反应过来:赵大春和竹叶青恋爱不恋爱,关我什么事啊——晚了,这个链条上的人们已经发了。

就这样,在短短几天内,媒介围绕我和竹叶青的八卦绯闻,不惜人力物力和唾沫星子,大肆炒作。他们主要分成两派,一派觉得我和竹叶青爱不爱谁都管不着,如果竹叶青所属消息树艺术社在这事儿上纠缠不休那就是破坏婚姻自由;另一派则认为合同总是要遵守的,如果一个公司的员工违背合同去和竞争对手谈恋爱,那就算不正当竞争。而有些媒体则摆出公允的态度,把两边的意见全印出来,实际上是在凑字数,也怕让任何一方不高兴。这年头,谁知道谁背后站着个什么人哪。个别媒体路子不硬,至今找不到竹叶青家的门往哪边开,可又不甘落于人后,被逼急了就开始瞎编,说我和竹叶青以及消息树的老板宋上门是三角恋爱关系。

竹叶青看完各种评论后说:"他们的意思就是说我是个贱人。"我赶紧安慰她:"别哭别哭,你一公众人物,这点压力都承受不了吗?以后被人泼脏水的机会大把的。"

众人拾柴火焰高,你一言我一语的,我们这条文化艺术商业混杂铸造的大船就在口水战形成的汪洋大海中起航了。接下来的事情更精彩,宋上门扬言要到法院起诉竹叶青违约,索赔一千万元。

看来许松鼠的算盘打对了,在这个时候开一个发布会很有必要。发布会的准备分两部分:一部分是租酒店做宣传牌安排稿件制定程序统一口径,这些工作许松鼠和大胡子承担起来;另一部分是去给嘉宾、记者打电话聊微信发请柬,这部分由赛观音和小手枪负责。当然,这会也不能叫"竹叶青泣血控诉会",而是叫《我是一个筐》剧组成立新闻发布会",我们对外宣称,由于不方便,拟订中的女主角竹叶青将不参加会议,到时候再让竹叶青按捺不住冲进会场,眼泪鼻涕一大把控诉宋上门集团的罪行,煽情效果立现。我恶狠狠地想,这把一定要把那些自作聪明的八卦狗仔们玩死。

就在我们忘掉悲伤和烦恼,热情似火热火朝天地投入到工作中去的时候,突然有人找我。一个神秘的女人在电话里说:"你出来一下,我有重要的事情跟你谈。在第八大街拐角的黑暗角落咖啡馆,下午三点见。不来你会后悔的。"

这是谁呀?我琢磨了好长一段时间。是狗仔?不会,狗仔没那个实力,所以不会挑那么隆重昂贵的场所约我。那是我以前得罪过的双枪销魂女罗刹现在来寻仇了?也不会,她的声音我一闭眼睛就能想起来,不可能这么陌生。

小心为妙。我出门的时候,戴上了墨镜,打了出租车,担心有狗仔队追踪,便让汽车围着城转,转了快一个小时,才告诉司机:"去第八大街的黑暗角落。"

在路上,我怎么想怎么觉得不妥,又给高大姐打了电话:"我要是五个小时不回来,你就去报警,说我遭人暗算了。"

高大姐一听就紧张起来:"Peter 你在干吗?你到底在哪儿啊?要不要我找 Rebecca 去救你啊?"

"不用。"我说,"她来了损失更大。我只是以防万一。千万别慌,千万别告诉任何人。"

我挂了电话，出租车司机特别崇敬地看着我说："您是特工吧？我看您这么不计成本地兜圈子就觉得您不同寻常。"

"没错。"我说，"执行特殊任务。你不要跟别人说，就是和自己的老婆孩子也不要说，我们现在就好比千钧一发、生死时速。"

"那咱们用飙车吗？"司机兴奋起来，"你看007他们，那多过瘾哪。您给个话，我就把车速提上去。我这辈子最想干的事情，就是痛痛快快地、名正言顺地违反一次交通规则。"

"那倒不用。"我笑道，"咱们现在不能打草惊蛇，真正的特工很低调，都是喜欢做幕后英雄的。"

"理解理解。"司机连连点头，"犄角旮旯做道场，于无声处听惊雷。"

"这就对了。"我笑着表扬他，"人民群众的觉悟就是高。"

到了黑暗角落，司机无论如何不肯收我钱。说他好不容易执行了一次任务，再收钱就太不仗义了。我还是把两张百元大钞塞给他，说："这是人民感谢你的，拿着吧，忘掉刚才发生的一切，继续你正常的生活吧。"

司机会意地冲我打出了一个V型手势。

黑暗角落咖啡馆是全城最昂贵的消费场所，所以人并不多。走进大门，是一条昏暗的长长的回廊，墙上涂了黑漆，挂着价值数千万元的世界名画，在小射灯的照耀下泛出神秘的光芒。墙边立着雕花的古典花桌，上面摆放着的是盛开的黑玫瑰。走到回廊尽头，看到的是一个巨大的大厅。在黑色的花朵掩映下，由暗红色丝绒帐幔隔成一个个安静的角落。舒适的黑色沙发环绕着木制的茶几,侍者恭敬地站在旁边。由于档次太高,这里把大多数小资青年排斥在外,形成了一个富贵人家聚集的场所。只是现在这个钟点,人并不多。

我看看表,比约定的时间还早了几分钟,便找了个靠边的座位坐了下来。侍者礼貌地问我要点什么,我拿过单子一看,最便宜的咖啡也上百一盅了。我冲他摆摆手说:"我等人。一会儿再说。"

这个时候,我的手机接到短信,是那个神秘女人发来的,上面只有一句话:"我在里面雪茄室。"

我们城市已经禁止在室内公共场所吸烟了,但富人总是可以例外的。雪茄室里弥漫着浓郁的烟草香味儿,透过氤氲缭绕,我看见沙发上一个女人站了起来。她的旁边立着一名人高马大的马仔。女人抽雪茄,我还是头一次看到,闻着味道,我就知道这雪茄便宜不了。这可真是时代不同了,男女都一样,男同志能做到的事,女同志也能做到,男同志做不到的事,女人也做到了。

女人身材玲珑小巧,看上去十分瘦弱,但面目还算可爱。但和我握手的时候,我感觉到她有一股干巴劲儿。她笑着对我说:"赵先生,我们没见过,但我对您可是久仰。"

我心里琢磨着她的来路,嘴里却甜言蜜语道:"哪里哪里,其实您知道,我最喜欢赴神秘的约会了。"然后我抬眼看那马仔:"真想不到,现在的女青年约会都带保镖了。早知道,我也把我的女警卫团拉出来。"

女人冲那马仔挥挥手,马仔恭敬地退了出去。

"我叫娜娜。"女人让我坐下,说,"其实我不懂你们文化圈的事情，也不感兴趣，我从来不看电视剧的。可是，宋上门是我表哥。所以，你知道我为什么找你了吧？"

我摇摇头："我还是不知道。有什么话您明说好吗？女的一跟我兜圈子，我血压立刻就上来了。"

娜娜笑了："行，我也喜欢直来直去。宋上门想让我转告您，您能不能考虑换一个演员，他可以向您推荐，声名上绝对不逊色于竹叶青，而且完全没有法律风险，如果需要的话，我也可以用我的资源给予贵公司帮助，让贵公司的作品能够顺利通过审查。您看，我这话说得够明白了吧。"

我依旧摇头："还是不明白。这竹叶青在宋上门那里已经有一段时间了，也没见他那么在意啊？怎么一有人抢就是好的了？"

"您这就不懂了。"娜娜耐心地说，"你说北京人有几个天天去故宫的？有几个天天去王府井的？可你要是说把故宫和王府井划给天津了试试？那所有人都得急。这是心理学。您买了股票放家里，被套得牢牢的，没准您自己都忘了，可要有人给拿走了，您不得报案哪？"

"等等等等。"我有点恼火，打断她，"把话说明白点，我可没拿谁的股票。我们就是觉得竹叶青合适。"

"我就是打个比方，您不是不明白吗？"娜娜说，"宋上门的意思我理解，不能坏了规矩。他手下签下的小星星多了去了，这竹叶青要是造反成功了，你让他怎么办啊？会引起连锁反应的，多米诺骨牌您总知道吧？"

其实呢，这娜娜要是好好跟我说话，我也就踏实跟她谈了。生意嘛，就是个讨价还价。可不知道为什么，这女人优越感特强，老觉得自己高人一头。我这人还就是这脾气，你越居高临下我越不尿你，尤其是威逼利诱这一套，我根本就不吃。

我说："宋上门捏一把肉票不知道干什么好，用行话来说叫资源浪费。您说得对，我看竹叶青的事情，的确是多米诺骨牌，这回可巧了，偏偏从她这儿开始倒。其实没有竹叶青，还会有过山峰大蟒蛇什么的，按得住这头怎么按得住那头呢？他那公司迟早得出事。人又不是东西，谁不想想自己的未来啊？让您在这小屋里抽一辈子雪茄您乐意吗？"

娜娜看我态度强硬，只好跟我摊牌："既然是这样，我也就没什么太多说的了。你们现在假装谈恋爱搞绯闻，实际目的却是商业性的，这话可好说不好听。"

"我们要是真的呢？"我盯着娜娜的眼睛说，"你凭什么就不相信这世界上没有真实的爱情？"

"你们俩要是真的我就把烟戒了，都现在这点儿了还玩纯情，谁信啊。"娜娜也有点火，"男女那点事我还不知道吗？"她把半截雪茄摁灭，拍了拍手，外面的保镖立刻走了进来。

和娜娜彻底谈崩了，我出了黑暗角落后满心沮丧。一则我没想到宋上门会使用如此下作的手段，在剧本审查这个环节上威胁我；二则我公开承认了我和竹叶青是动真格的。其实男人和女人之间，只要是没什么反感，做夫妻就不是难事，可是现在我们处的大环境，就不得不让人怀疑我们的动机了。别说别人怀疑了，我自己都怀疑。本来的设计，这的确是一场秀，可这秀现在已经失去了控制，变成不可逆转的感情生活。炒股炒成股东，作秀做成老公。以前不相信，现在居然发生在我身上。

我站在街头，给竹叶青打了个电话。我问："你知道宋上门有个表妹叫娜娜的吗？"

"好像有这么个人。"竹叶青说，"一起吃过饭吧。怎么了？这女人去找你了吗？"

"她是什么人？"我问，"她今天居然威胁我说要让我的剧本通不过审查。"

竹叶青沉默了，半天才说："那你还是放弃我算了。我自己都没想到，这件事情会闹出这么大的动静来。"

"就这么让她红嘴白牙的一说我就放弃了？传出去还不让江湖上的人笑话！"我对竹叶青说，"我还就是一较劲的人了。我先问问你，你是真心喜欢我呢，还是闲极无聊想找个人打发光阴？咱有什么说什么，这将决定我们未来采取什么对策来打击敌人、保护自己。"

"你一直不相信我，对吗？"竹叶青在电话里冷笑，"你不肯相信突如其来的爱情会降临？"

"是的，尤其是在这种背景下，我特别不相信。"

竹叶青说："我真是看错人了。你原来是这么一个放不开手脚的家伙。你不是根本就不喜欢我，和我睡完觉后找个借口想离开我吧？"

"那倒不是。"我斟酌着字句，生怕竹叶青一生气就到外边去损我，"我和你睡觉是被迫的，是你非要把我留在你那里的。不过这件事情既然已经发生，我就会负责到底，让它有个结局。"

"不管你信不信，我是真的喜欢你。"竹叶青说，"我非常迷醉你的性格，当然……还有身体。时间会证明一切的。现在我告诉你，你别听那个什么娜娜瞎刮划，她是做传销的，那天宋上门叫我们一起吃饭，就逼着我们买她的化妆品。女骗子一个。"

"好吧。"我说，"我现在回公司，你也过来，我们一起商量一下发布会该怎么开。"

我挂下电话却突然想到，自从医院那次以后，许松鼠和竹叶青还从来没有面对面过，把她们叫一块开会，那可真是群英会啊。可是又有什么办法呢？这个世界就是喜欢把人逼到没有回旋余地的境地，战前会议，有多大困难不都得开吗？

我正在街头胡乱动着心思，一辆出租车突然停到我的面前，司机在车里冲我大声叫着："哥们儿，我一直等着你呢。怎么样，任务执行得顺利吗？"

世界上最无聊的事情就是开会。开会很烦人，尤其是总共没几个人的会，里面偏偏有竹叶青和许松鼠。幸好我们公司的会议区有个巨大的外飘窗，心里郁闷了，还可以往外张一眼，看楼下芸芸众生如蝼蚁般奔忙，心情会好一点。

我做出一副不把私人感情带到工作中的大公无私的样子，板着个脸，把下午遭到恫吓的事情向大家汇报了一下，然后说："我们现在正处在关键时期，有什么恩怨都先放在一边，团结一致同舟共济才能打败敌人。好了，现在先让 Rebecca 介绍一下发布会的准备情况吧。"

许松鼠故意坐得离我远远的，跷着美丽的二郎腿。她抱着文件夹，遮住了自己整个脸。这样坐在我身边的竹叶青就根本看不到她。她有条不紊地把发布会的安排说了一遍：先请我介绍一下《我是一个筐》的大概剧情，然后请胖冬瓜讲一下资本进入文化领域的伟大意义，接着是我要含糊地介绍剧组成员。因为导演是谁还没最后确定,所以这个时候一定要含糊其辞。当然,狗仔们的注意力肯定是在我和竹叶青身上,但我们得卖关子,闭口不谈此事,还得告诉大家竹叶青今天不会到场。就在大家扫兴得准备收拾东西走人的时候,竹叶青突然出现了,她一把鼻涕一把泪地诉说自己和宋上门解约的困难,满怀深情地讴歌与我之间的爱情。看起来,这是一场完全失控的发布会,一切都是出于偶然。可实际上,每个步骤都已经事先制定完成。这么做,是为了达到非同一般的煽情效果,以便把舆论导向彻底地拉到我们这边来。

许松鼠很快把这个会说完了,接着大家就默不作声。我问:"你们还有什么问题赶紧说,别到时候添乱。"

大胡子举起了手,我冲他点点头。他说:"组织上就不打算隆重推出一下我吗?一个青年才俊,一个非专业的自带粉丝流量的作家,第一次出手就引起了万众瞩目,达到了成千上万作家协会会员达不到的高度。虽然我是男的,但好歹也是个炒作点吧。"

"有道理。"我虚怀若谷地说,"Rebecca 把 Victor 这个点放进去,顺便安排一下他的粉丝,还有竹叶青的粉丝,密切配合,该控评就控评,该灌水就灌水。还有什么?"我转向竹叶青,关心地问:"万众瞩目下你哭得出来吗?"

竹叶青点点头:"放心吧,这是我的基本功。"

"那就好。"我对会议进行得如此顺利感到满意,急着想宣布散会。高大姐抱着一堆茶杯茶碗在后面直捅我:"Peter,你不用这些了吗?"

"不用了,现代化了,以后咱们开会不要这些东西了。"我想脱身,便站起来,"高大姐,我们以后开会,就用炒锅炒勺吧,咱们的工作重点转向了炒作,开会也得顺时而动,有变化才有发展。"

我本来是想用话把气氛弄得活跃些，可居然没有一个人笑。

竹叶青明显感觉到了沉闷和尴尬。她缓缓站起来，说："我知道你们为什么不高兴，都是因为我。"

此话一出，所有人都感到意外。女人在一般情况下依赖感都强，能让男人扛着的事儿自己决不插手，男的干好了表扬几句，没干好甩了你都有可能。如果女人在关键时刻能挺身而出的话，那这个女人肯定不同寻常，能成大事。竹叶青此时此刻出手要把话挑明了，真有点魄力。

我没有任何表示，等着看竹叶青把话说成什么样。

竹叶青停了停，接着说："对于你们来说，我只不过是个外人。可我是什么人不要紧，大家之所以聚集到一起来，是为了发展文化事业。当然，顺便都赚点钱，奔奔前程。这本来是个再正常不过的事情，因为大家目标统一啊。可是不巧的是，我喜欢上你们的 Peter 了，这就让事情复杂了，让大家不是滋味儿了。有办法解决吗？也不是没有，那就是我退出这个团队。你们找别人来演这个戏，更纯粹一点。其实对我来说，红不红，都是第二位的，第一位的是我需要一个我喜欢的男人。为了得到这个人，我付出什么代价都乐意。但是想把我和他分开，恐怕没可能，除非他主动抛弃我。"她把那张漂亮的甜甜的脸转向我，"Peter 你会抛弃我吗？"

我摇头，心里却觉得自己被死死做到了竹叶青的圈套里。在心有不忿的群众面前对感情表态，恐怕是男人最忌讳的事情了。但这个情势下，我能点头吗？

竹叶青长出一口气,好像心中的一块大石头落了地。她说:"我说完了,我想我该走了。"

大家一时语塞,各自在心里消化着竹叶青的发言。这时候许松鼠站了起来,说:"等等,你先别走。"

竹叶青大度地、微笑着看着她。许松鼠走到她面前,笑道:"竹叶青姐姐,没人让你走,也没人说你和 Peter 不行。我们都是久经考验的人了,这点事情是能接受的。再说了,咱们不是一起设计的这个方案吗?现在你和 Peter 真的好上了,那算是咱们赚了。人生一世,这样好运气的事儿能碰上几回啊?就让咱们碰上了。你可不能打退堂鼓,你要是自己都含糊,咱们就好事变坏事了,就变成向宋上门低头认怂,以后还怎么混啊。宜将剩勇追穷寇,不可沽名学霸王。历史的经验教训告诉我们,要不然就不做,要做就一定把事情做绝。"

俩女的这一番唇枪舌剑,把我都给说晕了。就好比我是个至尊宝鼎,两大武林高手历尽千难万险,眼看就要抢到手了,却突然客气起来,一个说"您请您请",另一个说"承让承让"。我脸上什么表情没有,心里那叫一个别扭。

既然许松鼠已经给了一个台阶,那竹叶青就没道理不下驴。她如同我想象的一样,张开双臂,紧紧地拥抱了许松鼠,就像她们是一对久别重逢的姐妹,两个人眼中都涌出了激动的泪花,说明我们现在又是一支没有间隙、能打胜仗的 team 了。

所有人都长长地出了一口气,赛观音和高大姐还陪着掉了泪,也不知道她们是高兴还是伤心。大胡子走上前去拍拍两个人的后背,哽咽着说:"差不多行了啊,都快赶上《妈妈再爱我一次》了。"

竹叶青放开许松鼠，从包里拿出纸巾擦擦眼睛，然后戴上墨镜，说："Peter，我先回去了，在家熬粥等你。你早点回来，注意身体，千万别累着。"

看着竹叶青走出公司，我才长出了一口气，示意许松鼠到我办公室来。许松鼠刚在我对面坐下，我就问："你葫芦里卖的是什么药啊？"

"木已成舟，无可奈何，我要不这么做，你会恨我一辈子。"许松鼠说，"我觉得她对你是真的。"

"真不真的我都看不出来。"我说，"以后别再提这事儿了，一切等咱们的工作走上正轨后再说吧。"

"我再问最后一句。"许松鼠抢着说，"你是真的吗？你就真的喜欢她？"

我能说不是真的吗？刚才我都表态了，哪能立刻反悔啊？我笑笑说："你知道，男人好色，我尤其如此，见着漂亮姑娘走不动道，有投怀送抱的就缴枪投降，我没什么抵抗力，更没什么自制力。我在竹叶青家硬扛了几天几夜已经够仗义的了，再扛就不人道了。"

"你不喜欢她，可你现在没办法。"许松鼠肯定地说。她站起来："好了，我不纠缠你，你下班就和她天地一家亲去吧。但是Peter我告诉你，赚钱是一回事，为了赚钱骗自己就不好了，人只能活几十年，这期间能动心的机缘，顶多也就一两回。你可得想清楚了。"

我被许松鼠说得心乱如麻，挥挥手说："走吧你。我都说了我既不为钱也不为感情，我好色而已。要是旧社会，我把你们俩全娶了，一个主内一个主外。可现在是新社会，只能撞大运了。我撞上的是美元还是委内瑞拉主权玻利瓦尔，是乌鸦还是麻雀，看造化，不用你说。"

第十二章 竹叶青泪洒发布会

发布会举办的前一天,竹叶青和我的绯闻炒作已经达到了一个新的高潮。宋上门在接受记者采访的时候说,他们将以违约来起诉竹叶青,索赔公司已经为竹叶青花出去的各种开销及违约金共计一千万元。这个数字在网络上一石激起千层浪,大家谁都没想到竹叶青值这么多钱。我和竹叶青当然也为宋上门在气头上报的这个价钱高兴,这一下子把竹叶青的身价给抬高了,当然也从另一个角度,证明了我赵大春眼光的独到和目标远大。一切都在表明,我们挖到宝了。

那天晚上我仔细把竹叶青给端详了一遍。即使是在黑暗中,这种肆无忌惮的端详也让竹叶青不自然。她问我:"你研究什么呢?"

我说:"我在研究一个价值一千万的女人。像我这样的封建残余老地主,简直是太缺乏想象力了,我居然从来没想到过和这么贵的女人睡觉,这简直是奢侈啊。"

竹叶青一把把我的脑袋推开,严肃地对我说:"我最讨厌别人把我和钱联想到一起。"

"没办法,这就是你的职业。"我又把脑袋凑到她散发着温软气息的身体上,"我们已经习惯这么思维了。就算是要改,你也得给个过程吧?"

没想到竹叶青真的急了,她一脚踹在我的肚子上,那股力道让我呼地一下就翻了出去。等我反应过来感觉到五脏六腑真切的疼痛时,人已经坐在了地上。我从小长这么大,从来没有这样被突然袭击过,张嘴想骂婊子无情戏子无义,却怎么也出不了声。

竹叶青也没想到自己一气之下下脚这么狠。她一个骨碌也从床上翻下来,跪在我面前,抱着我的头说:"对不起,我不是故意的。你疼吗?疼就去看医生。"她一个劲地胡噜我的头发,我用了吃奶的力气才挣出一只胳膊,捂着自己被踹了一脚的肚皮。她这才觉得胡噜头发不是办法,赶紧去揉肚子,嘴里还不停地吹气,好像在吹一个烫手的大汤包。

我缓了半晌才把一口气给倒出来,刚才满腔的愤怒,都被委屈和疼痛所取代。竹叶青一边在我的肚子上吹吹拍拍,一边嘟嘟囔囔地念叨着。突然,我感到两滴滚烫的热泪落了下来。竹叶青停止了动作,双肩一耸一耸的。她在哭泣。

"你们不相信我。"她抽噎着说,"就连你也不相信我。你们到底要我怎么说、怎么做才能相信呢?你们一直拿我当赚钱的手段,我知道,你和宋上门,你们两个本来就是一路的。我真的很傻,真的很贱,我以为我遇到了可以托付的人,我怎么就没明白,自古无商不奸,商人都是一路货色。"

竹叶青越说越伤心,干脆捂住了自己的脸,放声大哭起来,弄得我心里还特别不是滋味。当时我可能已经被踹晕了,不知道该做什么动作,只好强忍着疼痛坐起来,搂着她的腰说:"别哭了宝贝,刚才我是在开玩笑,没料到会伤害你。我以后再也不会在你面前说半个钱字。我知道,这世界上有好多东西是很贵的,拿钱买不到。"

竹叶青转过头来,她凌乱的头发遮住了半张美丽的脸,睁着泪汪汪的大眼睛盯着我,仿佛是在看我说的是真话还是假话。接着,她一把就把我抱到怀里,"哇"的一声号啕起来。

竹叶青哭得梨花带雨的,我也没法说什么了,只好拍着她的后背哄她:"别哭了别哭了,全是我不好,我相信你还不行吗?我本来就没怀疑过你。"

这话一出口我就后悔了。明明挨踹的是我啊,怎么我倒向她认起错来了?

竹叶青把我抱得更紧了。我的肚子撕心裂肺地疼,却也只好忍着不吭声。竹叶青喃喃地说:"我知道你说的不是真话,可我就当真话听,说了你就不要反悔。"

第二天早晨,我发现我的肋骨叉上青了一大块,一动就难受。可我还是咬着牙爬了起来。竹叶青比我还积极,本来她可以晚一会才去会场的,可早早就坐在梳妆台前打扮。

我说:"你没必要这么早,还能再睡会儿呢。"

她却说:"大战在即,不能懈怠。"

我站在她身后,指着自己肚子上那一大块青瘀对她说:"你看看你的杰作。跟你商量个事儿行吗?以后不准突然就出手伤人,没轻没重。咬人也不行。我每次到你这来都受伤,这样下去会出人命的。"

竹叶青说:"那我可不能保证。如果你没有得罪我,我为什么要伤害你呢?你还是多从自身找原因吧。"

她就这样轻巧地把自己的责任推得一干二净。我没什么话了。

"对了,以前忘了跟你说了,我小时候练过跆拳道,是黑带,腿功厉害。"她看着镜子里的我笑道。

我愣了:"你不是学护士的吗?"

"学护士怎么了?学护士也可以练跆拳道啊,扎针踹人两不误嘛。"

轻伤不下火线,我忍痛穿戴整齐出了门。楼下,娱乐小红锣的狗仔哥们儿已经在那儿候着了。我停下脚步,微笑着看他们向我跑过来。说实在的,时间一长,我还真有点心疼这两个孩子,整天没日没夜的,我和竹叶青在屋里翻云覆雨享受着,他们却得在门口风餐露宿。同样是混饭吃,他们更不容易啊。

那个背着电脑包的小伙儿气喘吁吁地问候我:"赵哥,您今天可是格外精神,发布会都打算说什么,您先给我们透露点。"

"我现在都说了一会儿说什么啊?"我拍拍他的肩头,"你们今天早晨就不应该在这儿待着了,应该直接扑会场。"

小伙子不好意思地笑笑说:"我们就想多拍点细节。这群众啊,他们就喜欢看细节,比如赵哥和赵嫂子亲热的什么的。对了赵哥,人家可要一千万呢,你们有吗?"

我停下脚步,严肃地看着他,问:"新媒体是不是也要注意舆论导向啊?你们上级跟你说过吧。"

"是啊。"他点着头,"您怎么突然说这个了?口这么正,我都有点不适应。"

"你们搞娱乐新闻,也不能光往八卦低俗上走,要满足人民群众的窥私欲,同时也要引导大家进行思考。你刚才说到一千万,我问你,在爱情面前,金钱能算有力量的吗?金钱有可能打败爱情吗?"

"赵哥,我懂了。"小伙儿兴奋地说,"您的意思是让我们做深度报道,从八卦新闻上透视人性——爱情与金钱,这是多么深刻的问题啊。"

"当然。"我说,"这是人类永恒的命题。你们不光能据此展开深度报道,还能在群众中展开讨论和调查,甚至请读者参与,手机有奖竞猜最后谁会获胜。在资讯丰富的年代,完全可以实现物质文明和精神文明双丰收嘛。"

小伙子被我说得两眼放光,他握着我的手说:"谢谢赵哥。真没想到赖账还有这么高尚的理由。听哥一席话,胜读十年书。"

知道怎么和狗仔交朋友吗?这样就行,以后这小伙子将比我自己还忠于我们的公司。我叫了辆出租车,让他们一起上车同去会场。我可不想竹叶青出来的时候再被他们纠缠。

汽车上,狗仔问:"赵哥,您是怎么想到把新闻做得这么深刻的?您比我们还内行呢。"

我按了按隐隐作痛的肚子,想,这一脚还真没白挨。

发布会按照许松鼠的设计进行。那帮娱记狗仔问我和竹叶青的八卦都问疯了,可我就是闭口不答,只是隆重地介绍了编剧大胡子。大胡子见竿就爬,滔滔不绝地谈起了自己诸多待字闺中的大 IP，以及不屈的精神恋爱和童年的悲惨经历。本来对家庭历史忆苦思甜是最打动人的，可自从十多年前超级女声开了先河，什么金话筒银话筒闪亮新主播娱乐有新人跨界传声筒都玩起了这一套，这就让回忆变得臭了街。怎么人人的童年都那么辛苦？不都是说童年是金色的吗？换个角度思考，你过得不容易，又有谁过得更容易？什么招式都怕用老了，招式一老，说明大伙的同情心就疲惫了。

有个女的不耐烦地走到了门口，对把门的赛观音说："你把资料给我吧，我还得赶到学校去给孩子开家长会呢。"

赛观音认得她，这女人每天都出现在各种各样的发布会上，汽车的、房地产的、娱乐圈的……哪里有会议哪里就有她，著名的《城市小路报》名记尤八姐。每次她都是早退，理由都是开家长会，好像生怕别人不知道她的孩子学习有障碍——实际上，她不是在赶家长会，而是在赶发布会。一个会发一次红包，这样一天下来五六个会，收入相当可观。我们的发布会安排在上午，显然没有午餐，她必须走，去赶有饭吃的下一个会——也许，她得赶两桌饭呢。

赛观音知道后面还有一场大戏，所以好心地问她："您真的不等等了？会议还没结束呢。"

尤八姐不耐烦地看了看手表说："我没时间，我的时间是很宝贵的。"

赛观音无奈地笑笑，把纸口袋交给了她——来的记者都会在散会的时候拿到纸袋，里面有几套写好的稿件，各个媒介的记者可以根据自己媒体的特点选择一份发表，只需要在打好的括号里填上自己的名字即可。当然现在大家都无纸化操作了，所以里面还会附上一枚储存着所有稿件的 U 盘。不能少的，自然还有一个信封，塞着几张百元大钞，否则，这会就白开了。

尤八姐拎了包，扬长而去。赛观音看着她的背影，又是愤恨又是幸灾乐祸。这个女人失去了今天最具爆炸性的新闻，她很快就会为自己的傲慢与贪婪后悔的。

尤八姐一走，就像出现了传染病，陆陆续续有人要走。我看看手表，竹叶青也该出来了啊，别是我一走又睡了回笼觉，睡过了吧？

走到门口的人突然掉头往回走，整个会场一下子变得乱糟糟的。有人念叨着："竹叶青来了，赶紧的。"接着又是一帮人涌上前去，闪光灯和快门声此起彼伏。有些拿着数码相机或者手机的小个子着急地在人群背后跳。

我看到的是怎样一个竹叶青啊，穿着露肩的短裙，脸上洒了好多金粉银粉，长发飘扬，手提着小坤包，神采奕奕，容光焕发，就像从大海里突然冒出的一捧彩色珊瑚，从人群中脱颖而出，扭搭扭搭款款而来。小手枪赶紧迎过去，护住她往里走，在我身边坐了下来。

我假装吃惊地问："你怎么来了？"

竹叶青笑道："我不来，你这还叫新闻发布会啊？"

下面的娱记们亢奋着，七嘴八舌地提着问题。我赶紧做手势让大家安静下来："大家都别急，既然竹叶青小姐来了，我们就给大家提问的时间。"我对这种群情激奋的场面非常满意，忍不住看了一眼站在旁边的许松鼠，许松鼠面无表情地看着墙壁，根本就没打算搭理我。

他们的手举了起来,就像踊跃抢答问题的小学生。

长这么大,竹叶青恐怕也是第一次见到这种场景。她内心肯定也是十分激动的,这是她盼了几十年也没有盼到的情景,现在居然实现了。可是她按捺住了情绪,把架子做得足足的,脸上带着迷人的微笑,先点了娱乐小红锣的狗仔发言。

"竹叶青小姐。"那个小伙子兴奋得都有点吐字不清了,"我们等你等得好苦啊,花儿都快谢了。您终于出现了,说明您还是有话要说的。"

他的废话引起了其他人的不满,口哨声、嘘声、掌声都响了起来。

竹叶青一摆手,美人不怒自威,鼓噪逐渐平息。

那小伙子短路的脑袋这才清晰了,他问:"宋上门向您索赔违约金一千万,您是怎么看的?"

"他真的把我当摇钱树了。"竹叶青说,"你们应该去问问他,我违了哪条约了,一千万是怎么算出来的。说实在的,我妈妈把我养成人都没用一千万。"竹叶青的回答引起了一片笑声。

后面的一个娱记大声说:"听说您和宋上门的合约里有一条,艺员在签约期间不能谈恋爱,您违反了这一规定。"

我盯了一眼那小子,是个被宋上门搞定的家伙。竹叶青说:"我们国家的法律好像规定了公民有恋爱结婚的自由啊。一切和法律相抵触的合同不都是无效合同吗?"竹叶青的回答引起了更大的笑声。娱记们突然发现她还是个挺风趣的人,这在歌手中可是太少了。气氛马上又活跃了许多。

那个娱记被竹叶青来了个大窝脖,有点不甘心。他继续说:"我的意思,不是您不能谈恋爱,而是您和竞争对手谈恋爱,有不正当竞争的嫌疑。"

这样有倾向性的话说出来,全场马上又安静了。大家都饶有兴趣地看竹叶青做何反应。

竹叶青冷笑道:"我也纳闷了,我怎么就那么不长眼,看上了竞争对手呢?可是谁又有权力给我谈恋爱划定范围啊?你倒是说说,罗密欧和朱丽叶该不该谈恋爱呀?我再问一句,宋上门和赵大春是什么竞争对手呢?我和赵大春谈恋爱说的是什么,是否涉及公司的秘密,你听见了吗?我还真奇怪了,您凭什么给我们下定论,说我们有嫌疑,我们是为了钱走到一起的吗?"

娱记肯定没想到竹叶青会当众跟他抢白。他伸长了脖子争辩道:"我们只是怀疑。"

竹叶青真是学过武的人,她"啪"地一拍桌子站了起来,声色俱厉地追问道:"你们?你们是谁?当着这么多人你解释解释,你凭什么怀疑?你是一个记者啊,你不是在单位拿工资吗?你的责任是问清楚原委,而不是做出判断,更不是和我过不去,王菲你是不是也怀疑?迪丽热巴你是不是也怀疑?周迅你是不是也怀疑?一切感情,你是不是都觉得有阴谋?你还怀疑呢,我看你是忘了你干什么的了,你配怀疑吗?你要是真的怀疑我可以告诉你,就是倾家荡产,这恋爱我也谈定了。"

这次发布会上,我们是安排竹叶青找机会发一次飙的,什么时候发飙,那要看机会了。没想到机会出现得这么快,就像和我们商量好了似的,这个不长眼的家伙准确地撞到了枪口上。再看竹叶青,圆睁的杏眼顺理成章地淌下两行泪水来。照相机们立刻有了动静,有人甚至在下面鼓掌。

那个提问的娱记明白了自己处在被动的地位，气咻咻地坐下去。他一定在奇怪，为什么自己的同行不支持自己。他当然想不通了，因为他不知道，冲破藩篱的爱情是多么值得讴歌，这藩篱越厚越大，爱情就显得越发鲜艳夺目。

第二天一大早，赛观音就把搜集到的各种报道发送到了我微信里。文章的标题和我想象得差不多，《竹叶青爱情代价一千万？泪如雨下，痛斥宋上门无情》《金钱的力量能摧毁爱情么？问问这个女歌手就知道了》《红颜一怒为哪般？谈个恋爱也要索赔一千万》《竹叶青指责宋上门霸王合同涉嫌违法，将为爱情战斗绝不喘息》等等，竹叶青热泪横流的照片成了文章的标题照片，看得我都有点感动了。

赛观音对我说："互联网上已经有了针对您和竹叶青的民意调查，截至5分钟前，支持你们的人已经达到96%。据说有网民开始人肉宋上门，咱们赢了。"

我点点头，问："还有什么反应？"

"《城市小路报》的记者尤八姐打来电话，抱怨咱们为什么不告诉她竹叶青要来。她错过了重要新闻，只写了Victor，被报社罚款五百元。"

"这钱咱们补给她。"我说，"安排她独家采访竹叶青，她总该满意了吧？"

赛观音点着头，一副欲言又止的样子。我问："又怎么了？"

"Rebecca现在还没来，打手机座机都没接。我心里有点没底，咱们是不是得找找她？"

第十三章　许松鼠打牌数落人

许松鼠手机不开，微信不回，人不在家。我打电话让紫菜卷去敲她的门，怎么也敲不开。我急得在办公室里直转悠，生怕这姑娘一时想不开出什么意外。紫菜卷在电话里安慰我说："没事，我比较了解她，外表细皮嫩肉，内心挺皮实的，她不会寻短见。这年头哪还有女人为男人寻短见哪？一般都是男的先跳楼。"

我说："你少废话，赶紧想想她还可能去哪儿？根据我们调查，艾莱莉这两天出国买结婚的床上用品去了，许松鼠也不可能和她在一起。"

紫菜卷沉吟了一会儿，犹豫着说："她不会跑刘大鼻子那儿去吧？女人啊，为爱情抛头颅洒热血不太可能，但自暴自弃还很常见。许松鼠小姐正处在青春期晚期，这样的女人非常容易就把自己便宜批发了。要不咱去问问刘大鼻子？"

我说："对对，去问刘大鼻子。我去问，你再想想，她还会去哪儿，把你们村给我挖地三尺，活要见人，死要见尸，结婚了要见结婚证。"

"你看你这人,你不是和美女竹叶青在一起吗?还对许松鼠这么记挂啊?吃着碗里的看着锅里的,你到底是真的还是假的啊?"

我没心思再和紫菜卷打镲,转而拨刘大鼻子的手机。刘大鼻子莫名其妙地说:"她没来我这儿啊?你们怎么会想到她会来找我?这姑娘不撞南墙不回头,如果没有走投无路,她决不会主动来找我的。找我也是想占我便宜。"

这就奇怪了,眼看着到了下午,许松鼠还是一点消息都没有,我的心悬得越来越高,都没心思干正经事儿了。

快下班的时候,竹叶青给我打电话,问我晚上是不是一起吃饭。我跟她说:"Rebecca 失踪了,我们正在找她,我可能得回去稍微晚点。这员工突然消失,老板不踏实啊,万一人家家长找来,我怎么跟人交代呢?"

竹叶青"哦"了一声,什么也没说就挂了。我心想,行,许松鼠,玩这一手。看我和竹叶青顺风顺水比翼双飞,给我们下药了。

猜猜最后我们是在哪里把许松鼠找到的?她居然在大美女家——大美女丈夫马尾辫鸟尾巴村的宅子里。鸟尾巴村挨着许松鼠住的蒲公英花园,蒲公英花园用的就是鸟尾巴村的地。村子和小区相连,互相同化,小区越来越像村子,村子越来越像小区。蒲公英花园居民大美女,就抛弃了自己的丈夫胖冬瓜,和鸟尾巴村开黑车的马尾辫结了婚。

鸟尾巴村的村民现在已经百分之百住楼了,可村里的楼不讲究,能不安电梯的就不安电梯。这马尾辫为了照顾他年迈的妈，也为了当时怀孕的大美女免受上下楼梯之苦，就要了一层的房子。这样的话，他们还得到了赠送的一片小花园。生完孩子在家闲极无聊的大美女便和村里的人民群众打成一片，主要手段就是在天刚刚亮透的时候支起桌子，搓麻将。马尾辫在外辛苦，觉得这项活动能有效消耗大美女的剩余精力，所以也不说什么。除了数九严寒和盛夏酷暑他们把麻局挪进屋里，其他时间一群妇女都在花园中吆五喝六。紫菜卷说了，大美女天生就是住一楼的命，和前夫胖冬瓜住一楼，和现夫马尾辫也住一楼，一楼专业户。

大美女专心致志从事麻将事业，村子里闲极无聊的女人也多，一招呼全都摩拳擦掌。大美女什么时候想玩牌了，就在花园那棵枣树上拴一条幸福的黄手帕，大家看到这棵消息树上有了消息，便忙不迭地放下手中的活计、正在奶的孩子、电视里重播的经典连续剧，不管不顾地向大美女家赶来。许松鼠曾经说大美女没有追求玩物丧志，但现在她就正襟危坐在大美女的对面，而且还坐在庄上。

我是天近黄昏的时候找到许松鼠的，看见她没事，长出了一口气，搬把凳子坐在了她身后。我的屁股刚沾到凳子，许松鼠就放了一巨大的炮，把大美女的清一色七巧对给点了。许松鼠的脸当场变青，转头对我说："你来干什么？我就知道你一来准没好事。"

带我来的紫菜卷站在大美女身后，冲我挤眼睛，意思是让我千万别发火，沉住气。我不卑不亢地对许松鼠说："你旷工赌博也就罢了，为什么连手机都不开？害得全公司的人到处找你，就差到大街上贴小广告寻人了。"

"我一开手机就输钱,接电话是庄家自提,看微信是我给人点炮。所以,我要是打牌绝对不会开手机。"许松鼠振振有辞地说。

大美女满脸喜色,一边点收上来的钱一边说:"你这是赌场失意情场得意,失之东隅收之桑榆。"

许松鼠的脸又被说红了,一边码牌一边说:"谁情场得意了?我看我们老板才是真正得意呢,大美女你不是最喜欢和明星合影吗?赶紧巴结巴结我们老板,他可以把他金屋里收藏的明星借给你,想怎么使就怎么使。"

我知道许松鼠正在气头上,要从嘴上找些平衡回来,便不和她争辩,看她手起了什么牌。一看就吓了一跳,她拿的是世界上最糟糕的牌,谁和谁都不挨着不说,还全是风头字,好像进了书法展览厅。许松鼠看了索性把牌扣在桌上,抓一张牌放在最右边,看也不看便把最左边那张扔出去。我提醒她说:"你这样很危险,容易给别人点。"许松鼠回过头来,怒气冲冲地对我说:"你还好意思说,你问问大家,你没来的时候我是什么牌?你一来我就乱得跟鸟巢似的,不仅牌乱,心都乱了。你能不坐我旁边吗?"她说着说着,蓝眼睛就开始变红了。

这牌算是玩不下去了。我悻悻地站起来,说:"行了,你没事我也就放心了,我回去了。"

紫菜卷拦着我说:"别走,老远来一趟,咱们喝点酒去。"

紫菜卷的想法是,今天我要不和许松鼠把话说开了,那以后我们就别相处了。

大美女看这架势,赶紧推了牌说:"不玩了不玩了,咱们去吃晚饭,大肉夹饼。"

"不行。"许松鼠站起来,"玩,我玩一次牌容易吗?凭什么搅和我啊,我已经够倒霉的了,连玩次牌散散心都不成,这公平吗?"

紫菜卷觉得要闹僵了,赶紧说:"好好,那玩儿吧。大春你上来玩,我和大美女去叫餐。咱们不去饭馆了,就在这院里吃。"

还玩什么呀?许松鼠看着牌,噼里啪啦往下掉眼泪,另外两个牌架子看见这情形,都很知趣地起身告辞。我隔着一桌子麻将看着她,心一下子就软了下来。女人的眼泪是最厉害的武器,我看还真是这样,眼泪一流,瞬间万千游戏规矩、做人原则全都崩溃,只觉得眼前这孩子,得抚慰,得哄,得好好照应着。更何况旁边还一位大美女,这女人也跟着稀里哗啦地哭,然后是大美女的儿子,英文名也叫Simon的,看见大人哭,非得加一磅,也哭哭啼啼起来。这一瞬间,整个院子里风雨飘摇、天昏地暗,刚才打麻将时欢乐祥和的气氛荡然无存。

感情这种事情,怕就怕有人烘托。现在的局面,就成了许松鼠不辞劳苦帮我打江山,结果江山打下来了,却发现没她什么事儿了。这世界上还有什么比这更委屈的呢?这种沉闷的气氛,让我觉得自己成了千夫所指,想说什么说不出来,只好爱谁谁。我不相信人能一直哭下去,哭累了,自然也就不哭了。

就在万分尴尬谁都找不到台阶的时候,马尾辫的妈妈端着一堆水果出现了。她一看两代妇孺都哭得花枝乱颤,就问:"这是怎么啦,这是?我早就说过,打麻将不好,打来打去容易伤感情。来吧,赶紧吃,吃是增加感情的,何以解忧?唯有吃喝。"

"就是就是,哭是哭不饱肚子的,还是吃的实在。"紫菜卷看见有人出来打圆场,就如同抓住了稻草一样帮腔。他拿起手机赶紧点餐,没多久饭馆送来了大肉夹饼和一瓶衡水老白干。这顿饭就在紫菜卷和马尾辫妈妈的张罗下齐了。看着丰盛的饭菜,没人还好意思哭下去,大美女自己先帮着摆桌,她儿子则伸手去抓桌子上的吃食,被大美女打了一下手:"没出息。"嘴上这么说,还是把好大一块肉塞到小孩的嘴里。

只有许松鼠还抽噎着:"我吃不下,什么都不吃。"

我坐到她身边,耐心地说:"Rebecca,这就是你的不对了。你想想,咱们在公司整天吃的那叫人饭吗?全是对付肚子用的。今天好不容易逮着一顿,是现做的,这么香喷喷,你不给我面子,你紫菜卷哥哥和马尾辫妈妈的面子总该给吧?再说了,你也该为自己的身体着想啊,你现在赖以生存的不就是个身体吗?要是因为置气再把身体给搞垮了,那我的罪过就大了。这责任,咱最好不担。"

许松鼠道:"你什么时候担过责任啊?谁要你担责任了?我只是有点生自己的气,和你也没多大关系。"

"生自己什么气啊?"看着许松鼠和我说话了,我就明白这场暴风雨如同台风一样,席卷祖国大地,到了首都却转了一个圈,走人了。

许松鼠说:"我生我自己没看出好赖人的气。我一直以为你是个有追求的人,可没想到你这么喜欢就坡下驴,给你面前放了盘点心当道具,你还真不客气就给吃了。你就是一混蛋。我总是遇人不淑,不分好歹,这一辈子都不长记性,非折在这上面不可。你说我是不是该生自己的气?"

我点头道:"要是这么说,那这气也该生。不仅你生气,我都生气。你说你有了计划为什么不先和组织汇报一下?你有了想法为什么不赶紧说明白了？这不是逗能是什么？其实我还郁闷呢，把我一人撂竹叶青那儿了，你是考验我的毅力呢，还是考验我的身体呢？"

我这么一说，似乎又勾起了许松鼠的伤心处，她的眼泪滴溜溜直打转，声音都变了："谁知道你这么容易就变节啊？你也太经不住考验了吧？别的男人都不会这样就你这样。紫菜卷你说，要是你你会变吗？"

紫菜卷笑嘻嘻地说："这个这个男人嘛，他的生理结构和女人的不一样，身体，他有时候就不听脑子的，对吧？荷尔蒙嘛。"

"这和生理结构有什么关系啊，我是问换了你会不会和竹叶青上床？"许松鼠刨根究底地问。

紫菜卷想了想，就冲我笑，那意思是兄弟对不住了。他没心没肺地说："我当然不会了，我是受过教育的人啊，我肯定是拒腐蚀永不沾，泰山崩不变色，就算被人耻笑为死要面子活受罪也不会和竹叶青上床的。柳下惠一个，大贤人啊，绝不乘人之危，好人卡攒了一抽屉了我。"

我心里那个气啊，紫菜卷不帮忙化解矛盾也就罢了，还一个劲地落井下石，这是朋友的所为吗？

"你看——"许松鼠这回算是得辞了，她开始数落我，"人家紫菜卷和你的生理结构一样吧？也都受过教育吧？人家的思想觉悟怎么就那么高呢？这说到最后还是一个境界问题，人品问题。本来这就是一个工作环节，可谁又能料到你居然利用工作之便，假戏真做！"

事已至此我也没什么好回旋的了，我把心一横："我不知道什么是假戏真做。我根本就没想到这戏是假的。你们思想觉悟高，很习惯把感情当砝码吧？尤其是你这样的，高不成低不就的女青年，是不是一见到男人就不由自主地掂量他的实力啊？就你们这思维，那肯定是想让我和竹叶青来一场情感换取金钱和利润的戏。对不起？我天生就不会演戏，我天生就傻，给个针鼻儿我就认，给个竹叶青我就缴枪。"

"我就是为了金钱和利润怎么了？"许松鼠急了，她提高了嗓门，"可你也不问问我是为了谁的金钱和利润！"

"好了好了，都别说了。"大美女在一旁实在看不下去了，打断了许松鼠，"我问你们，你们今天都到我家干吗来了？不会是要翻车吧？那这大老远的多不值啊？我看那么多废话都没用，我跟许小姐说一句，你到底想怎么着？要是没死心你就别和他吵了，好好想想下一步该怎么办；要是已经死了心，你还搭理他干什么？你精力过剩啊？"

大美女这么说还挺合情理的。发泄只是手段，不是目的，现在说了没两句话就搁了，还真解决不了问题。

"还有你，你到底是怎么想的？"大美女对我说，"你就打算和竹叶青这么过下去吗？你知道准备和歌星结婚的后果吗？你还经得起折腾吗？我看你挺脆弱的。"

大美女这么一问，我心里就有些含糊。可我嘴上怎么能服输呢？我说："歌星难道就不能有持久的感情吗？你怎么知道我和歌星不能过下去？"

大美女还要说什么，我的手机响了，是竹叶青。

我站到一边去接电话。竹叶青问我今天还回不回来吃饭。我说："赶回去是不可能了，你先吃好吗？"

竹叶青说:"那我也就约朋友一起吃了。我知道老吃粥人也会腻。你要注意身体,不要回来太晚,别为了工作着急上火,不值当。"

瞧,竹叶青就是这么通情达理。女人和女人怎么比呀,比的不是脸蛋、身材、年龄、床上功夫,最后还得比通情达理。我看了一眼许松鼠,许松鼠也正在朝我这边张望。我挂上电话,长长地叹了口气。

"有人查岗了。"许松鼠道,"还真是那么回事儿呢。"

桃花运是什么?桃花运就是你孤单得走投无路的时候,自卑得想随便找个旮旯了此残生的时候,无聊得想养条狗当伴侣的时候,突然发现自己又抢手了。抢手的原因谁也说不清楚,总之有两个以上的女人同时喜欢上了你。这个时候内心就会一下从自怨自艾变得狂乱颠倒——先是虚荣心得到极大满足,然后不由得拈轻怕重,首鼠两端。最后呢?要是在以前,处理好了没准能全娶回来,可现在,基本上是鸡飞蛋打两脚踩空。好好的运气又会变得糟糕透顶,桃花运不可能是桃花运,全都变成桃花劫了。始乱而终弃,转一大圈,浪费眼泪唾沫无数,最后仍然两手空空。

为了避免这样的悲剧在我身上上演,为了扭转许松鼠认为我意志品质不坚定的恶劣印象,我吃了两口东西后就坚决要走。紫菜卷把我往外送,路上他问我:"难道你真的打算舍孩子套狼啊?"

"我是身不由己。"我叹口气说,"Rebecca人挺不错的,各位观众甚至海外侨胞都觉得我们俩应该在一起。可时也势也,你让我怎么离开竹叶青?她现在已经把我后半辈子的生活水平线给捏在手里了。不光是我，还有她自己，还有我们公司的命运。你说我该怎么办？"

"也是啊，这是大我和小我的问题。你要是想，钱什么时候都在银行里，随时都可以挣到，可合适的老婆只有一个，那就是完全不同的结果。我也拿不准你该不该把自己当成献给吴王的西施、和亲的王昭君、委身董卓的貂蝉或者远嫁天边的文成公主，为了整体利益牺牲个人感情——看你怎么想了。不过我告诉你，现在的人都重眼前，不讲究来世的。"

众口铄金，积毁销骨。在强大的社会舆论下，甚至连我自己都有点相信，我和竹叶青是为了利益在一起。

第十四章　宋上门釜底抽薪

回去的路上，我一会想想许松鼠，一会又想想竹叶青，两个女人一点都不性感，反而像两座大山一左一右压在我的肩膀上，让我脑子里混乱得很。其实有什么混乱的呢？我这不正从许松鼠那儿出来，拼命往竹叶青那儿赶呢。我根本就没有其他的目的地了。这个时候，倒真是想发生件什么事情，能分散点我的注意力。

世界上的事情，一般都是不禁念叨的。我这儿开着车正不想回去，手机就响了，电话中传出了一个女人的声音。这回我马上就听出来了，不是别人，是宋上门的表妹，抽雪茄的娜娜。

娜娜说："宋总觉得，有些事情，两家公司有些误会，想和您谈谈，您知道，你们是同行，冤家宜解不宜结。咱们别跟着那些媒介瞎嚷嚷，自己得有个准主意啊。我们在黑暗角落呢，您来吧，谈总比不谈好，谈是解决问题的根本方法。"

宋上门受到网络暴力压制服软投降了？我的脑子里冒出了这个念头，旋即又告诫自己：没那么容易的事儿。十有八九，是宋上门有了和我讨价还价的筹码。依着我的脾气，这种约会压根就不想去，现在是我方掌握主动权，凭什么你叫我去我就得去呢？可恰恰是我现在穷极无聊，于是便脱口而出："你们等着吧。我现在离你们还挺远呢，赶过去会比较晚。"

"您真是江湖上的人，真给面子。"娜娜笑道，"多晚我们都等。"

摊牌的时候到了。我咽了口唾沫，挥了挥手，把许松鼠和竹叶青从脑子里轰出去，努力琢磨着宋上门可能提出的条件和自己的应对策略。工作无疑是消除苦恼的良方，半个多小时后，我把车开到黑暗角落咖啡馆门口，已经重新变得精神焕发、斗志昂扬了。

娜娜和她的帅哥保镖一直在门口等着，这让我有点感觉过于隆重。保镖留在外面，娜娜陪我进去，雪茄室里还坐着两个男人，其中那个秃瓢，就是我的死对头宋上门，我们畅谈垃圾桶计划的时候曾经打过交道，当时我就觉得这人不是很靠谱。另外一个坐在昏暗的阴影中，看不清楚容貌。宋上门笑眯眯地起身跟我握手，说："赵总辛苦呀。看咱们俩这仗打得，都快赶上叙利亚了。其实我想，有什么话不能坐下说呢？生意场上没必要这么死缠烂打势如水火吧。"

我一边握手一边说："谁说不是呢？就是宋总开价太高，一千万啊，全城的垃圾桶镀上金也就这个价吧？我们小公司，被吓着了，不敢和宋总张嘴。"

宋上门立刻哈哈大笑起来，笑声非常人工，一听就知道是硬憋出来的。他说："你赵总出手也不凡呐，一上来就直取我的当家花旦竹叶青,这不是要我的命吗?您看,您都和竹叶青谈恋爱了,这给了我一个重要启示,那就是干文化事业这一行,一定要单身,单身是有力武器啊。"

我抽出手,对宋上门严肃地说:"今天您要是想谈我的感情问题,那我就不奉陪了。竹叶青还在家等着我呢。"

"别别,别走啊。"宋上门笑着把我按到沙发上,说:"不谈这个,咱们谈事业。开门见山,绝不废话。我先把我的想法说说,你要是觉得可以考虑,那咱们再仔细商量。要是觉得我的想法没什么价值,那您就走人。最少,咱们买卖不成仁义在,以后是好朋友,不掐架了。"

这态度还差不多。我喝了口娜娜端上来的咖啡,问:"宋总,我有件事情一直想不通。这竹叶青在您手里捏了这么长的时间,您怎么就没动静?就跟看画似的。可我和她一好上了,你却翻天覆地,这是为什么?"

"赵总,你这就是揣着明白装糊涂了。"宋上门说,"咱们做这行的,最缺的是什么?第一桶金嘛。要是有钱了,我能放着那大美人不用吗?就算是我最后拍不成戏,那我也想把竹叶青卖出个好价钱去。可是您赵总呢?那可是真狠,打算让我颗粒无收。"

他说得对,我是没想给他一分钱。不过他下面的话倒是让我大吃一惊。

宋上门说:"不过君子成人之美。既然赵总已经和竹叶青小姐鸳鸯蝴蝶梦了,那我就姿态高一点,把竹叶青小姐奉送给赵总,今后绝不再为难赵总贤伉俪。也省得让那些网络暴民指着我的后脊梁骂我要拆散你们。"

这真是千年的铁树开了花，铁公鸡居然自己把毛拔。这一辈子，从来都是我请别人吃饭，冷不丁听到别人要请我吃饭，还真有些不踏实。我镇定了一下自己的心情，悠悠然地问："有条件的吧？"

"赵总果然是冰雪聪明。"宋上门说，"当然是有条件的。我把竹叶青交给您，您得把《我是一个筐》的版权交给我，也就是由我来投资拍摄，当然我不会硬抢，我可以付合适的费用，或者咱们分成，保证让赵总心满意足，人财双收。这样的买卖，我想赵总不会拒绝的。"

不正常，绝对不正常。我的脑子飞快地旋转开了：《我是一个筐》的剧组都快成立了，这个戏也已经炒熟了，一旦拍成，利润是大大的。宋上门是想拿一个竹叶青加一笔钱，换整个戏的市场。他不是没钱吗？怎么现在说话跟个暴发户似的？不过仔细想他提出的条件，说不诱人吧又有那么点诱人，我倒是省心了，还能凭空拿到一笔钱，但我卖的不是版权啊，卖的还有竹叶青。宋上门得手后头一件事就是把竹叶青灭了，彻底封杀，那主题曲就得别人唱了，垃圾桶上也只能贴别人的海报。竹叶青能答应吗？她可是奔着这个戏的女一号去的，如今不让她演这个戏，她会怎么想？她能和我一样，欢天喜地拿着仨瓜俩枣，一起无事一身轻，过小日子吗？就算是不考虑竹叶青，那么小花狸和胖冬瓜怎么办？人家可是投资方。有什么理由能让原来的投资方退出自己的项目呢？

我不能立刻答应什么，我必须回去和许松鼠、竹叶青以及胖冬瓜商量。可是我的确是在一刹那间有点小小的动摇和犹豫，连娜娜都看出来了。

娜娜给我续上杯，温柔妩媚地冲我笑笑，说："您慢慢喝，别呛着。"

"动心了吧？谁遇到不劳而获的机会都会动心的。"宋上门不无得意地说，他很满意他一席话的效果。

"等等。"我说出了心里的疑问，"宋总刚刚还说了，在为第一桶金发愁，怎么现在突然口气变得大了起来？难道您也一夜乍富了吗？"

"怎么可能？"宋上门打着哈哈，"虽然我很想，可我没那个命。钱不是我的。"

"钱是我的。"一直坐在角落里看不清楚面目的那个男人突然开了腔。刚才和宋上门费口舌，聚精会神，我差点忘了边上还有这么一个大活人呢。那家伙慢条斯理地说："小花狸和胖冬瓜那里，赵总不必有顾虑，他们的工作我去做好了。"

灯亮了，一个白白胖胖、面目慈祥的男人露了出来。他和善地、笑眯眯地看着我，但言语间却是坚定、不容置疑的口气。娜娜赶紧给我介绍说："刚才没介绍，这位是我的先生，做互联网的李潮红——您可能知道他。"

我当然知道他了，不光我知道他，家里有电脑的人都知道他，全世界的人都知道他。不知道有多少人的浏览器，都稀里糊涂把他的搜索引擎设为首页呢。我说怎么看着面熟，宋上门居然搬出了这么一座大山放在我面前。别说《我是一个筐》了，就算是成千上万的筐摆在面前，人家也买得回去。

我是一个胆子不小的人，但也登时流下汗来。竹叶青不是说这娜娜是搞传销的吗？怎么摇身一变成了李潮红的老婆了？

我没想到这竹叶青也会信口瞎说张嘴就来。现在看来，身边有个上市公司老总的老婆当亲戚是极其重要的，她能直接把周边各种人物的命运掌控起来，只要她想。能够掌控别人的命运是一件多么过瘾的事情啊。我脑子里飞快地把自己的七大姑八大姨及其子女过了一遍，真不争气，他们之中没有一个成气候的，最大的官也就是个保险公司业务经理。

"今天下午，我和花总已经见过面了，对于你们那个剧，还有她的主营业务——电脑产品销售，我们有一个一揽子协议，合作的内容当然不便跟您透露，但效果是双方都满意的。这样，竹叶青的事情、剧的事情，也就成了我们协议中小得不能再小的一个小局部。本来我晚上还有事，不想来这里，可是内人建议我一定要见一见赵总，说您是个人才。所以，我还是来了，不仅来了，还在这里等了您很长很长时间。您完全可以想见，我是多么有诚意的一个人。"李潮红不紧不慢地说，"那个剧，也没必要去找电视台销售，直接在我刚刚买下的视频网站上推送，我会动用我的所有资源去推收视率。换句话说，现在咱们在这里聊，一个镜头没有拍，但已经能保证挣钱了，而且是大钱，沾手的人，除了那个背弃合同的竹叶青，其他人都有的赚。对了，刚才宋总的意思表达得并不准确，他提出的，并不是一个征求您意见的建议，而是一个决定，您没有理由不接受它，除非您有更打动我们的想法。"

李潮红说完了，便不再说话，关了台灯，又隐没在黑暗之中了。我的眼前，只剩下宋上门那张秃了吧唧的扬扬得意的嘴脸，我真恨不得冲上去抽他两个大嘴巴。

其实最该抽的是我自己。我怎么就没事先想到这步棋呢？在娜娜威胁我说剧本可能不能通过审查的时候，我怎么就没能想到查查这个女人的来历呢？竹叶青一句话让我放松了警惕，现在几乎满盘皆输。我们在前线硝烟弥漫冲锋陷阵，又是闹三角恋爱又是开发布会的，人家宋上门在背后做了手脚，什么打官司索赔全是虚晃一枪，真正的目的是要把我们手里的好项目夺走。人家的高棋在于，直接将小花狸和胖冬瓜拿下，釜底抽薪，让竹叶青出局——本质上，我也出局了，不再对此事有操作能力。

想明白了这件事情，我什么都明白了。即使是我坚持理想坚决不转让版权，那我也得找个靠山来，用更大的代价来摆平这些人。对于我这种空有理想而无实力的人来说，这是不可行的。我站起身来，尽量掩饰住失望、沮丧的心情，说："我没什么意见。既然你们背后都琢磨好了，我也不会螳臂当车。"

我坐回到我的汽车里，委屈得直想哭。从生出来到现在，我还真没这么委屈过。金钱的力量是强大的，在它的诱惑下，这个世界变得诡异多端，难以琢磨。前几天还是我们大后方的人，在这个夜晚就已经把我们给归堆儿卖了。别看我们这些人平日里人模狗样，还挺有自尊，关键时刻，充其量也就是人家手中的一颗棋子儿，想怎么摆就怎么摆，想把你扔回到臭棋篓子里去，那是丝毫都不带犹豫的。

时间已经接近午夜，我开着汽车在大街上盲目游走。路灯昏黄地照在大地上，整条街道笔直地向前伸展，给人前途无量的错觉。而我明白，我费尽心机杀出来的血路已经走到头了。明天天一亮，媒体就会爆出《我是一个筐》易主的新闻，然后大家都会饶有兴致地看着光天化日之下的我和竹叶青。我们是继续走下去呢，还是就此分道扬镳？无论我们做出怎样的选择，都会给人留下无穷无尽的话柄，被人当小丑一样笑话。

想到这里，我突然心中一紧。都这么晚了，怎么竹叶青连一个电话都不给我打？这有点不正常啊。

我赶紧在立交桥下调一个头，把车向竹叶青家的方向开去。我心乱如麻，觉得有好多事情要想，可居然什么都想不起来。

半夜三更，竹叶青那栋楼的电梯停运，我只好吭哧吭哧地往上爬，爬到二十楼的时候已经筋疲力尽。我敲门，没动静，按门铃，没反应。不会啊，竹叶青是夜猫子，这时候不该睡了呀。我借着楼道里的月光找到钥匙，哆里哆嗦地打开了门。

屋里一盏灯都没有亮，寂静得怕人。我找到开关按下去，眼前的情景吓了我一跳。

竹叶青端庄地坐在沙发上，身上穿着睡衣，怀里抱着手机，脸上挂着泪水，直勾勾地看着我。

"你这是干什么呀。"我说，"我还以为你是《一块银圆》里那个喝了水银的童女呢。"

竹叶青一动不动，却咬牙切齿地对我说："你去找Rebecca了吧？"

"没错。"我点点头说，"你不是和朋友出去吃饭了吗？回来得倒是挺早啊。"

竹叶青说："我哪儿也没去，晚饭也没吃，一直在家等你。"

我坐到她身边，搂住她的肩头说："真对不起。我是为了谈公事。你应该给我打个电话的。这样吧，我给你做点什么吃的？"

竹叶青呜呜地哭起来："我打电话你就能回来吗？你没错，

你是为了公事，我没有理由情绪不好，可我的情绪就是不好了。"

我想站起来，到厨房去给她弄煎蛋，顺便也改善一下自己的情绪。这一晚上净看见女人哭了，可真够点背的。

我没想到竹叶青突然死死地环抱住了我，力气还特别大，我怎么挣都挣不开。

竹叶青把眼泪鼻涕全抹我身上了。她哭着说："你哪儿都不能去。你是我的，我不能失去你。"

窗外，突然有了异常的响动。我还以为是谁躲在窗台上，扭头去看，只见一个黑影从空中掠过。我靠，无人机。我可以想象，一个狗仔正坐在楼下，手里拿着遥控器，一见到竹叶青家灯亮了，便毫不犹豫按下起飞开关，无人机冲向窗边，上面携带的镜头粗暴且无所顾忌地把家里的一切传到互联网上。

我打开窗子，冲夜空中大声叫骂着。可我的声音被高楼风吹散，巨大的横向风把那些脏话撕碎，掷向无边的黑暗。

第十五章 死马当成活马医

　　每天太阳都会升起，今天和昨天却不一样。天亮时分，梦醒时分，可我和竹叶青没做梦，压根就没睡。

　　哄女人的办法有很多种，手法上有轻拍、抚摩、亲吻、刮蹭……言语上有认错、玩笑、恭维、掏心窝子……行为上有挨骂、挨揍、挨掐、哀叹……总之，就是要做出一副忍气吞声心甘情愿还乐观向上的样子，各种办法综合运用，以图美人破涕为笑、化哀怨为温柔。这一夜，我是使尽浑身解数，累得精疲力竭，像一匹白天跑完一千里晚上又接着跑了八百里的骏马良驹，就只剩下喘息的份儿了，可就是不能让竹叶青扭转情绪。不祥的预感笼罩在我们中间，这才是摆在我们之间的一个问题，以后沟沟坎坎多了去了，难道都得这么熬着吗？

　　这一夜，我都没机会把宋上门的事情说出来，也不是没机会，是没勇气。竹叶青反反复复，就纠缠我和许松鼠的事情，车轱辘话题就有两个：一、我和许松鼠到底什么关系，存在着多大的我背离她而转投许松鼠的可能性；二、我和她在一起是否有彼此的信任，我们之间的感情是否有功利色彩。她固执地认为，这两个关键问题是值得花一整夜的时间来探讨的，结果我们两个都说得口干舌燥、精神崩溃，竹叶青的眼睛还肿得跟小桃子一般。

天一亮，虽然什么事情还都没说清楚，可我们两个谁都说不动了。女人不可理喻，明知道这样互相残害两败俱伤的行为没有任何好处，但非得这么做，自我折磨。

下面该什么了？我望着自己青一块紫一块的胳膊想，幸好没往脸上拧，否则我还怎么上班啊。我的嘴里充满了异味儿，眼皮耷拉着。岁月不饶人，现在熬上这么一宿，得喝多少鳖汤才能缓过来？我想央求竹叶青，睡会儿吧，哪怕十分钟都行。

"我饿了。"竹叶青突然说。

饿了是好事，能觉出自己饿了，说明人的神志恢复正常了。我含含糊糊地说："哦，那好，我去煎鸡蛋。"

"不。"竹叶青坚决地说，"我和你去吃早点，我们一起下楼，呼吸一下新鲜空气。"

我立刻明白了，竹叶青是想让那些在外面蹲守的狗仔队看到我们两个出双入对。她想通过这种方式再次强调我们的关系坚如磐石，甚至更上一层楼。我觉得她这样做的唯一后果就是把我们之间的感情搞糟，可是……算了，这年头谁还对爱情抱有信心啊？更何况是熬了一夜以后。爱谁谁吧。我想起钱包里还有卖包子的老孙给的优惠卡，便挣扎着表态："行，我们下楼吃，我请你，吃油条我能打折。"

出乎意料的是，从电梯口到楼门口甚至走在大街上，一个狗仔队都没有。就算是竹叶青戴着墨镜,我也能猜出她心中的失望和奇怪来。对我来说,这再正常不过了,我要是狗仔队,我就会盯到宋上门甚至李潮红那里去,镜头永远都会盯住胜利者,被PK下去的人基本都会待在冷清的角落,更何况半夜连无人机都没拍到香艳的场景,这不得给差评啊,谁还盯着你啊。

老孙看见我和竹叶青,兴高采烈起来,他还记得我答应过他,要和竹叶青在他的店里合张影。他把我叫到一边,笑嘻嘻地说:"我还以为你们不会来呢,看来你和竹叶青小姐都是仗义的人,言出必行,一点都没有明星的架子。你们看得起我这个早点摊啊。"

我迟疑了一下,觉得现在我们的情绪都不对,为难地说:"今天,可能不太妥当吧。我们两个精神都不太好。"

"可你们下次还不知道什么时候来呢。"老孙失望地说,"我特意买了个好的数码相机,单反的,花了八千多。"

竹叶青听到我们在这边议论,问:"嘀咕什么呢?"

老孙赶紧说自己的想法。竹叶青没听完就说:"这有什么不能拍的?拍!"她拉着老孙站到了招牌下,让我站在老孙的另一边。

老孙的伙计显然没有受过任何拍摄训练,拿个照相机摆弄了半天也不按快门。竹叶青倒是显得很有耐心,脸上挂着温柔的微笑,听凭小伙计摆布,一点架子都没有——除了憔悴点没别的毛病。她甚至把墨镜都摘了,在阳光下露着红红的眼睛,外人不知道她哭过,也许还以为这是最时髦的化妆。

小店顿时骚动起来,好多人认出了竹叶青,围上来要她的签字。竹叶青来者不拒,耐心地一一受理。我在旁边看着她微笑面对群众,心里不由得有点酸。今天,我们也只能在卖早点的豆浆店里引起点轰动了,这个世界在向前进,狗仔队都把我们抛在了身后。

折腾了半天,老孙过意不去了,把我们让到了他们的操作间里,我们这才算吃上了饭。竹叶青显然是饿极了,包子馅饼油条馄饨,照单全吃,根本就不理我。

老孙在旁边看得笑开了花,伸出大拇指跟我说:"你这媳妇儿好,能吃。"我不知道能不能吃和媳妇儿好不好有什么关联,可能是指吃得多的人都豪爽,没那么多事儿吧。他当然不知道竹叶青的事儿有多多。

我刚喝了一口豆浆,手机就响起来。一接,居然是大胡子。大胡子在电话里嗫嚅着说:"Peter,我是Victor。有点事情想跟你商量。"

我说:"那就商量呗。说吧。"

"实在是不好张口。要不,咱们微信里说。"

我不耐烦了:"你一男人,怎么这么婆婆妈妈的。有话快说有屁快放,赶紧的。"

"那……好吧,我可说了你千万别生气。"大胡子鼓足勇气,"我要辞职了。我得走了。"

"辞职?为什么?"我心里咯噔一下,口气却没有变化,"你捡到巨款了?傍上款婆了?"

"那倒没有。"大胡子说,"我家里老娘生病,我得回去照顾她。另外,我有件事情一直瞒着你,我小时候家里给订过一门娃娃亲,现在人家姑娘大了,我得回去退亲去。婚姻自由啊,人家网恋爱上了一老外,据说是德国贵族,家里趁城堡的那种,要去德国当伯爵夫人了。你看过《吸血惊情四百年》吗?就是吸血鬼的那种帅哥。"

"你别跟我编了。"我打断大胡子,"你那故事蒙蒙电视观众行,蒙我可不行。说真话,否则你就别想全须全尾儿地从我这儿走。"

"那好吧。"大胡子叹口气,"宋先生请我过去,说是让我再把那剧本给改改。你知道,那剧本就是我儿子,我得负责到底啊。不过我向你保证,改完剧本我就回来。你是好人,我又知道好歹。"

果然不出我所料,敌人开始了疯狂的攻击行动,对我的团队动手了。

大胡子见我不说话,赶紧说:"Peter 你生气了吗?你不会以为我是有奶就是娘的坏人吧?其实只要你一句话,不让我去我肯定不去。"

我叹了口气说:"你去吧,只要对你的发展有好处,我就不拦着你。你跟高大姐说一声,晚上我请吃饭,给你饯行。别忘了我是朋友就行了。"

我这样的态度似乎感动了大胡子,他突然哽咽起来,说:"Peter,我永远忘不了你。是你给了我一切。是你带给我另一个世界。"

我不想再听他叽叽歪歪,挂断了电话,对竹叶青说:"现在的文人,全无半点风骨气节。他们以前那种宁死不屈留取丹心照汗青的劲头,是从什么时候开始消失的?树倒猢狲散,墙倒众人推,人情冷暖,世态炎凉,我真是体会到了。"

竹叶青注意到了我神情不对,问:"现在还有宁死不屈的人吗？你怎么了？脸色这么难看，跟失恋似的？"

"跟你实话实说了吧。"我狠狠心，"我们的剧不拍了。"

摆在竹叶青面前的路有两条，一条是离开我，回到宋上门那里去，委屈求全，受尽凌辱，或许还能保住她的女一号。代价是放弃自尊，风险是可能鸡飞蛋打什么都得不到，被宋上门当女特务女叛徒对待，彻底打入冷宫；一条就是跟定我，置事业荣辱于度外，重打锣鼓另开张。代价是放弃女一号，风险也是鸡飞蛋打什么也得不到——当然也有可能得到。就着包子油条，我把情况跟她汇报、分析了一番。竹叶青的脸色苍白，不知道是熬夜熬得，还是因为受到打击了。

"没有第三条路了吗？"竹叶青问，"我们不是设计得好好的？"

"没有了。"我坚定地摇头，"现在我们的敌人不是宋上门，而是李潮红。我根本就不是对手。任何力量在庞大的资本面前都会显得软弱无力。你要想开些，人生本来就充满了不确定的因素，没有绝对有把握的事。从某种意义上来说，这就是冒险，即便走对了那也是踏着别人尸首前进的。但总的来说，被别人践踏的可能性要多得多。每天、每时、每刻我们都在斗争，都在分胜负，一丝不能大意。对不住，我本事有限，人又窝囊，没办法保证你赢。"

竹叶青不说话，眼泪又开始打转，她赶紧戴上墨镜。

"你别忙着表态，先回家休息休息，好好想想。我还得去公司，安抚一下受惊的广大群众。当领导难啊。"我表面镇定自若，心却一点点往下沉。我知道，也许我们两个在一起的基础已经消失了。我们其实爱得不纯，在一起就是阴错阳差碰巧了。夫妻本是同林鸟，大难来时各自飞。更何况，我们离夫妻还差得远呢。

竹叶青点点头，理解地说："是我不好。早知道这样，昨天夜里不该和你闹的。你走吧，处理完事情后给我打电话。"

我要和老孙结账，老孙死活不肯。我没心思和他纠缠，把竹叶青扔在饭馆，赶紧去车库取了车，往公司开。离开竹叶青，我乱哄哄的脑子才逐渐清醒起来，一步步把昨天发生的事情想了一遍，琢磨了宋上门和李潮红的话，想从中寻出点破绽来。我发现敌人确实是有备而来，已经把事情操作得滴水不漏，才跟我摊牌的。唯一的破绽，就是胖冬瓜小花狸是不是坚定地与他们合作了，如果这事儿还没敲定，那我们似乎还有一线生机，如果这件事情像他们说的那样板上钉钉，那么就没有挽回的余地。

必须让艾茉莉再帮一个忙，可艾茉莉现在不在国内，远水救不了近火，还必须让许松鼠出面。想到许松鼠我的头又开始大了。公司危难之时，她的作用会有多大？她不幸灾乐祸就算好的了。

也就是说，我要硬着头皮去找许松鼠去了。

我早就说过，兔子不能吃窝边草，搞办公室恋情这一套，迟早要给自己套上枷锁。但是话说回来，80%的白领中产现在都在办公室解决问题，这能赖谁啊？还不是赖工作压力太大，自己没时间出去打猎巡狩吗？

我就这么七上八下地来到了办公室。奇怪的是，办公室里一个人没有。我看看表，也的确是早了点，还不到八点。我就躺在沙发上，想打个盹，可这一睡就睡了过去。

不知道过了多长时间，我朦胧间感到有人说话，强行睁开眼睛，看到的是高大姐慈祥的脸庞，她正和小手枪嘀咕着什么。我想坐起来，高大姐赶忙说："Peter，我吵醒了你，不好意思。刚才 Victor 给我打电话，说你说的晚上要吃饭。我想跟你商量去哪儿吃，又看你实在是太累了，就没叫你。"

我看看手表，已经快九点了，就说："大家都来了么？赶紧开会吧。"

高大姐摇摇头。许松鼠、赛观音和大胡子都没来。强敌当前，公司的纪律却如此废弛，这样的队伍能打胜仗吗？

"给他们打电话。告诉他们以最快的速度过来，我有话跟他们说。"

高大姐和小手枪分别打了电话，回来向我汇报，赛观音正在路上，遭遇了百年未遇的大堵车，正跟出租车司机结账，准备步行三站地前来上班。大胡子早已经到达公司楼下，就是不好意思上来，一直在附近绕着写字楼徘徊，已经溜达了二十三圈了。许松鼠则根本联系不上，手机没有开机。

我问："你们都知道发生了什么事情吧？"

高大姐和小手枪有点晕，看着我，一脸茫然。

我说："我们被戗了行势了。宋上门和搞网站的李潮红联手，要搞掉咱们的剧，咱们出局了。胖总那里的情形不明，据说是已经同意了。"

"我早就看出来了。"高大姐说，"有的人确实是想搞阴谋诡计。Peter 我有些话跟你说，你也别不高兴，那个竹叶青小姐，我觉得就是麻烦，自从她出现了，咱们公司就没了团结向上朝气蓬勃的气氛。你看，现在把敌人给招来了不是？按理说你的私事我们不该发表意见，可我就觉得，你们长不了。"

"现在别说这些，重要的是商量出办法来。现在你们轮流值班，每隔五分钟给 Rebecca 拨一次电话。她就是躲在阴沟里也要给我找出来。"

许松鼠玩失踪已经不是第一回了，昨天就是躲到大美女家去搓麻，可这回连大美女的电话都打了。大美女说："不会啊，她昨天回去的时候，挺正常的啊。"

这么无组织无纪律的女员工，我还得求着。这什么世道？

我正在郁闷中，电话来了。打来电话的居然是《城市小路报》的尤八姐。尤八姐特别神秘地说："哎，我说赵总，我可听到了绝密的消息，你给我透露点吧。"

"你又知道了。"我没好气地说，"我给你透露什么啊？"

尤八姐笑呵呵地说："您就别装了。现在所有的狗仔都知道宋上门要拍《我是一个筐》了，都在人家公司门口憋着呢。江湖险恶啊。"

"狗仔都知道了还绝密什么啊？你还不赶紧去？小心再被报社罚款，下次我可不给报销了。"

"我才不傻卖力气呢。没经验的生瓜蛋子才往风口浪尖上跑。我是写深度报道的，会动脑子。这回我得找一个独家。"尤八姐踌躇满志地说，"您表个态，到时候我给您煽乎。您想怎么说？"

我知道《城市小路报》娱乐版和娱乐小红锣工作室是死对头，尤八姐年纪在这儿，不能老蹲守，吃了不少亏，平时被欺压得紧，憋着口恶气。她巴不得从我这挖点独家，好给对方迎头一击，从此过上扬眉吐气的日子。我想了想，说："你就这么写——恶炒娱乐新闻之风何时能刹住！什么都没核实呢就拿出来当事儿说，这不是愚弄大众吗？"

"那到底是不是真的啊？"尤八姐问，"我这么写不会挨打吧？"

"只能说对方有这个想法，我答应不答应还两说着呢。"我说，"咱们这项目是硬通货，就算要卖也得卖个好价钱不是？"

"行了。"尤八姐笑道，"还是赵总您配合，您就等着瞧好吧。我还有个要求，能不能独家采访竹叶青？我知道这要求有点过分。"

"朋友之间有什么过分的？"我说，"但是我得问问她。我向你保证，只要她同意接受采访，我只安排你一个跟她单谈。"

尤八姐心满意足地挂了电话，剩下我一个人发呆。我不知道这么做对不对，我想，这也许是我最后垂死的挣扎。

电话又响了，居然是许松鼠。我问："Rebecca，你死到哪去了？一早晨都在找你。"

"我在胖冬瓜这里。"许松鼠说，"我早晨一看手机各种推送就急了。我现在已经把他们堵被窝里。想让我们那么快就缴枪，没那么容易！"

我是想找胖冬瓜谈谈，想亲自谈，老板对老板地谈，正儿八经地谈。我真害怕许松鼠脾气上来，和人家三句两句就谈崩了。我叮嘱许松鼠说："你先别跟他动粗，稳住，一定要稳住，千万等我过去。"

许松鼠说："你不用着急。我坐他家客厅里等着呢。他们穿衣服洗脸刷牙上厕所得有一阵，你慢慢来，有什么情况我随时跟你通报。"

我叫上小手枪，三步并作两步往外赶。刚出门，就遇到了从电梯里出来的大胡子。大胡子看见我,脸腾地就红了,一个劲地结巴:"P,P,P……"我说:"你赶紧和高大姐弄饭局去,别有什么思想顾虑,拣好的饭馆去。"

大胡子眼圈湿润,滴溜溜地就要落泪。我说:"哭什么呀?你来投奔我这么长时间,也没吃上顿好饭,今天我是真心请你吃好的,到了宋上门那边,你也有底气,别显得咱寒酸,快去吧。"

看着大胡子肩膀一抽一抽地进了门,小手枪不解地问我:"Peter,你到底是想让他哭还是不想让他哭啊?"

我嘿嘿地笑了笑,胡撸着他的后脑勺说:"你还小,以后就知道了。做生意的时候,朋友是暂时的,利益是永远的,可在人生的大角度看,利益又是暂时的,朋友却是永远的。"小手枪被我这不搭调的回答彻底弄晕了,不明白什么意思。别说他不明白,我自己都不知道在胡诌什么。

我怕路上犯困,没敢开车,就在街上拦了出租车,和小手枪一起坐到了后座上。在路上我一言不发,盘算着这桩生意里面的道道。从理论上来说,即便胖冬瓜他们撤去资金,我还有剧本的版权呢,这东西和谁都没关系,我想卖就卖,不想卖就不卖。可是,宋上门明显是在拿竹叶青当人质来要挟我:要么一手交剧本一手放人,要么大家斗个两败俱伤。无论哪种结果,最倒霉的人都可能是竹叶青。所以,现在就要找个周全的办法,避免恶劣的不可收拾的局面。这就像下围棋,我不能跟着敌人的步调走,我得来自己的一套。换句话说,敌人的路数现在都出来了,该轮到我走棋了,这一步是跟着走还是另放胜负手,那得想好了。

我想着想着,脑子就模糊了。人年纪大了就是不行,五年前我熬夜三天那是眼睛都不带眨的,可现在不能困却支持不住。其实女人治理男人最好的办法,不是大哭大闹,就是不让他睡觉。大多数男的是速战型,打持久战不是长项,没准熬着熬着就投降了。

我迷迷糊糊地,觉得自己是在一座高山上奔跑,面前峰岭嵯峨,河流横溢。我不知道方向,也不知道目的,只是口干舌燥,心跳力乏。我拉着一个姑娘,她应该是许松鼠,又应该是竹叶青,我看不清她的面目,只知道她和我一样疲惫不堪。我们应该奔向哪里呢?也许是胖冬瓜家吧。我们实在跑不动了,最后累倒在地上。女孩凑过她的头来,泪流满面地说:"别跑了,别跑了。我们回家吧。"一时间,所有的辛酸、难过、悲苦都从心中涌了出来。我说不出话,只是指着前面,那意思是,不跑又怎么行呢?

我的脸被泪水沾湿了,那姑娘使劲地摇晃我,结果把我给摇醒了。睁眼一看,是小手枪在晃荡我:"Peter 醒醒,咱们到了。"

我看到小手枪的衣服上湿了一大块,问:"你哭什么呀?没头没脑的。"

小手枪说:"我没哭。是你靠在我身上睡着了,这些都是你的口水。我没敢叫醒你。"

我看着小手枪半湿半干的样子,心里叹息一声,这小子以后也是块抹布的命,当初大胡子把鼻涕眼泪抹他裤子上,现在我又把口水流人家上衣上。这样实在是有碍观瞻,我只好让他在胖冬瓜家门口吹吹风,自己去按了门铃。迎出来的是小花狸,她特有礼貌地微笑着把我让进客厅。许松鼠和胖冬瓜坐在那儿,正你一言我一语地聊得正欢。看见我进来,两个人都站了起来。

我赶紧说:"你们坐啊,接着聊。"

"我们正破口大骂宋上门不是东西。"许松鼠说。

胖冬瓜笑道:"这件事情,也是赖我太大意了,我就没想到那个李潮红突然冒出个老婆来,而这个老婆居然是宋上门的表妹。前因后果是这样的,李潮红最近刚买了个视频平台,正在搞后台升级,要做个什么什么一朵红云。这年头喜欢往网上贴片子贴视频露这儿露那儿的人又特别多,点击量一起来,很容易就把人家的视频网站搞瘫痪了。上个月他们死了一次机,又被黑客黑进去偷了注册会员隐私,导致股票下跌,他突然意识到这不是开玩笑,下决心把所有硬件设备更新换代,还要扩容,还要做防护罩,还要建一朵红云。这可是笔大生意,我们公司也参加了竞标。要是拿下这一单,不仅我们公司声威大振,这国内市场老大的江山,也就快坐上了。结果谈来谈去,就谈出了这么个结果。我们和竞争对手实力差不多,多就多在这个剧上。我们也有难处啊。"

可不是嘛,我听得频频点头,心想,要是我和胖冬瓜掉个个儿,那我也得把冬瓜给卖了。

"本来呢,我没把这两件事情给联系到一起去,可是宋上门却唆使他表妹软磨硬泡。再潮的李潮红也禁不住枕边风啊。"胖冬瓜进一步推卸着自己的责任。

"就是。"许松鼠在旁边插嘴道,"咱们这里的事情老搞不好,坏就坏在裙带关系上,什么事情都有黑幕。"

我看了看许松鼠,心想这丫头今天怎么变得这么天真烂漫啊,不知道她葫芦里卖的是什么药。

"这次对不住赵老弟,我先给你道个歉。"胖冬瓜终于鼓起勇气承认错误,"青山不改绿水长流,欠兄弟的情,我总会还的。"

我提醒道:"胖总,我们之间,也是有合同的啊。"

许松鼠再次烂漫地发言:"是啊,胖总是讲信义的人,就是没合同都会履行合同,更何况有合同呢。"

"对对。"胖冬瓜说,"我知道咱们有合同。可这回咱们算是加深兄弟情谊吧,你想要什么补偿?"他看了看我又看了看许松鼠,哈哈笑起来,"我看出来了,你们今天是二人转吧?来转我来了。"

小花狸在旁边也听明白了,说:"胖总,人家说得也有道理。我们随了李潮红,就是把人家赵总给牺牲了;可要是照顾了赵总,我们的市场根基就会被动摇,就好比太平天国的北伐军,都打到杨村了却遭到了围歼;中国足球队,都踢到最后三分钟了还被黑……不仅士气受挫,闹不好还全军覆没呢。所以,咱们还是想个两全其美的办法吧。"

这样的计策有吗?人有悲欢离合,月有阴晴圆缺,要能两全其美,我干吗还和竹叶青许松鼠较劲啊?我干吗还活得这么累啊?我干吗还半夜三更不睡觉苦撑苦熬啊?四个人话说到这儿,都沉默起来。

打破沉默的居然是小手枪。这孩子一个人站在大街上闲极无聊,坐马路牙子上看手机研究八卦。他发现所有的媒体公众号朋友圈都在念叨宋上门要接手《我是一个筐》的消息,娱乐小红锣甚至还披露了小花狸和李潮红之间的生意。他坐不住了,给我拨了电话。

"你赶紧进来跟我们汇报一下。"我估摸着他衣服上的口水差不多干了。

小手枪进了门,伸手擦额头上的汗。

"你这孩子怎么了？"许松鼠问，"怎么衣服上一堆水印啊？"

小手枪不好意思地说："我今天吃早点时不小心把豆浆倒身上了。"他这么一说，我都忍不住笑。人成熟起来可真是快，前后不过二十分钟。

小花狸仔细翻看着小手枪给的链接，仿佛有了主意："我说个办法，你们想想行不行？"

第十六章　女人开始还击了

李潮红的公司上市了，上市公司一般都要烧钱，要不怎么想起升级后台呢？当然，这是小钱，更多的钱得投资，得扔到市场上去生新的钱。这件事情让李潮红直挠头。钱可真不是好花的，股东会的人都睁大眼睛盯着呢，您拿我们的钱干吗去呀？花钱容易，可你至少得拿回20%的利润来。什么项目能有那么多利润啊？这是让李潮红最头大的事。人都有弱项，李潮红的弱项是有前瞻但很难掌控现实，比如说他知道视频平台今后大有作为，可收下来了却发现，原来的主儿净靠盗版过日子，没什么自己的内容。违法犯罪可不行，不仅会让组织重罚，还会让股票大跌。那不有点瞎吗？所以他经常跟人抱怨："花钱可真难啊。"这话说得能让全世界绝大多数人觉得他太能装了，实际他是说真的，境界不一样而已。

他和小花狸谈生意的时候也这么说过，小花狸也就知道了他心里烧得慌。他问小花狸:"你说我投点什么项目好啊?"小花狸本想让他把钱投在自己的电脑买卖上,可转念一想,那自己干吗去?自己可是除了卖电脑生孩子也什么都不会呢,失去了行业主导权那不就得回家看孩子去了吗?于是很快就打消了这个念头。后来看到他给宋上门撑腰,也就明白了他的底细,人家是要投资文化娱乐领域了,向着明星堆里发展。这倒是一本万利的好买卖。尤其是这一阵影视和真人秀这么火,挖煤的卖牛奶的都狠狠地赚了大便宜,更刺激得李潮红跃跃欲试。小花狸的意思,这件事情上绝对不能跟李潮红硬扛,硬扛绝对没有好果子吃。

"你说宋上门为什么签下竹叶青那么长时间没动静啊?"小花狸问我。

"宋上门没钱啊,他那公司我还不知道,连房租都快付不起了,还包装竹叶青呢?差远了。"我说。

"他为什么没钱呢?李潮红和他表妹的关系也不是一年两年了,娱乐圈有利可图都十几年了,很多公司都是布好了局才上市的,他干吗现在才给宋上门出钱啊?早干吗去了。"小花狸又问。

要不怎么说做纯买卖的人比我们这种从事文化事业的人精呢?你看人家小花狸,就能从纷乱的事物表面看出破绽来,这一点我就没想到,被问住了。

小花狸笑笑说:"从做生意的角度说,不给钱就两个原因,一是没看到项目有赚钱的希望,根本就没想过投钱;二是对项目的实施者不够信任,觉得宋上门不是那块料儿。换句话说,现在人家愿意投钱了,一是觉得娱乐天地大有作为了,二是被那个娜娜煽动的,想看看宋上门到底几斤几两。"

我沉吟着，觉得小花狸说得很有道理，胖冬瓜则微笑着表示赞许，而许松鼠呢，把头点得跟小鸡啄米似的。

"可是我看，这个宋上门根本就信不过。你看看。"她把手机递到我面前，指着那篇文章说，"他居然把我们和李潮红的合作内容都捅给了娱记。我们和李潮红可是有言在先的，这属于双方都必须保守的商业秘密，不能说，说了对我们两个谁都没好处，大概率让竞标对手抓到把柄。可这个宋上门真是送上门，嘴上就没个把门的，他这么一说，李潮红准得跟董事会一通解释，人家董事会最后批准不批准这些投资都是个事儿。你说，给主子找了麻烦，这条狗主子还会喜欢吗？"

我还是没明白小花狸想要说什么，这和我有什么关系啊？我茫然地看着她那张俏丽的脸，希望她把话说明白点。

"你怎么这么晕啊？没睡好觉是吗？"小花狸看我糊涂着，提醒我说，"人家已经出了牌，现在该你出牌了。你不会提条件吗？他想把项目拿走就拿走啊？"

"我提什么条件？竹叶青就像肉票一样攥在人家手里，我还能提什么条件？我被要挟了。"我说，"我主要的问题，就是不知道该提什么条件。"

许松鼠坐在旁边，"哼"了一声，露出了不屑的神情，那点小醋劲儿又翻上来了。

小花狸说："你可真够笨的。要是我我就这么办：想买剧本版权没门，想买这个项目也不行，要买就把我整个公司买了去。你李潮红还是想干什么干什么，可具体的事情，还得我来管，让那个宋上门靠边站。这就是你赵总应该出的牌。这牌打成了，创业成功的是你而不是宋上门。"

我被小花狸这么一点,脑子忽然清醒了。如果站在李潮红的角度,这么做只有好处没有坏处:首先他拿下这个项目;第二他保存了整个团队,女主角什么的不用再找了,竹叶青本来就是最合适的;第三他节约了成本,不用再掏钱买剧本,而是让我们继续干,甚至还能让小花狸再投点钱进来,众人拾柴火焰高嘛;第四,他用的是我而不是宋上门,别人我不敢比,宋上门我还是觉得自己比他强几分。当然了,我付出的代价就是自己不当老板改当打工小头领了,可我能拿到整个公司的股份出让金啊,就算不漫天要价,那也比卖一个剧本还白搭一大胡子折一个竹叶青合适。大不了我干完这单不干了,把股份一卖,出来重打鼓另开张也是一种选择。金融运作、资本运作,这本身就是进可攻退可守几方都得利的好计策。

宋上门也许做梦都想不到,他对着娱记得意忘形的胡说八道会给他带来杀身之祸。

可是,我还是有点不托底,那就是整天陪着李潮红睡觉的,毕竟是宋上门的表妹,而不是我的表妹,我也没表妹,就是有表妹也不会让她嫁给一搞 IT 的,即使他是亿万富翁。所以,我还得掂量掂量,如果李潮红对他老婆言听计从的话,那我依旧有点悬。

"我知道你在担心什么呢。"小花狸看透了我,她接着说,"你是怕娜娜吹枕边风是吧?依我看,她的枕边风要是吹成了,那就算你倒霉,认命吧,你大不了就把剧本卖给人家,吃个哑巴亏算了。可我倒觉得,这枕边风不一定吹得成。李潮红是什么人?是商人,不是昏君。在金钱利益和亲情的抉择中,你说商人应该怎么选择？当然是金钱永远会战胜亲情，更何况还只是个表亲。事到如今，人为刀俎我为鱼肉，我看你值得一搏，因为这是死中求活的唯一办法。搏成了，你就走出一盘活棋来，搏不成，死而无憾。你个小小的文化工作室，是死在一个上市公司手里，也不丢人。就像咱们的足球队，输给德国巴西没人说什么，输给香港叙利亚越南才丢人呢。"

小花狸说得丝丝入扣、合情合理，虽是女流却也让人佩服得五体投地，怪不得胖冬瓜那么放心把生意交给她打理呢。我要是有这样一个老婆，那我也可过上采菊东篱下的日子。我受了莫大的教育，几乎是沉思着和人家告了别，带着许松鼠小手枪上了出租车。

小手枪特知趣地坐在了副驾驶座上，把我和许松鼠留在了后面。我问许松鼠："今天你表现得特乖，不像你平时的风格啊，这是为什么？"

许松鼠没搭茬儿，蓝眼睛看着车窗外，显然是在走神。她那点小心思我一下子就看出来了。事情正在电光火石般变化，速度之快超出了人们的想象，当然也超出了许松鼠的想象，她现在正在消化事情的原委，判断着现在事态的发展，对她来讲是福是祸。

许松鼠的沉默让人感觉特别不适应。汽车开了半天，她还是一副呆愣愣出神的样子。我忍不住捅捅她："想什么呢？你说说啊。"

许松鼠转过脸来看着我，说："我在想我为什么这么贱，放着好好的觉不睡，一大清早就跑出来帮你。你知道紫菜卷怎么说我吗？他说我是佛系高大全，女性活雷锋。现在我的脚疼得都快抽筋儿了。"

"那你到底是为了什么？"我问。

"人都是有本能的。"许松鼠说，"小花狸说的没错。事到如今，人为刀俎我为鱼肉，我值得一搏，因为这是死中求活的唯一办法。"

一波未平，一波又起，我这边刚把许松鼠安抚下来，那边竹叶青开始闹了。

竹叶青在早点摊和我分手后，坐在那儿琢磨了半天，这才算反应过来，宋上门这条毒计，把她放到了无以复加的危险境地。问题是，她还不能做任何反抗，因为她和我的关系正处在一个微妙的阶段，一招不慎，就会满盘皆输。不过竹叶青可不是坐以待毙的人，她在那儿脸色一会阴一会晴，那是想办法呢。老孙在旁边看着没底，可还不敢打扰，紧张得直冒汗珠子。

过了半晌，竹叶青把老孙叫过来问："你觉得我这人怎么样？"

"姑娘是好人啊。"老孙忙不迭地说，"您遇到什么难事了吗？有什么我帮得上忙的，我一定帮。"

"好的，您帮我一个忙，找张纸找支笔来。"竹叶青吩咐。

老孙赶紧去拿纸笔，一边递给竹叶青一边说："您可千万别有什么想不开的啊，天大的难事都有办法。您是不是和赵先生闹别扭了？夫妻没有隔夜仇，为这个想不开是最不值当的。"

竹叶青被老孙给逗笑了："我没有想不开，我和赵先生还不是夫妻呢。我只是想让你帮个忙，把我写的这张纸条给收好，如果有人问你要，说要看看，你得给我打电话，我同意了你才能拿出来，否则，千万别露出去。"

"没问题。"老孙拍着胸脯说,"我把它和我的存折放一块儿,人在纸条在。"

竹叶青满意地点点头,在白纸上龙飞凤舞地写了一行字:"全权委托来一大碗豆浆店孙老板为歌曲《我是一个筐什么都能装》的词曲版权代理人。竹叶青。"

老孙不明白什么是版权代理人,问:"您让我当什么官了?我不懂。"

"您不用懂,谁问你要,您告诉我就行。"竹叶青说,"但这张纸很值钱,至少能让你的豆浆店变成全城最火的早餐店。"

千算万算,宋上门少算了一件事,那就是他和竹叶青签的一堆协议中,只签了消息树各种作品,让竹叶青唱就得唱,竹叶青必须听从安排,但竹叶青自己要有原创怎么办?可没写。如果要把这首歌收到消息树的影视作品里去,那就得重新谈判,恰恰《我是一个筐》这个剧,几乎就是为竹叶青的歌曲量身打造,至少发端在这首歌上。要是没了这首歌,那几乎就得推翻重来,失色很多。

宋上门一直有一个错觉,就是觉得竹叶青是自己的签约歌手,人都是自己的了,她创作的歌不也理所当然是自己的吗?这种错觉延续着,以至于他把这么大一个破绽,像地雷一样埋在了前进的道路上。竹叶青心里跟明镜似的,可却谁都没告诉,包括对我也滴水不漏。她知道,在目前的情况下,这是她唯一用来自救的工具,也是她唯一的财富。想想吧,一个连续剧没了主题曲,还得改名字改内容,以前的工夫都白费了,不仅群众不答应,恐怕连李潮红都无法接受。可要用这首歌曲,就必须征得她竹叶青的同意,答应竹叶青的各种条件,包括合理的也包括不合理的。

宋上门想把她扔出局,没门。现在,就是天塌下来也没人会想到,这首歌的处置权居然在一个卖豆浆油条的老头手里。宋上门就是对她竹叶青再威逼利诱甚至严刑拷打,都无济于事了。

做完这件事,竹叶青松了口气,她叫了一辆出租车。今天她居然想去消息树艺术社了。

宋上门看见竹叶青,脸笑成了一朵花。他觉得竹叶青是来向他认错投降的,所以摆出了宽宏大量的姿态,不仅给她让座,还亲自给她倒水。宋上门折腾完了这一切,笑眯眯地在竹叶青对面坐下来,说:"哎呀,这是太阳从哪边出来了,我这是看见谁了?我还以为一辈子都见不到你了呢。"

如果宋上门能够一码是一码地和竹叶青说话,竹叶青就想和他正经谈谈。可是宋上门用一种胜利者的姿态,对竹叶青冷嘲热讽,就激起了这姑娘的斗志。这个时候的竹叶青已经不是当年走投无路投奔他的小歌手了,人家新闻发布会都开过了,也算是见过世面经过风雨的人。所以,竹叶青并没有被宋上门的居高临下吓倒,而是跷起了二郎腿,用同样嘲讽的口气说:"我是来谢宋总的,要不是您,我还真不知道我值几斤几两呢。瞧,现在我明白了,我值一千万。"

看到竹叶青比自己还倨傲,宋上门有点不高兴了。他提醒说:"小姑奶奶,你可别忘了,至少现在,你还是我的员工,我还是你的老板。"

"呵呵,你算什么老板?"竹叶青口气强硬,"我怎么听说你已经成了李潮红的国舅爷了?今天应该已经上热搜了吧,你把公司给交易了。鲁迅先生是怎么说您来着?丧家的、资本家的、乏走狗——这就是说您这种人。"

　　吵架就是得这样，你要是打算大吵特吵，那就得在前面三板斧的时候占据上风，就好比大马路上出了刮蹭事故，如果突然发现对方不讲理，就要表现得比对方还不讲理，吃亏的只能是嗓门小的人。宋上门今天就犯了这样的错误——他太轻看人了。人有了多少钱也不能飘飘然，他就有点飘飘然，一直沉浸在欢乐的气氛中，没有意识到危险仍然存在。他万万料不到竹叶青根本就不再吃他这一套了，一交手就被人家占了上风。

　　宋上门让竹叶青给说愣了，好半天才回过神来，决定不再逗口舌之快，便气哼哼地问："好吧，竹叶青小姐，您说吧，您突然出现在单位里想干什么？"

　　"我是来聆听您的教诲的。"竹叶青说，"我给您惹了天大的麻烦，和竞争对手谈恋爱，又透露公司机密又搞不正当竞争。结果机关算尽，现在都要身败名裂了。您给我指条明路吧，我到底应该怎么办才能重新做人呢？"

　　竹叶青这么说，就是在给宋上门吃迷魂药。宋上门再次上当。他认为竹叶青要来央求他收回成命，不要再把她当买卖交易出去，这样才能保住自己的女一号位子。只是这女人平时心高气傲，现在也不能上来就服软，因此才来了个针尖对麦芒。娱乐圈的女人就是靠不住，为了演个破戏什么都豁得出去，让人打心眼里就瞧不起。

　　他说："你怎么办不应该问我，而是应该去问你的男朋友。你也不想想，你跟人家恩啊爱啊的，成吨地撒狗粮，结果现在却让我来给你指路，这话要是传出去，好说不好听啊。我劝你一句，你要是为了自己的前途和赵大春那小子逢场作戏，那马上把他踢一边去得了,他现在已经是废人,留在身边耽误工夫,浪费精力。你要是真的爱上人家,那就麻溜地从我眼前消失,什么都别想了,我也不会再拦着你,你爱咋地就咋地!君子成人之美嘛。"

竹叶青点头:"我也想过了,还真就是这么两个办法,非此即彼。不过我很明确地告诉你,我对赵大春是真动了感情,我可不像你想的那样,拿自己当筹码。我就是喜欢他,比咱们这儿大多数女人都来得高尚吧?"

"那你还废什么话啊,走人吧。"宋上门不耐烦地说,"你来就是为了告诉我这个?"

"不光是这个。"竹叶青说,"我还得告诉你,最好你们两个人能踏实地坐下来好好谈谈,冤家宜解不宜结,一起合作拍这个戏该有多好?"

宋上门惊异地睁大了眼睛:"你没吃错药吧?你让我和他合作,不追究你违约的责任?还让你当女一号?"他拍着自己的脑门,"噢,卖嘎得儿,与虎谋皮。"

"对啊,我一直没找到特好的词儿,原来就是与虎谋皮啊。"竹叶青做恍然大悟状,"我还真是来谋这个皮的。这么说吧,如果不把这层皮给我,我就不会把歌曲版权给你。你知道有关部门在审查电视剧项目时第一句问的是什么吗?那就是有没有版权纠葛。"

宋上门的眼睛这回可就睁得像铜铃似的了,而且还是两只不会晃荡的铜铃。他脸上的所有表情都消失了,干巴巴地问了一句:"版权?你有歌曲版权?"

竹叶青笑了:"你看,平时大家说什么来着?一个正儿八经的公司,应该有法务吧?至少也得聘个律师给合同们把把关。您心疼钱，不听。现在出篓子了吧？"

宋上门转转眼睛："你有什么条件？非要当女主角吗？"

竹叶青微微一笑："我说了不算，你可以去和我的版权代理人谈。"

第十七章　车轮大战，坐怀不乱

人一辈子总有那么几天，显得特关键，这几天把握住了，那会为未来省下好多力气来。这几天要没把握住，那以后就要付出好多代价，要多花好多年的时间挽回损失。甚至，机会就在一眨眼之间与你永远擦身而过。比如高考、比如泡妞、比如在股市上较劲……好像都是生死存亡在此一举的事情。现在，我就处在这样的关键时段中，虽说不至于以后真的走投无路，但要是失败了，会给我今后的成长造成相当大的心理阴影，我必须与对手鏖战下去。

黄昏时分，我们坐到了一家餐厅中，给大胡子开送别会。其实这个会开不开还应该两说着，因为事情正在迅速向谁也无法预料的方向发展。下午我刚刚通过电话，把自己的意图向李潮红明确无误地表达了——也许到了明天，我们将和大胡子一起受招安。可现在，这个情况只有我和许松鼠知道，跟谁也不能说。所以，会还是得开，饭还是得吃，说的还是这些事，但送别的气氛要淡化,最好压根儿没人提。

地方原来是高大姐挑的,是一家特别实惠的东北菜馆,结果许松鼠一听就有意见,说大家一天干脏活,好不容易混到天黑,最好还是去个讲究点的地方。她这么一说,赛观音和小手枪马上表示赞同,一边大胡子不好表态,但脸色也是赞成许松鼠的。吃公司的饭,谁还不希望高档点啊?尤其是在这个公司有今天没明天的情况下。

最后选中的餐厅在好大一片水面旁边,汉白玉的栏杆外摆满了露天的座位。坐在椅子上,面对的就是大片的水,波光粼粼,帆影点点。这里早年间是修大运河时留下的码头,巨大湖泊周边聚集着数不清的王府庙宇。现在呢?都改成城市白领流连忘返的酒吧餐厅,一条鱼能卖出王八的价钱,可依旧被许松鼠这样的家伙趋之若鹜。古人有诗评点此处:"鼓楼西接后湖湾,银锭桥横夕照间。不尽沧波连太液,依然晴翠送遥山。"

这帮小资男女青年是爽了,全然不考虑他们的老板将为此出多少血。现在的世界,没有任何一个良辰美景是免单的。

许松鼠点了菜,都是些昂贵无比的酸汤鱼、炖乌鸡、小龙虾、什锦蘑菇之类。她问我想吃什么,我累了一天只想睡觉,没什么胃口,又不想扫大家的兴,琢磨吃点清淡的,随口说:"我想喝粥。"许松鼠"啪"地把菜单给放桌上了,狠狠地盯了我一眼。

我对许松鼠说:"我可不是故意的。"

许松鼠道:"那就更可恶。你就是一喝粥的命!"

我不理她,拿手机给竹叶青打电话,让她也过来吃饭。

别人都被湖面上的美丽景色吸引,并未注意到我和许松鼠在拌嘴。大胡子站起来，举着一杯啤酒说："感谢 Peter，感谢 Rebecca，感谢 Laura，感谢 Simon，感谢高大姐，没有你们，就没有我的今天，你们是我的大救星。"

今天许松鼠大概想成心出大胡子的糗，愣是坐在那儿没拿杯子。她斜着眼看着大胡子，说："Victor，你就这么感谢也太没诚意了吧？要真心实意不要虚情假意，要一往无前不要犹犹豫豫，要豪气干云不要歪歪叽叽。三要三不要你总该做到吧？"

大胡子一挺胸脯："行，你说我该怎么办？"

许松鼠拿起酒杯说："第一口喝三分之一，满上；第二口喝三分之二，满上；第三口全干。这算一杯。一人敬三杯，算一轮。你敬三轮就行。"

估计大胡子打小数学就不太好。他一听最大的数字也不过三，想都没想就答应了。我粗粗一算，要是按照许松鼠的建议喝上三轮，大胡子至少要喝掉九十杯啤酒，这还没把竹叶青算在里头。不过这个寸节上，我不会去揭穿许松鼠的伎俩，我也乐得看看大胡子的热闹。上次是谁在酒席上谋划我来着？世事轮回，现世现报，这可真是百试不爽的真理。

喝啤酒不能急，一急，首先不好受的，就是胃涨起来，接着头开始晕，走路发飘，越飘越想上厕所。大胡子喝完三个人就憋不住了，央求去卫生间。许松鼠说："Simon 陪他去，看着点，只许尿不许吐，吐了就得重喝。"

大胡子去了第二趟厕所后，该轮到和我喝了。这个时候竹叶青从路边的出租车上下来，皱着眉头对我说："怎么找了个这么闹的地方，还有这么多人？"

我让她坐下，给她倒了点啤酒，说："少喝点，一会儿就回去，我也困得很。"

大胡子明显喝高了，晕晕地拿着酒杯凑到了竹叶青面前，口齿不清地说："姐姐……姐姐……我敬您一杯，祝您长生不老，永远鲜花盛开……"

竹叶青笑着问道："听说你另觅高枝了是吗？"

"不一定啊。"大胡子说，"我喝了酒就清醒了。你说谁对我最好？Peter哥哥呀。要不是他大浪淘沙，我今天能闪烁灿烂光芒吗？不可能的事。人生难得再次寻觅相知的……老板，生命终究属于蓝蓝的白天不懂夜的黑。所以，我也想通了，我不卖了。剧本我不卖了，我白送……给……Peter哥哥。这样我过去了，就身在曹营心在汉，那宋上门得了我的人却得不到我的心。我让他哭吧，哭吧，不是罪！"

大胡子一通胡言乱语，竹叶青反而笑得更灿烂了。她站起来说："好，谁比谁更傻？我看你比谁都不傻。你这须眉不让巾帼的气概就值得喝一杯。"

竹叶青一仰脖，一杯啤酒下了肚。大胡子就是一愣，不是这么喝的呀？但他又不好说什么，也只好随着竹叶青把一杯啤酒喝光了。这喝酒如同长跑，最害怕的是节奏被打乱，大胡子本来酒量就不行，突然被竹叶青整杯酒一激，那是彻底崩溃了。只见他弯下腰，啤酒像喷泉一样从他嘴里滋出来，接着是鼻孔和耳朵……哗啦哗啦的，就如同浇花的小喷壶一样，一会儿地上就湿了一大片。

高大姐从来没见过这阵势，一下子慌了神，问："要不要去医院啊？"赛观音一边用纸巾给大胡子擦嘴一边说："不用不用，他就是喝得太急了。"小手枪也忙着扶大胡子，可是许松鼠这个时候却不见了。大家都慌慌张张，谁都没注意她什么时候消失的。过了几分钟，我的手机上收到了她的微信："我不舒服，先回家了。"

竹叶青瞧见我看手机，叹了口气说："脚踩两条船难受吧？"

我没搭理她，叫服务生过来结账，满桌子的菜几乎没动，看着心疼。高大姐对服务生说："你都给打包啊。"

"我们另找地方吃饭吧。"我对竹叶青说，"我也没吃什么。"

"好吧。"竹叶青道，"我怎么觉得，我们两个人的饭，是吃一顿少一顿了。"

不知道从什么时候起，女人都喜欢吃辣的。竹叶青就全然不顾自己还在恢复期，要我请她吃川锅。这东西香是香，可是因为又辣又烫，我从来都是吃几口就饱了，出门没走几步又饿了。可是既然她坚持要吃，我也只好随了她。

火锅氤氲蒸腾，味道浓郁，竹叶青显然饿得够呛，顾不得和我说话，埋头就吃。

她一边吃，我一边把小花狸出的主意跟她说了一遍。她听了也没吭声。我把情况交代完了，等着她说看法，没想到她抬头问："你从来都没喜欢过我对吧？"

我无语。怎么又回到这个话题了？我脑子里开始复习；刚开始我的确是没喜欢过她，和她在一起全都是因为阴错阳差。可是后来，她对我的款款深情还真打动了我，让我觉得她还不错，两个人在一起配合也还默契，生活也还和谐，对外面貌也还般配。一般夫妻能做到这三条也就不容易了。正因为这样，我才没有烦闷，甚至没有冒出离开她的念头。

可是，我不能贸然说话，我不知道竹叶青突然问这句话是什么意思。

竹叶青看我没回答，酸溜溜地说："我知道你身边那个Rebecca在想什么。她觉得她才是最配你的人，而你也这么认为。说来说去，我是后来的，我把你们的自然发展给打乱了，是吗？"

竹叶青说的没错，可我却不知道该点头还是摇头。无论怎么回答，都会把事情进一步搞糟，女人的问题就是这样让人烦。

"现在的情况发生了巨大的变化。不管最后是什么结局，我想我们在一起的前提条件都失去了，因为我们没必要再在全中国人民面前继续作秀了。刚开始，你老是怀疑我有功利心，是为了职业才和你恋爱的，我也一个劲儿地向你表白。可到了今天我才发现，有功利心的不是我而是你。你是为了免费挖我才搞绯闻的，你完全没想到我是真的喜欢你。后来生米煮成熟饭，你想脱身却无可奈何，因为舆论已经把我们两个人架了起来，任何一个人想搁挑子，都会导致悲剧性的结局。就这样，你勉勉强强维持着我们之间的关系，想着走一步看一步。现如今，机会来了，我们两个人是否继续，已经对剧作不起任何作用了，那个Rebecca心里也明白这一点，抓紧时间兴风作浪。所以我说，我们的饭是吃一顿少一顿了。"

我不由自主地反驳："我不是这样的，我也很喜欢你，我和你是有感情的，我怎么可能和一个没感觉的女人上床。"

"算了，我不和你争这个，谁不知道谁啊。"竹叶青不屑地打断我，"我告诉你，我从来不和人争什么，尤其是不会和Rebecca争什么。这点你自己想明白了。做什么决定都要趁早，要不然就是瞎耽误工夫，误我青春。"

"这都是你今天想的是吧？"我说，"我几乎没时间去想这件事。我看你也别胡思乱想，咱们这事儿就到此打住行吗？我困得很，我现在只想睡觉，不能讨论高深严肃的问题。"

"好。"竹叶青表示同意，"我昨天也没睡，不过我现在一点都不困，我兴奋着呢。告诉你，我今天把宋上门好好整了一顿，也算是从侧翼配合了你。我看以后我们当合作者倒是挺合适的。"

竹叶青把歌曲版权交给老孙代理，这招可真够邪的。此前，连我都不知道她还留着这么一手，可见竹叶青已经逐渐历练成老江湖了。只是我现在吃了东西，身上的血液都有气无力地流到了胃里，意识中一片混沌，只好胡乱说道："干得好，你是聪明人，这我早就说过。"

竹叶青招呼过服务员来结账，又问我："那么，你今天晚上在哪儿过夜呢？是去我那儿还是去 Rebecca 那儿？"她几乎是用揶揄的口气问这个问题，好像我就是个皇上。

我笑了，我说："我哪儿也不去，我回我自己家。"

我们站在路边，清凉的晚风吹拂着面庞，远处传来若有若无的音乐。下班的人们都已回到家中，现在这个时刻还在街头徘徊的，都是忙着奔向欢场的人们。在这样一个柔和的、迷离的、暧昧的夜晚，我和竹叶青的心却一点一点分开，充满了无奈和郁闷。竹叶青招手叫过来一辆出租车，拉开车门，回头看了我一眼，眼神里透出些许哀怨，然后轻轻地叹口气，坐了进去。我盯着这辆车驶进光怪陆离的车流中，直到它无法分辨清楚。我突然意识到，在这么多个夜晚里，我是第一次被独自放在街头，没有想要去的地方。于是心中的失落感陡然膨胀起来，酸酸地想找个地方落一会儿泪。

竹叶青走了,世界好像一下子安静了。

一辆出租车停在我的身边,车窗摇下,司机探出头来:"哥们儿,人生何处不相逢。这么晚了还在公干呢?"

我笑了,这个城市里有好几万辆出租车,可没想到又遇到他。我上了他的车,坐在后座,想继续清净一会儿。司机问:"这回咱们去哪儿?"

"你就拉着我随便转转,你想怎么开就怎么开。"我住的地方凌乱不堪,我又有好多天没有回去,屋子里一定布满灰尘,我是真的不想回去。

司机点点头:"一定是有尾巴盯着你呢,咱们甩掉他。"

汽车迅速地驶入黑暗的胡同,又拐上高架的桥梁,穿过闪烁的霓虹灯。我默默无语看着窗外,任凭脑子胡思乱想。一会儿想到这么老了还没个落脚点,心中万分悲怆;一会儿又想到竹叶青对我的种种好处,伤感像潮水一样涌上来;再一会儿又想到宋上门的可恶与猥琐,怒火中烧。就这么想着想着,不禁打起了盹。

司机在反光镜里看我要睡,问:"哥们儿,咱们这尾巴是不是已经甩了?你看大街上都没什么车了。"

我含糊地答:"没甩完呢,继续甩。"

"你以为我没看出来啊?"那小子嘿嘿笑着说,"你这可不是在执行任务,你是被老婆从家里轰出来了吧?行为不轨,事情败露对不对?"

"你瞎猜什么啊,我的确是有公事。"我跟他打镲。

"这半夜三更还在街上跟没头苍蝇似的,一般都是这种情况,我见的多了。"那司机继续说,"你别当我傻,今天我可看出来了,你根本就没任务。哥们儿听我一句劝，你知道李自成是怎么失败的吗？是怎么被大清朝的部队从北京赶出去的？是因为没有根据地啊，当流寇最终成不了大事。所以，赶紧回家吧，该认栽认栽，该跪搓板跪搓板，大丈夫能屈能伸，要的就是稳定的大后方。有了根据地就什么都好说了，此一时彼一时，留得青山在，不怕没柴烧。再说您这么在街上遛弯既不环保也不科学，全世界能源都紧张，汽油一个劲儿地涨价，又是何必呢？"

我知道他想收车回家了，就跟他说："行，你停车吧，我下去。"

"别啊，您到地方没有？我得对您负责任。"司机看着窗外，辨认着黑乎乎的大楼。这不正好是我公司到了吗？

"你是好司机，责任感真强，停车吧，我就到这儿。"我把钱塞给他。

他有点迟疑地停了车，肯定是觉得我有些蹊跷，怎么说下就下啊。

写字楼里现在已经没什么人了，清净得很。我上了电梯，心想今天就在公司睡吧，还省得明早再来呢，我又没开车。

我进了公司，打开灯，却没往里走，站在那儿端详着那个戴钢盔拿冲锋枪的小子。看了半天，觉得这小子虽然姿势摆得不错，但眉宇间还是不够霸气，光耍酷了，没有纵横捭阖天下的气魄，脑门也不够饱满，福相欠缺，这就是造成我今天无家可归的原因。等什么时候有时间，让赛观音找她那些玩电脑的朋友给我P一下，让这孩子面相灿烂点。我一边想着一边走进洗手间，想洗洗脸就睡了。

等我洗完脸抬头看镜子，差点没把魂给吓飞了。镜子里除了我的脸外，还有一张妩媚的女人的脸。因为一点思想准备都没有，我的脸色瞬间变得惨白。

许松鼠站在我身后，手里还拿着我的大茶壶，那是准备趁我不备往头上砸的。我的心仍然狂跳，说："你怎么半夜三更还在公司里面装神弄鬼的，你想吓死我啊？"

许松鼠长出了一口气，把茶壶放到一边，说："Peter 你可真行，跟猫似的，走路不出声。我听见水声，还以为公司进贼了呢。"

"有贼进了门先进卫生间的吗？"我恼恨地说，心里却叫苦不迭。我还以为我今天出其不意回公司能好好睡觉呢，眼见得又睡不成了，姑奶奶们，今天我非让你们车轮大战给折磨死不可。

许松鼠解释着："我从河边饭馆出来，突然想起手机充电器落在公司了，就赶回来取。后来琢磨，也许你今天晚上会回公司，就想在这等等你，可不知道怎么了，就在沙发上睡着了。我也不是真的在等你，我是在想，万一你来呢？没想到你真的来了。"

"是。"我拿面巾纸擦干净脸，走向里面的屋子，"我和你一样，爱岗如家。说吧，想跟我说什么？"

许松鼠跟在我后面，嘴里嘟囔着，却什么都没说出来，像个孩子。

"你呀，叫我说你什么好呢？"我叹口气，"什么东西，没人跟你争的时候，你就不觉得有什么，结果真的有人要了，你又舍不得，觉得这东西哪儿哪儿都适合你，非要争到手不可。你是不是这样想的？怎么和宋上门一个路数。"

许松鼠坐在我对面的椅子上辩解道："得了吧，别臭美了。我从来没把你当成香饽饽。我是看你老大不小的，孤苦伶仃，很有可能过上没人交流、没人照顾的退休生活，所以才关心照顾你的。我只是好奇，你真的喜欢竹叶青吗？你们在一起，就能生活得天衣无缝么吗？"

女人就会问这样愚蠢的问题，刚才竹叶青在吃火锅的时候，不就问同样的话吗？我想了想说："我已经老了，就算身体不老，身心也已经疲惫。我无所谓喜欢谁不喜欢谁。你以为我还是激情燃烧的岁月啊？早就过了那个年龄了。中年油腻男人，被生活刺激得麻木了，不知道疼，也不知道痒。你去婚介看过吗？那儿的男男女女，哪个不是抱着挑货的心情去的？挑来挑去，拿起这个放下那个，连撮合的人都觉得没劲了，纷纷改行做了婚庆，只干锦上添花的事，不再雪中送炭。"

我盯着许松鼠那双蓝眼睛，实际上是习惯性地数她的睫毛。许松鼠嗫嚅了半晌才说："我知道你心里不痛快，也就是我这样的，才能不惜牺牲自己去挽救不可救药的人。已经有好多人觉得我贱了，可有时候，女人就是这样的，她们会用青春和岁月，去唤醒冰冻的、麻木的心灵，就算头破血流也在所不惜。"

"你这是拔高自己。"我说，"你别觉得自己有多高尚。你和我一样，就是懒得再等了，好比一只兔子，心想这萝卜也还不错，长得寒碜点，可也总比什么都没有强啊，先拿手里再说。我说 Rebecca，这世界上帅哥成千上万，男的比女的多多了，你干吗非要和我在一起？你就不会去找别人？你傻啊，和我混没未来的。"

"我不管！我就是觉得你这歪歪斜斜、老得都快啃不动的烂萝卜好。"许松鼠说，"你和竹叶青混才没未来呢。那个女人是比我好看，可你们根基就不正，是为了生意睡到一个床上的。你就不怕心理阴影跟随你们一辈子吗？听我一句话，别固执了，竹叶青也就是暂时挫折才和你在一起的，她绝不是久居人下之人，等她功成名就了，就会甩了你。她根本就不是兔子，她是肉食类动物，只不过是在没肉的时候，拿你这根萝卜打发光阴。真正的大明星，都时兴嫁给身家在几十个亿以上的富翁。你没戏了，现在即使想奋发图强，也来不及了。"

许松鼠说来说去，都是在说竹叶青的不是，女人之间的挑拨其实很厉害的，虽然没有什么根据，但还是具有很强的煽动性。我知道我和竹叶青的未来是什么，我们都小心翼翼地回避着这件事情。那些外表光鲜的明星的确在为我们做着表率。是的，感情的过度付出往往使人变得敏感、脆弱，有时候突然会觉得自己无助，抓住什么就以为是救命稻草。错过美好婚姻、遇人不淑、分分合合、上当受骗……这些个都发生在娱乐圈里，发生在我们身边。我如果和竹叶青继续下去，是不可能过上风平浪静的生活的，只要她不想放弃自己的艺术生涯——至少要过上十年八年，甚至更长，等她在巅峰时刻闪烁出巨大的、耀眼的、令人眩晕的光芒之后，她才有可能退下来，而那个时候，我已经垂垂老矣，会被生活的风浪颠得七荤八素，身上所有接榫的地方都散了架。实际上，这正是我最害怕的生活，我已经到了什么都不在乎的年龄了。

但即便如此，我也不能在此时此刻背身离去。将心比心，竹叶青待我是一片真情。如果我现在放弃了她，那么在今后漫长的岁月中，我每次喝粥的时候，端起碗来，就会有深深的负罪感产生。

我对许松鼠说："人生最大的悲哀在于，必须做出非此即彼的选择。你不会要在今天晚上,让我说出'是'或者'不是'吧?"

"没有。该说的我都说了,我也该走了。"许松鼠站起来,拿起包,"我就像一个在食堂排长队打饭的人,都已经快排到窗口了,再排一会儿也没什么。你听了这话是不是觉得特有成就感?好像自己亲手在给大家发爱的号码牌?不过你也别太得意了,我是属于吃不成排骨吃肉丸子也行的人。"

"算了吧,你别走了。都后半夜了,这么晚一个女人走在街上,遇到流氓、警察都不好,再说明天还得来,你一回家,洗洗又得出来。"我说,"太不安全。"

"你让我留下就会出事。"许松鼠笑道,"你知道吗,现在有多少人眼巴巴地盼着咱俩出事呢?我还是好人做到底吧。"

话说到这份儿上了,我只好从钱夹里拿出信用卡:"你去旁边楼的酒店开房吧,明天睡到自然醒再来上班。要不然开个房只睡三四个小时挺亏的。密码是……"我习惯性地转头看看左右,确实没别人了,才说,"123456。"

许松鼠想了想,拿了卡,冲我笑笑,走了。

听着她的高跟鞋声音在楼道里远去,我松了一口气,一头栽倒在沙发上,心想,谁说现在找不到纯洁的男人?我可就算一个品德高尚的人。在这么大的诱惑前还能挺住,身手不凡。有人总在讨论柳下惠为什么坐怀不乱,为什么?因为他已经将近48小时没睡觉了,就是铁人也快被熬化了。

我很快就睡着了,没有梦,好久没有睡这么踏实的觉了。

后来是早晨上班的高大姐把我捅醒的,她说:"Peter 醒醒吧,有电话找你。"

我睁开眼睛,阳光刺眼地照进办公室。我看了看手机,是胖冬瓜。我回过去,问:"胖总什么事?"

"你赶紧到皇家贵族大饭店来,李潮红想见你。半个小时以后他有时间。"

第十八章　化敌为友还挺难

　　皇家贵族大饭店是本市超豪华五星级酒店之一,任何人想摆谱都往这里扎。我记得当初焦大屁股就是在这里请喝咖啡,把赛观音小姐蒙得五迷三道,这才下决心把他推荐给我。结果差点酿成大祸。如今李潮红也在这里摆起了局,我一路上琢磨,心里充满了不安定的预感。
　　我们这种人虽然领子都挺白的,不过很少去这样的豪华酒店,只是有时候突然内急憋不住,又臭要面子不爱去公共厕所,才会进此类高消费场所。据说五星级酒店在我们城市普及后,一些公共厕所也试图把档次抬高,在其中安装了闭路电视系统和数码平面彩电,可安好了突然发觉不知道该在里边播些什么。老百姓也对此颇有非议,说吃的档次还没这么高呢,上厕所倒玩起洋的来,典型的价值观倒挂。结果争来争去,厕所们开不了张,纷纷换了执照改成特色酒吧了。这直接导致了公共厕所数量减少,当然也提高了大酒店厕所的利用率。

所以，我就养成了一个毛病，比如到皇家贵族大饭店，无论找人还是谈事，进门必先去一趟卫生间，之后这颗心才能踏实下来。这也属于时代造就的一种条件反射吧。

可是今天的确出了点意外。就在我走进大堂埋头要奔卫生间的时候，胖冬瓜招呼我："嘿，你往那儿去呀？我们在这儿呢。"

我只好打乱了我的步点，先往他们那个方向走去。胖冬瓜、小花狸、娜娜、宋上门，四个人簇拥着李潮红，在咖啡厅一个单间小隔断坐着呢，娜娜给他们一人发了根雪茄，活像黑社会头领大聚会，规格相当高。

我跟他们几个人打了招呼，坐了下来。宋上门首先冷笑道："赵兄真是身手不凡，生生把死局给下活了，你们小公母俩左一榔头右一棒子，还真把我砸得有点晕。"

我赶紧拱拱手说："承让承让，还是宋兄手眼通天，搬出好大一座山来，气魄宏大，杀鸡用牛刀，讲究的就是个干净、利落、脆！"

"你们俩都别斗嘴了。"李潮红说，"今天把大家叫一块，就是跟你们说件事。不管是英雄对英雄，还是流氓对流氓，打起来基本是两败俱伤，这不是咱们追求的目标。咱们是做生意的，要的是双赢。所以呢，我综合大家的意见，做了个整合方案，宋上门和赵大春你们两家公司合并，也别叫什么消息树不消息树的，还鸡毛信呢，听着就不正规，像打一枪就换一个地方的皮包公司。我看就叫'东方不败'吧，正好和凯歌他们那个'世纪英雄'相对应，也好借借势。注册资金一千万元，你们二位各占25%，我占30%，小花狸占20%。董事会一共五票，我当董事长，有两票，你们各自一票。总经理宋上门，执行总经理赵大春。你们看看有意见吗？有就快说。"

我们互相看了看，都在心里琢磨着这个方案的利弊得失。首先，让我出两百五十万就没戏，我连两万五千块都不想出。当然，宋上门比我也好不到哪儿去，他手里根本就没钱，闹不好信用卡上还扎着银行不少呢。哥儿几个要有钱，谁还在文化圈里瞎掺和啊，早玩网络金融房地产去了。

李潮红好像看出了我们的顾虑，他说："注册资金的事情你们不用担心，你们就拿无形资产入股吧，工商注册的事情，由我的会计事务所去办。"

宋上门吭哧半天说："东方不败这名字有点那个吧，好像不男不女的。能不能换个名？"

"换什么？这名字是我从高人那里请来的。现在不就流行中性吗？男的变女的，女的变男的那么多，女汉子加小鲜肉，是社会潮流。我现在还有个打算呢，就是把世界各地的变性明星都请来搞一台春节晚会，那就显出咱们这个名字的不同凡响来了。"李潮红威严地说。

大家再也没什么话了。

李潮红看了看我们，人人都低着头，像见了老师的小学生。他说："既然你们都没什么意见了，那就把协议给草签了吧。"话音未落，娜娜就从公文夹里拿出几张纸来，让我们依次签字。

字签完了，李潮红满意地站起来："我先走了，你们互相交流交流，以后就不是敌人是战友了，要相互多沟通、多合作。"说完，他把半截雪茄往烟灰缸里一扔，带着娜娜上了楼。

我问宋上门："他们住这儿吗？干吗在这包房啊，有钱买栋酒店公寓都够了。"

宋上门遮掩地说："这离公司近，最近事情多，回家不方便。"

我不好再问，觉得正事办完了总该能上洗手间了吧。正要起身，宋上门突然对我说："你这两天做做竹叶青的工作，让她和我们合作点。你们关系不一般，她听你的。"口气俨然换成了上级对待下级的样子。

他不说还好，他一说我才想起来，竹叶青手里还攥着歌曲版权呢，要是竹叶青死不松口，宋上门拿什么当无形资产啊？想到这里我差点没笑出声来。我说："竹叶青的事情我还不太清楚，我得问问她——你怎么没事先把这事搞定啊？她不是你的签约歌手吗？"

宋上门的脸色青一下又红了一下，半天才把自己的火压下来，说："你们是夫妻，你们好好合计合计，大局为重。"

"我们不是夫妻，你不要轻信谣言。"我纠正他说，"就算是夫妻，我也未必能做得了人家的主。以大局为重这我知道，我去做工作。可这件事情毕竟是公事，宋总你也得出马，该搞定谁就搞定谁，大方点，大度点，大气点。"

旁边小花狸和胖冬瓜听得一头雾水，忙问怎么回事，怎么到了现在版权还有问题。我就把竹叶青委托卖油条的老孙成为自己的版权代理人的事说了一遍，听得那二位眉开眼笑的。胖冬瓜说："这竹叶青小姐还真有点邪的，幽默感挺强啊。"

宋上门无可奈何地说："好吧，你去做竹叶青的工作，我去找卖油条的谈判，无论如何要赶紧把这事儿解决了。"

我点点头，然后说："宋总，我得告个假，我必须得去趟厕所！"

胖冬瓜还沉浸在竹叶青故事的喜悦中。他乐颠颠地说:"我也去。"紧跟着我出了咖啡厅。

我问他:"这么签吃亏不吃亏啊？我怎么觉得这宋上门马上就要骑到我头上了？"

"不吃亏不吃亏。"胖冬瓜说,"你没看出来吗？这娜娜原来不是李潮红的原配,要不他们怎么在这儿开房呢？天天整得跟网友见面似的。宋上门给李潮红的印象很不好——我已经派人查了,昨天晚上李潮红为文化公司的事情跟娜娜吵了大半宿,还动了手呢。按理说给情儿弄个公司也没什么,可这李潮红偏偏是个大抠门,一切挣钱为重,所以基本接受了你的建议。这宋上门和娜娜心里别提有多难受了。快了,他们一吹,这公司就是你的了。"

"这你都知道？"我说,"胖总你可不一般的强啊。"

"吃一堑长一智嘛。我离婚后就变得特别注意信息收集。"胖冬瓜得意地说,"哪里都有我的卧底。"

我一边尿一边想,有钱人怎么都这路数啊。看来焦大屁股编肚皮舞娘的故事也不是空穴来风。权力就是春药,饱暖而思淫欲,幸福的有钱人都是一样的。

尤八姐的电话,从来都是腻腻歪歪的。我真纳闷这么大岁数的女人,怎么还能发出小儿女的声音来,咿咿呀呀,又软又绵,如果没有见过她本人还好说,一旦看过了她的形象,再把那形象跟这声音联系起来,那就有一种铁钉划过钢轨、粉笔划过黑板的感觉,后背不由得就起一层鸡皮疙瘩。

尤八姐是来要账的,她记得我答应给她单独安排一次竹叶青的专访。欠债要还，这点道理我还懂，不过现在我和竹叶青的关系，已经不像当时那么铁了，怎么跟记者说，那也是很费思量的事情，一旦说漏了，不仅天会塌下来，恐怕和宋上门的公司合并还会产生变数。我现在才理解，为什么那些明星那么想当一个普通人。从默默无闻到被人注意难，从被人注意到不被人注意，那是难上加难。

我对尤八姐说："这几天我们都挺忙的，我一会就跟竹叶青商量商量，看看她有没有时间，然后马上给您答复。"说是商量，实际上是为了给竹叶青做思想工作，这姑娘经常我行我素，脾气上来不管不顾的，连版权代理都敢给卖油条的，对尤八姐说什么，让人心中还真没谱。

尤八姐笑嘻嘻地说："赵总，怪不得那么多女人都喜欢你，因为你是最讲究信义的男人。我也就是结婚早了点，不然我也不会放过你的。"她略微停了停，"我可跟我们领导报选题了啊，就等着你的好消息了。"

尤八姐这是在要挟我。报社的规矩是，你要是报了选题做不出来，那比不报选题还罪加一等，得重罚。尤八姐的意思是，我一个女人家，因为相信了你，把自己架到了毫无退路的火炉子上，要是不能脱危解困，那责任可全是我的。

放下电话，我不由自主地打了一个寒战，叫高大姐过来："你看看有没有板蓝根冲剂什么的。我被这电话给弄着凉了。"

竹叶青的态度，倒是出人意料地配合，她听了我七拐八绕的话后，对我说："你不就是让我说话小心点吗？再怎么说我也是个知书达理的女人，我会处理好这件事情的。你要是实在不放心，可以和我一起接受采访啊。"

我说那倒不用了，我让尤八姐直接找你吧。之所以不想和竹叶青一起去，是因为都中午了许松鼠还没来，我就觉得有点奇怪，她不是一个睡起觉来就不管不顾的人，没道理呀！由此，也想到这段时间我和竹叶青还是少在公共场合出现为妙，否则事情会变得复杂，如果以后真的分手了，公众接受起来也困难。当然，我也实在是受不了尤八姐发出的那动静——如此受摧残的任务，还是让竹叶青一个人去应对吧，我就不操心了。

我想是不是该给许松鼠打个电话，又想这几天她的情绪处在风口浪尖上，肯定搞得身心俱疲，要不就让她多睡会儿吧。一犹豫间，许松鼠的电话倒先过来了。许松鼠气急败坏地在电话里说："Peter，你这是什么破信用卡啊？"

我说："怎么了？密码不对吗？你再试试654321或者888888……"

"不是密码的事。人家说你透支太多而且还不还银行的账，这张卡已经被封了。昨天晚上刷预支付的时候就刷不出来，以为是网坏了，我用我的金项链做的押金。结果现在还刷不出来。现在我身上现金不够，花呗超支，成了女人质了，你带着钱来救我吧。再不来就只能裸贷了。"

我跟高大姐说了一声，就去找许松鼠，好在这家酒店离我公司不远，转够两个街角就是。我没开车，三步并作两步往前跑，一边跑一边纳闷儿，不会啊，我这张卡最高的透支额度是五千块，我最近也没什么太大的支出，了不得就是请大家吃饭了，或者打个出租车，还用的都是现金，怎么就透支了？难道我的记忆出现缺失，花了钱却一点印象都没有了吗？

我就这么狐疑着进了酒店，找到了许松鼠住的房间，敲门，门却没关。推开一角，就看见许松鼠披着大浴袍正躺在床上，优哉游哉地看电视呢，一点都没有当人质的样子。她看见我探头探脑，就说："进来呀，在门口跟偷窥似的。"

我闪身进去，对她说："你可真行，穿着暴露还不锁门，也幸亏是我来了，要是别人，比如色狼小贼什么的，给你来个先奸后杀，那你明天就能上各个搜索引擎排行榜前十了。这么大人了，一点防范意识都没有。"我背过身去，"行了，你换衣服吧，我什么都看不见。"

我没想到的是许松鼠突然从床上蹿起来，到我背后把我给抱住。她的身体散发着温热的气息，即使隔着衬衣也能感觉到她在发烫。她伸手把门给关上，然后身子一钻，就钻到我和门之间，脸色潮红，双臂紧紧地环绕着我的腰，头稍微仰起来，用蓝眼睛盯着我，说："幸亏我还不胖，要不然真挤不过来呢。"

我情知中计，心里叫一声不好，要躲开，却觉得没了力气，双脚就像钉子一样钉在地上。想跑已经来不及了，因为我已经睡过觉了，身体的各项机能都已经恢复正常，天气又暖和所以穿的也不多，身体贴身体，好多部件就像大黄蜂擎天柱一样噼里啪啦自动组装起来，根本就由不得大脑反应。我俯下头去，用力吻在许松鼠红红的嘴唇上，没想到许松鼠反应比我还快，"嗯"了一声就瘫软在我怀里。箭在弦上，不得不发。我把许松鼠连抱带拖扔到床上，她的浴袍根本就没系带儿，如同熟透了的桃子皮，轻轻一碰就掉了。

正午的阳光透过窗帘射进来，把身上的每一根细微的体毛都映成了金色。我和许松鼠就像冲击奥运会冠军的柔道运动员，在大床上上下下翻飞,还夹杂着发力的吆喝与气喘,直折腾得腰酸腿软、大汗淋漓。最后一刻,许松鼠居然翻到了我身上,她得意地伸出一个手指对我说:"一本胜!"话还没说完,就"啊"的一声,像那张著名的《西线无战事》照片中中弹的军人一样,咣当一下倒下来。趴在我胸口,再也动弹不得。

开快车、吃生肉、喝烧酒、骑野马……这一番惊天动地,我已经换了人间。

过了好长时间,许松鼠抬起头来,仍然气喘未定,挣扎着说:"没想到吧?优秀的战士,总是能出其不意地打击敌人。"

我点头说:"现在的女青年都兴这样吗?利用男性的弱点达到自己的目的?这是典型的 me too。"

"你别紧张。"许松鼠说,"我没什么目的,就想尝尝排骨的滋味。排队太久等不及,只好下手抢了。"她拍拍我的胸口,又说:"你的身手不错,外表可是一点都看不出来。干柴烈火已经不足以形容我们刚才的较量,千锤百炼才能准确地表达出我们的英雄行为。钢铁就是这样炼成的。"

许松鼠对自己的总结十分满意,这让她又有了力气,她像燕子一样从我身上飞起,倏忽间就窜进了洗手间。

许松鼠起身的时候按了一下我的胳膊,我突然觉得床上有什么东西硌了我一下。坐起来一看,是我的信用卡。

许松鼠一边冲澡一边大声对我说:"告诉你一个好消息,你的信用卡根本就没透支,它健康得很。"

做事业的人,容不得有半点疏忽,更不能因为拈轻怕重而逃避现实,如果谁因为害怕困难而把复杂的事情交给他人,尤其是一个个性强烈的女人，那这个家伙就只能自认倒霉了。我就对我让竹叶青独自去面对尤八姐而后悔不已。在我与许松鼠在酒店里玩柔道的时候，竹叶青正对着尤八姐侃侃而谈。猜猜她都说了什么？还信誓旦旦说话小心谨慎呢，结果就像往市中心扔了一炸雷，这动静把我、胖冬瓜和小花狸、李潮红和宋上门都炸得崩溃了。

在回答过尤八姐关于艺术风格与追求这些无关痛痒的问题之后，她们的对话开始进入正题。尤八姐问竹叶青和我的关系到底怎么样，还很八卦地开玩笑说我们两个很快就会结婚。竹叶青耸耸她那漂亮的美人鼻说："您别开玩笑了，我们两个已经分手了。"

尤八姐的反应是愣在当场，手中的咖啡杯开始像周杰伦的身段一样哆嗦。她似乎没明白过来，又把竹叶青的话重复了一遍："等等竹小姐，您是说您和赵大春先生分手了吗？"

"是啊，你没听清楚吗？"竹叶青的声音并不大，但却像滚滚的春雷一样滚过地平线。

尤八姐知道自己今天是得到宝贝了，这个独家消息足以使她打败娱乐小红锣的那两个毛头小子，拿下本月的优秀稿件奖。她抑制住自己兴奋的心情，摆出惋惜和不理解的表情说："真是太遗憾了。竹小姐，您不会是在晃点我吧？好多歌星都是先放风声说有情变，等报纸捅出消息来又矢口否认，弄得我们里外不是人，还得受处分。"

"我从来不拿感情的事情开玩笑。"竹叶青正色道，"我们的确是分手了。我不明白我是输在什么上面。"

"您知道这意味着什么吗？"度过了最初的混乱与兴奋，尤八姐开始镇静下来，从竹叶青的角度思考了，"不管您的初衷是什么样的，外面的舆论肯定会说，您这是在拿感情做交易。起初您需要摆脱宋上门的公司的时候，您就和赵大春谈恋爱了。现在宋上门和赵大春合伙了，这出戏没必要再演下去了，你们也就顺理成章地分手了。这种舆论当然是以小人之心揣测了，不过的确会对您的个人发展造成很不利的影响，所以您还得自己琢磨。依我看，能挽回还是挽回吧。"

竹叶青笑笑说："难道我就甘心放弃吗？也不是。算了，别人爱怎么想就怎么想吧，我反正不能再继续这种貌合神离的生活。感情这事就是这样，说变的时候，变得很快。至于和外界的关系，那些都是巧合。"

尤八姐得寸进尺地接着问："听你的话茬儿，好像赵大春是过错方啊。到底怎么回事？他爱上别人了？是谁比你还有魅力啊？这个渣男！"

"这种事情没有过错方，我们又没结婚。"竹叶青叹口气，喝口水，润润喉咙说，"我只能跟你说到这里了。我答应过给人家面子的，不能说了。其实你应该满意了。"

尤八姐连连点头："满意满意，竹小姐真是仗义的人。"

我就这样被竹叶青小姐抛向了唾沫星子的汪洋大海。第二天早晨我刚上班，就接到了宋上门的电话。宋上门冷笑着说："行啊哥们儿，真有你的。"说完也不解释就挂了机。我还纳闷儿这话什么意思呢，胖冬瓜的电话就追了过来："我说你怎么搞的？这也太露骨了吧？现在在广大人民群众眼里，你就是一陈世美。所有更年期前的女人都在骂你是渣男，还要人肉女小三儿。你名声败坏了是小事，可在这样的关键时期，就怕节外生枝。现在最轻松的是竹叶青，人家把版权牢牢地攥在手里，咱们谁都奈何不了她了，她把自己摘出来，冷眼观潮了。"

我还是没反应过来："胖总您说什么呢？我什么都不知道。"

"别装傻了。"胖冬瓜的口气严厉起来，"你自己做的事情你不知道？听我的，赶紧去找竹叶青，联合发表一声明，否认你们的关系破裂了，就说你们坚决站在一起和谣言做斗争。为了大局，你们好歹给我撑上个十天半个月的，等事情都板上钉钉了，你们爱干什么干什么。我的意思你明白了吗？"

我看了高大姐给我的链接才明白了。尤八姐添油加醋地把竹叶青写成了一苦大仇深、遇人不淑、多次被男人玩弄又无情抛弃的幽怨女性，似乎全国妇联马上就要出面替她撑腰。在文章里，竹叶青说了可怜巴巴的一句话："现在但凡有点姿色的女性，谁没有被抛弃过？反正我也是习惯了。男人靠不住，最终还得靠自己。"

我的脑袋"轰"的一声大了，感觉到一阵眩晕。定了定神才开始盘算此事的后果：我和李潮红之所以能有这样的合作，是因为我和竹叶青有着良好的关系，这是保证我们拿到歌曲版权的基础。而且在此前的一系列宣传包装中，我和她从来都是以恩爱甜蜜、有难同当的姿态出现的。如果我们关系真的完蛋了，那么不仅竹叶青的版权将变得渺茫，我们这个戏的形象也会大打折扣。这意味着我们将花很多的成本去修补形象，甚至老板们会认为我给他们添了乱，从而把我做出局。想到这里，我立刻感觉到我站到了悬崖边上，山风飕飕的，吹得我出了一身的白毛汗。

我不是没想过这么多，我只是没想到竹叶青会把这些不管不顾地兜出来。可我要是按照胖冬瓜的主意去找竹叶青,那许松鼠怎么办?

高大姐忧心忡忡地看着我,她都明白了现在问题有多严重。我问她:"Rebecca 来了吗?她要来了让她找我。"

许松鼠来了,正高高兴兴地哼着小曲儿,和小手枪在那儿聊天说闲话呢。高大姐走过去,对她说:"Peter 叫你呢。好像是竹叶青小姐和 Peter 吹了,他要和你商量商量。我说 Rebecca,这事儿挺邪门的,你要抓住机会,还得想出个万全之计来。"

许松鼠到我面前坐下,我把手机递给她看,她一目十行地扫了一眼,就放下了。我问:"你觉得我该怎么办?找竹叶青痛哭流涕地请求原谅,还是一条道走到黑?"

许松鼠说:"你首先得想明白竹叶青想要什么。假如我是个外人,我都能被她给感动了。现在社会上的人最恨什么?不就是恨有的人利用手上那点权力对女性进行性骚扰吗?要是打着恋爱的名义就更可恶。竹叶青出你的糗,其实是想让你在千夫所指、走投无路的时刻回到她身边。这可是对你意志品质真正的考验。"

"那我应该回去吗?要是合作被竹叶青给搅黄了,那我就什么都没有了。"我垂头丧气地说。

"你不该回去。"许松鼠道,"你回去的目的是为了生意而不是为了感情,这么不纯的目的能有好结果吗?你不仅得毫无尊严地磕头如捣蒜,还得看着女人的眼色行事,要是人家越看越生气,再想出点幺蛾子招数来消遣你,也未可知。清政府丧权辱国的日子不好过,你不会不知道吧?"

"那我该怎么办呢?"我问,"强硬有用吗?"

"那只能让事情变得更糟。"许松鼠想想说,"我看你还是去对竹叶青晓之以情动之以礼物吧。解铃还须系铃人,闹翻了对你们俩都没好处。除了感情以外,你们还有着共同的利益。感情保不住,利益还是能保住的。交情不成买卖还在。"

许松鼠的主意好像是唯一的不卑不亢的办法,可是她不知道这有多么艰难。我紧皱着眉头,不知道该怎么去跟竹叶青开口。许松鼠接着说:"还有,我得辞职,从大伙的视线中消失。"

在这个节骨眼上提出辞职,可大大出乎我的意料。我问:"你不打算帮我了?"

"能做的我都做了。你和竹叶青之间是什么状态我也不知道,忙我是帮不上了。如果说真要有什么能帮的话,那就是我消失。这样的话,省了别人挑你的眼,也省得自己被人肉。咱们的关系暂时先别公开,转入地下吧,等局面好了再提不迟。今后我们改成密电码联系。我要是想你了就发微信'懒驴快上磨'到你的手机上,你要是想我了就发'我是一头驴'到我手机上。这是最保险的,即使被外人发现了,也猜不出咱们要干什么。"

我觉得这么做不合适,刚要开口劝解她,电话又响了。

胖冬瓜在电话里说:"你赶紧给我到老孙的早点铺来,我们费的口水都能煮一锅豆浆了,可还是做不通这个老家伙的思想工作。你来吧。"

"什么老孙?"我这回真的装傻了,"你们没劝下他来吗?我去有什么用?"

"少废话!人家把你和竹叶青的大照片都供神龛上了,你快着点,趁他还没明白怎么回事,先把版权要过来。"

第十九章 机关算尽还是死胡同

我一到老孙的店里,差点没乐晕过去。要说是劳动人民呢,仗义总是屠狗辈,坚贞不屈的事情全发生在他们身上,富贵人家都是软骨头。只见老孙正襟危坐在店堂的正中央,两臂交叉抱在胸前,身上的工作服油渍麻花,头上还戴着个高高的厨师帽。我估计,这是老孙最正规的装备了。胖冬瓜、小花狸、宋上门、李潮红和娜娜呈扇面把老孙围住,一人抱一碗豆浆拎一根油条,在那儿大吃大嚼。他们的外边,围了一群狗仔娱记,各种相机手机录音笔等家伙事儿全亮着呢。其中就有娱乐小红锣的那两个家伙。

见我来了,胖冬瓜赶紧说:"哎,你也来一套吧,真香啊。这两年光讲究科学饮食营养均衡了,整天鸡蛋牛奶培根面包,好久没吃炸油条了。还是普通群众的饭好吃。"

我嘴上答应着,心里却想这是什么局啊。狗仔们看见我这个事主来了,"哗啦"一下把我给围起来,七嘴八舌地提问,根本就听不清楚。我急中生智拎过一把木椅子，站了上去，挥着手臂大声喊道："记者同志们，静一静静一静！"

人群安静下来，大家都抬头仰望着我，好像俄国群众仰望着弗拉基米尔·列宁、古巴群众仰望着卡斯特罗一样。我说："同志们，你们辛苦了。"

底下不知道有谁小声嘀咕了一句："为人民服务。"引起了一片笑声。

我也笑了："大家这么早就出来赶新闻，体现出了良好的职业道德和优秀的业务素质。这个时候，还有很多人在睡觉呢，可你们已经开始了辛勤的工作。但是身体是革命的本钱啊，不吃早饭怎么能行呢？我宣布，一人一碗豆浆、两根油条、一个鸡蛋，今天的早饭我埋单！"

人群中响起了一阵掌声。有人大声问："吃馄饨行吗？"我说："当然行，想吃什么吃什么，都去问服务员要吧。"

"那你什么时候回答我们的问题？"娱乐小红锣的娱记问。这小子肯定是因为没抢到我和竹叶青分手的独家消息挨了批评、受了刺激，到了现在还没忘正事。

"大家不要着急，吃好喝好。等我们把事情都办完了，会给大家一个详尽的交代。请记者同志们配合我，你们是知道我的为人的。"

大伙已经明白我今天不会说什么，要说早说了，谁还请客啊，于是嘟嘟囔囔地散去吃早饭。我从椅子上跳下来，胖冬瓜笑嘻嘻地看着我说："你还真有点群众领袖的劲儿啊，化解危机还不忘抬高自己。干脆明年美国总统选举你加一磅得了。"

"资本主义政治太虚伪。"我转向老孙说，"今天一定得打折啊。"

老孙看见我来了，表情一下子轻松了许多。他拉着我的手说："赵先生，这几位都是什么人啊？怎么来了就问我要东西？非要什么委托书，我不知道他们在说什么。"

我拍着老孙的肩膀说："你做得对，是不能什么都告诉他们。"我想了想，又问："他们是不是说竹叶青给你的版权代理委托书？"

老孙一脸茫然："我不懂，竹叶青小姐没给我什么啊？她倒是答应要给我一盘她签名的唱碟的。"

我脸上的笑容更和蔼了："老孙，有你的，跟我你也装糊涂。你别忘了，咱们俩可是先认识的，竹叶青还是我介绍给你的呢。"

"这我可不管。俗话说，受人之托，终人之事。没有竹叶青小姐的亲笔认可，我什么都不会答应。"老孙看了我一眼，"你也真是的，两个人好好的日子不过，瞎折腾什么啊。我做梦都想和一个大明星谈恋爱呢，从十三岁到五十三岁，梦中情人换了无数，可就是没有机会。你可好，放着那么个大美人不要。人家对你多好啊。"

"老孙，我是没这福气。"我坐下来，小声跟他嘀咕着，"感情的事情先放到一边，咱们先说正事。你看，今天来了这么多领导，为什么？因为全国人民都眼巴巴地等着咱们的网剧呢。现在《还珠格格》第三百遍都快播完了，马上就要播《甄嬛传》第九十九遍，都是老一套。你就不着急吗？咱们的文化市场得麻溜儿去占领，要不大家就全去看美剧去了。可是你看看，因为这首主题曲的版权没有彻底解决，我们的工作就不能往下进行。这对我们是损失，对渴望高质量文化生活的群众也是损失。"

老孙挠着后脑勺，还是没想通："人家美国拍得快，那是因为人家没那么多搅屎棍，所以人家能集中精力干事业。咱们的明星，工作以外分散精力的事情太多。"

一直在旁边乍着耳朵偷听的胖冬瓜冲老孙挥了挥半根油条："哎，正吃饭呢，注意文明用语。"

老孙不好意思了："我是粗人，你们别在意。我的意思，你们找我来根本就没什么用。我也得给竹叶青小姐打电话，人家松口了才行。所以，威逼利诱加忽悠都已经失效。你们要真想得到什么，还得去找她。如果我稀里糊涂把什么都给你们看，再签个什么字，那我的错可就大了，将来人家竹叶青小姐追究起法律责任来，我可吃不了兜着走。"

"责任个屁！"宋上门忍不住了，"你是代理人，你说给谁就给谁。她追究不到你，谁让她委托你了？"

老孙这种人我最了解，吃软不吃硬。宋上门用话这么一激，我费半天唾沫星子绕的弯弯全白费了。果然，老孙把脖子一梗："这位先生你还真别这么说。我就是代理人了，我就不想把这什么权给你。老话怎么说来着？上级的事我知道，下级的事我也知道，就不告诉你啊就不告诉你，就不告诉你！"

宋上门是没见过拧人，压不住火。他"啪"地把一次性筷子拍在桌上："我还治不了你？我马上就拨卫生局的电话，让他们好好查查你的厨房，我就不信你这大肠杆菌不超标。"

老孙也火了："你拨一个试试？我马上就打110，告你在我这寻衅滋事。这一带的警察都靠我这小店才吃得上早饭呢！穿制服的，谁不知道'来一大碗'啊？"

俩人你一句我一句戗得出火,声音越来越高,弄得那帮娱记都抬头往我们这边看了。只听李潮红低声呵斥宋上门道:"放肆!怎么能这样和长辈说话呢?"

宋上门悻悻地闭了嘴。李潮红心平气和地对老孙说:"老先生,这孩子没礼貌,说话冲撞,你可千万别往心里去。"

"没事,我见得多了,他吓不倒我。"老孙说,"我这卫生条件是不怎么样,不过在早点摊里,已经相当难得了。"

李潮红点点头说:"脏有脏的好处嘛,很多东西不超标就不会好吃是吧?其实我们国家以前是很干净的,没什么细菌病毒,所以才养成了现在这种饮食习惯。谁知道明朝的时候对外交流一增多,肝炎什么的全进来了。大家没防备,纷纷中了招。这是历史造成的。"

老孙忙不迭地点头:"没错没错。这位先生讲道理。"

李潮红话锋一转:"至于版权的事情,我很欣赏你坚守信义的原则。其实这件事情也怪不得你,要怪还得怪赵先生。"他扭头对我说:"你和竹叶青小姐的分手,彻底伤了我们的心,也伤了这位老先生的心,更伤了竹叶青小姐的心。你应该悬崖勒马,回头是岸,这样才能获得事业感情的双丰收。"

胖冬瓜也在一边帮腔:"就是就是。你们重新和好是符合广大人民群众的利益的,众望所归。"

我就不明白了,怎么说着说着这把火又烧到我身上了?我环顾左右,说:"我怎么觉得你们不是文化人?倒像是逼婚的封建家长啊?"

我们连吃带说折腾得都快到晌午了,事情没有任何进展。老孙一根筋,胖冬瓜要出钱把他店铺给翻新,还信誓旦旦表示把"来一大碗"早餐店做成连锁企业,去和麦当劳竞争(有点金融投资感觉了,一张嘴全是大事儿),可老孙还是不受诱惑。我也一根筋,说下大天来也不肯就为这个答应与竹叶青和好如初。胖冬瓜说:"你就装几天不行吗?"装的那就更不行了。那帮娱记吃完了饭,有了精神头,就又开始对我们进行围观。李潮红最先沉不住气了,说:"这么谈没结果,我看赵先生还是赶紧给竹叶青打个电话吧。不行就回我公司去商量。在这儿还不够现眼的呢。"

我只好硬着头皮给竹叶青打电话。竹叶青好像刚睡醒,懒洋洋地问:"赵总,你怎么想起给我打电话了呀?"

"你别明知故问了。"我气急败坏地说,"整个规划就等着你拍板呢——那歌曲的版权,您倒是松个口啊,有什么条件尽管说,就别踢皮球了。"

"你们要是真想要,我当然是无条件奉送了。"竹叶青说,"只是我这两天身体不好,精神也不怎么好,顾不上这么多。等过几天我好了再说吧。"

我把电话的内容跟大伙儿一说,大伙整齐划一地摊出了两手:"没办法了,你只有牺牲色相了,赶紧让人家高兴起来吧。"

一行人白折腾了半天没收获,心里都郁闷。我站到椅子上,对娱记们说:"今天没新闻了,大家都回去吧。有新闻了我再跟你们发布。"

底下的娱记嗡嗡议论起来,有人抗议道:"怎么就没了?刚才还说有,这不是晃点我们吗?上次就说竹叶青不来,结果还是来了。你还说自己人好,这能叫好吗?这叫欺骗公众。"

我本来就憋着一肚子的火,听了这话有点控制不住,反问道:

"没有新闻你能让我生编吗？都说吃人家嘴短拿人家手软，我看你这小子最没良心，端起碗吃饭，放下碗骂娘。"

这话一出全乱了，娱记多抱团啊？别看私下里互相使绊子，面上可都是团结一致的。立刻就有人反驳说："你一顿烧饼油条就把我们打发了？你还想不想再在这地面混下去了？"这是娱记的话吗？俨然把自己看成了黑社会老大。

我赶紧给胖冬瓜李潮红他们使眼色，那意思是掩护的事儿交给我了，你们赶紧先撤。那几个小子多贼啊，一看架势不对，便趁乱钻进了老孙的后厨。等记者反应过来有人要溜的时候，厨子们早就把门封上了。

我破罐破摔的样子站在椅子上，满脸不在乎的神情："你们要干吗？都想知道什么？现在向我开炮吧，反正我什么都不在乎了。"

娱乐小红锣的哥儿俩，好歹跟我有点交情，当时我还教育过他们怎么正确对待自己的事业呢，所以他们赶紧问我问题，算是化解别人对我的愤怒，也算是给我解个围。他们大声问："你和竹叶青是真的吹了吗？这到底是谣言还是真的？有媒体传言竹叶青委托这儿的孙老板当自己的版权代理人是真的吗？你们是和孙老板谈判的吗？"

一连串的问题抛出来，人群果然安静了。我清了清嗓子回答说："一、我和竹叶青的感情问题，属于个人隐私。这事儿你们都知道，越让说越不能说，你们只能走着瞧。二、今天早晨大家聚到这儿纯属为了怀旧吃早饭，同时商量点公司事务，我们都合作了嘛。三、竹叶青委托谁了你们问她自己去，问我干吗？四、我们和孙老板谈判了,李潮红老板想把他的早点铺做成连锁店,边吃油条边上网的那种。你们也知道,现在不允许网吧营业得太晚,所以得早晨起来干活。具体的你们问李潮红去。"

我信口胡诌着,盘算着自己如何脱身。这时又有人问:"是不是因为有了第三者你才和竹叶青分手的?请您证实一下。"

我的脸一下子涨红了,这帮小子说话可真不客气,早知道我根本就不允许他们吃馄饨。我正色道:"请问什么叫第三者?第二第一又是谁?按先来后到分还是按高矮胖瘦分?说话得负责任,胡说我就跟你打官司。"

"太好了。"那娱记兴奋地说,"我们正准备找机会扩大点击量呢,咱们官司一打,那您和我们都引人注目了,回头我们再融一轮,差不多就新三板上市了,您也独角兽了,双赢啊。"这话听着熟悉啊,都这路子。听他那口气,还挺替我着想的。

我摆摆手说:"行了行了,我已经说得够多的了。有什么问题都发我公司电子信箱吧,我还有急事呢。"我跳下椅子,就往门口硬冲。那帮娱记要挡我的去路,我一把扒拉开面前的一个小子,说:"你们别逼我和你们发生身体接触。"

"你公司电子信箱是多少啊?"有人大声问。我顺势从怀里抓出一沓子名片来,把名片朝着人群一扔,那些小纸片纷纷扬扬地飘了起来。大伙都去够,我一个箭步就窜到外面。

老孙已经帮我叫好车。他跟我说:"我已经看出来了,代理人不是好当的。"我冲他笑笑,也不知道是无奈还是抱歉,我已经没什么心情说话了。

时间已经接近中午,大街上的车不多,狗仔队们在后面跟得还挺紧。我一个劲地催促司机开快点,突然想起当年黛安娜就是这样被狗仔队追得上天无路入地无门最后出了事，不由得紧张起来。想想这样的确不是办法，就让司机把车开到一家医院。这家医院我来过，上次被许松鼠用计灌醉后我病了，就住在这家医院。我在这里第一次公开和竹叶青明确了关系。没想到没过多长时间，我又回来了。想起现在早已物是人非，我和竹叶青都分手了，心中不由得唏嘘万分。

我下了车，进了门诊大厅，顺着走廊走到医院的后门，就到了另外一条街上，再打车，这才算甩掉了尾巴。

竹叶青开门的时候，看到的是一个笑容可掬的人。这个人怀抱着鲜花、食品、饮料，点头哈腰地出现在她面前。我透过飘香的花朵，发现竹叶青明显消瘦了，皮肤也没了光泽，头发散乱，就跟我刚刚见到她的时候一样。

竹叶青看见我就哭了。她抱着我，眼泪哗哗地，让我的心里也直泛酸水。抱了半天她觉得硌得慌，才让我把满怀的东西放下，一边擦眼泪一边很客气地让我往沙发上坐。她给我端上来一杯茶，说："我知道你是来干什么的。你不是为我来的。"

"也是为你。"我说这话心里就觉得特别没底，"你在电话里说自己不舒服，我就是来看看你。吃二茬苦受二茬罪，责任都在我。"

竹叶青勉强笑了一下，那样子比哭还难看。她说："有你这话就够了，其实我也想再见你一面。以后要想单独在一起，没那么容易了。"

"你不该跟尤八姐说那些。"我说，"把事情搞得没有回旋余地。现在全世界都知道咱俩散了伙。"

"那我怎么说啊？"竹叶青问，"你那天晚上让我自己走了，谁知道你去了哪个女人的床上。我难道还能满怀信心地说我和你还好着呢？我说不出来。"

我没了词儿。竹叶青说这话，也冤枉也不冤枉。我那天晚上的确没和许松鼠发生什么，可第二天能发生的都发生了。这些没必要跟她解释，越解释还越乱。这里面的经验教训就是，应该把前一件事都择干净了再做后一件事。时代不同了，绝大多数女人都不会允许你一碗饭没吃完就去吃第二碗，尽管你已经不打算吃头一碗了。像竹叶青这样，能让你重新走进她的家门，就已经算很有理智的了。当然，我还希望她更有理智些，把版权转让出来，我花多大代价都乐意，挨顿臭骂也乐意。

我只能沉默，希望她由着性子念叨我，希望她在谴责和鄙视中产生快意，从而达到心理上的平衡。我没想到的是竹叶青只是在我身边哭了一会儿，就起身去桌子上拿了一张纸。纸上的字是事先就写好的，那是一句简单得不能再简单的话：

  将歌曲《我是一个筐什么都能装》的版权无偿赠予赵大春，期限一百年。

竹叶青

我看了看落款的日期，还是我们如胶似漆的时候写的呢，心中不由得大为感动起来。竹叶青的嗓子嘶哑着说："你是想要这个吧？"

我点点头。谁说女人失恋的时候就非要歇斯底里了？看看竹叶青，真是新时代独立自强知书达理的新女性典范。

可惜我高兴得太早了。就在我伸出战抖的双手,像座山雕接联络图似的去接这张要命的纸条时,我的手机响了起来。

是一条微信,只有几个字:懒驴快上磨。

这是许松鼠的暗语,说这样别人看不懂。可竹叶青压根没看就明白了是谁,女人的直觉有时候特别准。她表情立刻就变了,冷笑起来,把那张纸撕得粉碎。

我想拦,已经来不及了。

失败的情绪笼罩着我。小时候,我曾经是一个满不在乎的人,认为这个世界上没有什么恩怨不能化解,没有什么难题解决不了。可是随着年龄的增长,我发现自己对越来越多的问题无能为力。我原本以为竹叶青和许松鼠两个女人喜欢我,既能满足我的虚荣心,又能有选择的余地,还以为她们都能性格豁达容忍我的种种缺陷。可是我错了,人走到一个关键的地方,就走到旮旯犄角了,往前走是硬邦邦的墙,往后退是一群狼围着你。竹叶青喜怒无常不让道,许松鼠又撂了挑子,只捣乱不建设,我该怎么办?除了企求上天保佑给一条你自己都想象不出的路来,没有任何办法。

我的人生就是这样变得消极起来的。我脑海里反复播放着竹叶青满脸的泪水和绝望的神情。她撕的不是什么转让书,她撕的是和我之间的交情,她比我要明白得多。可那有什么办法呢?本来她不想撕的,可许松鼠的短信击溃了她,让她彻底放弃了。她放弃了我,也放弃了与我们合作的机会,放弃了出现在她面前的人生大好局面。看着本来光辉似锦的爱情与事业,在一瞬间变得支离破碎,谁都会心如死灰的。

许松鼠见我一直没有给她回音，急了，每隔三分钟就来一条，跟十二道金牌招岳飞似的。我站在马路边上，低头看微信，冷不防一帮人从暗地里跳了出来，呼啦啦把我围在当中。今天是跟狗仔队干上了。

娱乐小红锣那小兄弟仗着和我熟，笑着跟我说："赵哥，我就知道你得在这儿，怎么样，和我竹叶青姐姐和好了吧？他们都这么说的。"

我摇摇头。我已经没了和他们周旋的耐心与勇气，我现在只想找个地方，没有竹叶青也没有许松鼠的地方，安静地待着，当然更不能有狗仔队。

"你们真吹了吗？那么版权问题怎么解决？你们能做到公私分明一码是一码吗？"娱记们追着问。

"你们不嫌烦啊？"我站住脚说，"讲点人道主义行吗？你们谁失恋的时候有兴趣接受陌生人的追问？我还就不信了，媒体上要是没有我的消息，咱们这个社会就不进步了吗？"

"大哥，我们也是没办法。"那娱记说，"你以为我们愿意风餐露宿天天蹲守吗？可我们不这样就混不下去，没饭吃。你看过《雾都孤儿》吗？那小孩如果不交偷来的钱包就得挨打。我们比那孩子好点有限，不折磨你，我们下个月就没钱交房租了。"

众人急忙随声附和："就是就是。老赵你就合作一点嘛，大家都是混的，权当提拔小兄弟。"

我这人心太善，要跟我来硬的我很容易就翻脸，可这帮孩子一说软话，我也就不会说"不"了。我说："那好吧。我和竹叶青就算分手了。版权的事情我们暂时还没考虑到，这可能得公司出面，和竹叶青的代理人沟通。我相信是能沟通好的。至于李潮红先生投资《我是一个筐》的拍摄，这件事情还没有最终敲定，有了确切的消息我会尽快地告诉你们。可现在我要是说什么，那就该烂舌头了，大家理解。"

娱记们开始议论，有人问："你和宋上门是死对头，可你们却在一起吃早饭，是不是你投降了？还有，你和竹叶青分手是不是因为有人插足？"

我答道："我投降？笑话。我就是想投降敌人也得接受啊。还有，我和竹叶青分手的原因，我不能透露，因为我也说不清楚。你们相信我们在一起是真心的，分开也是真心的就行。她是我的好朋友，以后无论遇到什么，我只要能帮她，就一定会帮她。"

话说到这里，我鼻子都酸酸的。我冲记者们挥挥手："好了，我说的已经够多了。精诚所至，金石为开。我不枉你们等了一天吧？这点话已经够你们演绎了。我还有事情要处理，就先走一步了。"

我给许松鼠打电话，问她什么事。许松鼠的声音跟银铃似的，听上去心情不错。她说："还能有什么事？想你了呗。"

我说："我忙得头都快炸了，办什么事什么不顺利。你倒好，一句话就躲起来享清福去了。你辞职我还没批准呢，现在不上班算旷工！"

许松鼠没接我的话茬儿，只是问："那你想不想也找地方清净清净？"

她还成了善解人意的女人了。

许松鼠的建议，是让我现在去她住的蒲公英花园。顺着花园门口的蒲鸟路，穿过鸟尾巴村，就是新开发的倒淌河环境保护区。据许松鼠说这个地区的风景十分优美，"生殖气息尤其浓郁"。不过现在那里已经不是野地方了，而是被牢牢地圈起来，闲人免进，以便让野生动物休养生息。我在报纸上已经看过这地方的发展规划，但许松鼠把它添油加醋渲染得更为花哨。

许松鼠和保护区的区长胡二柱子关系不错，所以她可以有特权，到保护区的小木屋去玩。她的意见就是，让我和她去那个鸟林子里过夜。"想起这件事，我兴奋得直起鸡皮疙瘩。"许松鼠在电话里说。我说她怎么这么急着给我发微信呢。

她的建议吸引了我。我还在城里待着干吗？有工夫不如去郊区歇歇。许松鼠有很多习惯值得学习，比如在事情变得棘手的时候，突然玩失踪，让事态自由发展，爱谁谁，等到发展得差不多了再回来，那时候往往能有新的转机。

我让出租车开到公司，换上我自己的车，一口气开到城外，才给高大姐打了个电话，说："你们都下班吧，谁找我就说我不在。"

高大姐问："Peter，你到底在哪儿啊？今天有好多找你的电话，还有 Rebecca 留了封辞职信就走了，打电话她也不接。你还是赶紧回来吧，公司里已经乱得像一锅粥了。"

"不许乱，谁乱我回去整顿谁。"我说，"你们今天早点下班，什么事情都等我回来再说。至于 Rebecca，我会处理她的。"

高大姐好像猜到我去干吗了，说："好吧好吧，你好好休息。不过一定得把 Rebecca 带回来。"

我笑笑，挂了电话。汽车在通向郊区的路上平稳地飞驰着，夕阳悬在天边，照亮了一层又一层的浮云，五色缤纷。我打开车窗，让新鲜的空气吹进车子，把收音机的音量调到最大，听里面播放的摇滚音乐，仿佛自己是驾驶吉普车在街上横冲直撞的美军。算了，头疼的版权，头疼的生意，头疼的爱情，让它们都见鬼去吧。今天且及时行乐，哪管明日洪水滔天。

晚风轻拂之中，许松鼠穿了件漂亮的长裙，正站在蒲公英花园的门口，笑盈盈地等着我呢。

第二十章　和许松鼠一起玩失踪

这个世界上，虽然年轻人最富有激情，但不得不承认，真正会享受的还是老同志。看看胡二柱子先生给自己预备的保护区吧，就会知道什么叫作舒服。

我把车停在院子门口的草坪上，金色的阳光透过浓密的林木打过来，草地上黄色的小雏菊在晚风中摇曳着。院子从外面看很不起眼，就是普通的农村民居，可推开院门，是青灰色的砖瓦照壁，上面刷了白漆，写着"若等闲"三个苍劲有力的大字，一看就是方家手笔（据说胡二柱子结交了不少艺术家）。进得院子，卵石铺地，古木参天，刚开始我还以为进了太庙，心里直往上涌肃穆的劲儿，看到院子里的秋千，才把自己拽回到和许松鼠偷闲的现实中来。这儿的几间房有回廊连接，回廊上安装了壁灯，房屋则是完全用原木搭建而成，那些树皮上还留有潮湿的气味。

几间屋子的内部装饰小巧而漂亮，还是开放式的。一侧是客厅，有壁炉、沙发、茶几、吧台和电视，另一侧是卧室，木床上拢着大红的帐幔。许松鼠路上跟我说,这里是保护区里唯一可以住人的地方,胡二柱子经常在这里招待各路神仙:包括投资者、上级领导、艺术家和国内外记者。"其实这些都是借口,主要是他自己想住。"许松鼠笑道,"老家伙自己的心眼儿可不少呢。"

"别这么说人家。"我说,"你不还是沾了他的光?"

许松鼠可真没少费心思,她以娱乐圈的名义,说服了胡二柱子把这个隐秘的地方借她住一天,甚至说服了他撤走了在这里看房子打扫卫生的服务员。她想完全营造一个封闭的、只属于我们两个人的情境。

许松鼠把包往沙发上一扔,自己先享受地坐了下去,我则站在屋子中央,左顾右盼,嘿嘿直乐。

许松鼠问:"怎么样,满意吧?你笑什么?"

我说:"这儿的气氛有点像即将被查封的娱乐场所。"

"呸!"许松鼠问,"你怎么看出来的?那种地方你去过?"

"没有没有。"我自知失言,赶紧摆摆手,"我都是在电视剧里看的。"

许松鼠哼了一声:"你以前的事情,我就大度一点,既往不咎了。希望你以后认真生活,老实做人。你要知道,人一辈子,回头是岸的机会并不多。有时候一失足成千古恨,再怎么后悔也来不及了。所以,你要珍惜社会给你的改过自新的机会,懂吗?"

"懂。我以后大门不出,二门不迈,享受第一,工作第二。这样才能恢复淳朴善良的本色。"我嬉皮笑脸地说,"怎么样?劳动的事情就交给你了,这方面你擅长。"我的确冒出过这样的念头——看着胖冬瓜把公司交给小花狸打理,自己却优哉游哉的,我心里那叫一个羡慕。要是有一天，许松鼠能独自承担起复兴文化事业的重任就好了。时代不同了，女同志能做的事情，应该比男同志更多才对。

许松鼠非张罗着要给我做饭。我跟着她到客厅旁边的厨房转了一圈，她还真准备了不少东西，肉蛋奶、谷物、蔬菜样样齐全。她穿上做饭的围裙，像蝴蝶一样在厨房窜来窜去，前所未有地可爱。我好奇地看她要做什么菜，结果她切肉的时候我就看不下去了。完全外行，刀在肉和许松鼠的手指头间晃悠，看着就那么悬。我说："你还是一边待着去吧，这活你好像不行。"

许松鼠不服气地站在一边，看着我砍瓜切菜。我一边干活一边念叨："现在这世道，能把饭做熟的基本都是男的。你们女白领四体不勤五谷不分，真不知道长这么大，是怎么生存下来的。好好学着点，别以后让人抓住把柄，让人说你不贤惠。"

"你别以为我傻。我学会了你以后还下厨房啊？"许松鼠得意地说，"要是女的全上得厅堂下得厨房里里外外一把手，那你们不就剩下作威作福了？这我不干。寸有所长尺有所短，我当不了完人，我就满足现状了。"

我叹了口气："你没听说过要管住男人的心就得先管住男人的胃吗？别的要求就算了，满汉全席你也做不出来，但能煲一锅好汤则是必须的。你看大家为什么都喜欢大长今啊？那是女人在梦想靠做饭手艺出人头地，男人在梦想女人给带来点温暖。什么最温暖？汤！回头我教你一手，也不难，掌握好火候就行了。"

许松鼠顶嘴道："你是喝粥喝惯了。你怎么就知道我不会煮汤？我的西红柿鸡蛋面是天下一绝。"

我放下手中的菜刀："行，你来。我看你的天下一绝是什么。"

女人就是这样，口口声声既往不咎，可心里还是拿不起放不下。哪壶不开提哪壶，我和竹叶青的事情那能怨我吗？凭什么就成了老被抓住的尾巴？

许松鼠看我有点生气了，不知道该怎么办好。哄哄我吧，心里觉得别扭，因为明明是我在说别的女人手艺好，更何况那女人还是她的对头。不哄吧，又找不到一个台阶。琢磨半天，只好把两个鸡蛋塞到我手里说："帮我打了。"自己拿起菜刀，将饱满鲜艳的西红柿切得七零八落。

这么闹别扭，最终倒霉的还是我，因为许松鼠做的西红柿面，不仅难以下口，而且看着就让人那么想吐。能把面做得这么难吃也不容易了，问题是我还得大口把它吃完，否则这个美好的夜晚，就要在我们不经意的小吵嘴中彻底报废。我一边吃一边告诉自己："就当是多接受一次人生的磨难吧。"

看我吃得很香的样子，许松鼠很有成就感。不过她自己吃了两口就不吃了，放下筷子问我："你说能打多少分？"

"八十吧。"我困难地说，"八十分已经算是高分了。你有着向善的心就不容易。"

"好吧，那就八十吧。"许松鼠说，"什么事都不要做到极致，其实我今天也没有发挥出最好的水平。给自己留点余地吧，不然以后可怎么进步啊。"

就这样，这关算是过了。我下定决心，以后坚决不能让许松鼠再下厨房了，给人的教训太深刻。

晚上，我们坐在院子里聊天。许松鼠还煮了咖啡端出来，边喝边跟我讲起大美女和马尾辫当年在此偷情的故事。"那时候条件比现在艰苦多了，可还是没有拦住那两个人。现在怎么样？应验了当年我的预言了吧？被圈在家里了，时髦点叫全职太太，老话叫家庭妇女，简称家妇。"

"人家自己不觉得烦就行了。"我说，"你操那么多心干什么？各人有各人的活法。"

"你不会也想把我往家妇方向培养吧？看你在厨房想教我做饭，有这样的趋势。"

我喝了口咖啡，却怎么也冲不掉嘴里的烂面条味儿。我说："两害相较取其轻，你以后还是多操心点公司的事情吧。"

早晨的阳光照进木屋，让我在一万个不情愿中醒来。窗外是叽叽喳喳热闹的鸟叫声。我呆呆地看着明媚的天花板，心想，世界上最残酷的事情，莫过于在空气清新、鸟语花香的早晨被迫起床，进到城里去面对那些琐碎、无聊、因为生计才不得不处理的事情。如果你身边还裸睡着一个如花似玉的姑娘，那简直就是残酷中的残酷。这甚至会让人突然怀疑，人活着究竟为了什么。

我捏了捏许松鼠的鼻子，叫她起来。许松鼠挥挥胳膊挡开我，含混地说："别烦我，我已经辞职了。让我睡。"

她的皮肤光滑细腻，模样惹人爱怜。我忍不住亲了她一口，结果她就把我搂过去："唉，没有帅哥，凑合搂着你吧。我不睁眼睛行吗？"

再小的女人，把头埋在她的胸怀里，也是温暖安全的。早晨的欲望本来就强烈，这么一搂就完全被激发了出来。我在许松鼠的怀里动作着，她咿咿呀呀地发出怪声。这应该是一个很不错的早晨，预示着一天的顺利。好的开始是成功的一半。

可总是有人会给人添堵。手机响了,是胖冬瓜。

胖冬瓜说:"你在哪儿呢?我得见你一面,情况又有变化。李潮红今天去美国,合作的事情恐怕又得搁搁。"

我立刻清醒了,心想关键时刻,我怎么总碰上这种事儿啊。

"和我们没什么关系,是他老婆在美国发飙了。"胖冬瓜说,"不知道手底下人谁给告了密,他老婆知道了他和娜娜的事儿,连电话号码以及他们两个住的地方都知道。这回可惨了,要分家产不说,关键是当年李潮红创业的时候,自己还是公职,是用他老婆的名字注册的公司。现在品牌也好,公司股份也好,大多还在他老婆名下。这事最糟糕的后果,是让李潮红重新变得一无所有、流落街头。"

历史真是惊人地相似哈!我彻底晕了,脑子里把李潮红的所作所为和当初的焦大屁股进行了对比,反复琢磨,确认了李潮红应该不是使诈。我说:"你看,谈恋爱不能影响学习和工作,这个道理我们在上中学的时候就应该懂了。"

"谁说不是呢。"胖冬瓜说,"李潮红这人,哪儿都聪明,可一见到女人腿就挪不动了。自古英雄难过美人关,再厉害的角色,往往都会死在女人手上。咱们赶紧商量商量怎么办吧,这事再这么耗下去也真没意思。对了,你和竹叶青怎么样了?现在还在人家床上吧?"

"没有。"我老实地回答,"我在另外一张床上。"

"你呀,说你什么好。"胖冬瓜叹口气,"得了,说什么都白搭,你们都一样。这就叫夜长梦多,耗的时间越久,就越出幺蛾子。你赶紧向我靠拢吧。"

我没办法，只好起床。许松鼠却紧紧抱着我说："谁呀这么讨人嫌——你不许动，举起手来。"

我已经一点兴致都没了，把她轻轻地推开，磨磨蹭蹭地穿衣服。这个小木屋的确有魔力，它能让你特别热爱生活，特别厌烦工作，所以起床出门都显得那么艰难。奉劝诸位心高气傲对未来有着美好憧憬的家伙们一句，如果自己没有当金融家、资本家或者自由职业者的本事，做不到不劳而获的话，那最好还是别住在环境太好的地方，这里起不到激励人奋发向上的作用，相反却会消磨斗志，让人慵懒，内心充满矛盾。

看我坚定不移地起了床，许松鼠也起来了。她在我面前光着屁股晃来晃去，一点害羞都没有，晃悠了一圈后，突然想起自己该干什么了，闪进了厨房。我一看她进厨房，慌得丢掉了手里的外套，跟了进去。她正给我煮咖啡呢。我松了口气："上得厅堂下得厨房，厅堂你还行，厨房你实在不擅长。"

许松鼠笑笑，问："又出了麻烦事儿了？"

"是啊。李潮红丢下我们大家，去美国救险抗灾去了。我们的戏这回可是真的要黄了。"

许松鼠冷笑道："亏你们还是一群聪明男人。人家办事都是越办越靠谱，越办越接近成功，可你们办事呢？越办离目标越远，与正确的方向背道而驰。你们以前都是怎么混的？"

"我也没办法。这是搞资本运营的特点。节外生枝的事情太多了。"我从背后抱着许松鼠，突然觉得我挺喜欢这样的小气氛。

"钱的事情我帮你再打听打听吧，这两天艾茉莉就要回来了，我给你问问她手里还有没有被钱烧得慌的肉票。不过我最关心的是，竹叶青那头你料理得怎么样了？"许松鼠往咖啡里加着奶，举重若轻地问道。

"她不肯把歌曲的版权交给我们,很固执。"

许松鼠在鼻子里哼了一声:"这不是问题。她会给你们的,她只不过是现在情绪不稳定,想不通而已。你得给人家点时间,等她冷静下来,自然就会说通了。欲速则不达,你别老做什么都猴急猴急的。"

"我猴急?"我笑了,"咱们俩到底谁猴急啊?我印象里怎么一直都是你主动?"

"就是你猴急!"许松鼠蛮不讲理地说,"你要是不猴急我怎么会上你贼船?女青年一向都是被蒙骗的。再说了,你要不是主动的,说出去多没面子啊?一点成就感都没有。"

"对对,是我主动,见色起意,心生歹念。而你半推半就,就坡下驴。我今天算是开了眼,见识了黑白是怎样颠倒的了。"

许松鼠转过身来,笑得那叫一个得意。

"我走了,你赶紧把衣服穿上吧。这个样子,打算诱惑纯洁的小动物啊?"我拍拍她屁股,"得空再联系吧。"

草地上的露水沾到了鞋上、汽车轮胎上。我打开车窗,让新鲜的空气一下子涌进来。音乐的声音仍然放到最大,许松鼠站在门口冲我招手,像一个送丈夫下田耕种的农家女孩。美好的时刻总是那样短暂,一闪即逝,不可重复,我的心里充满了不舍与惆怅。

人的一生总是有很多遗憾。如果早知道这一天会发生什么,知道我再也回不来了,打死我也不会这么痛快就出门。

第二十一章　机缘已经擦肩而过

很多努力积累下来的好心情，在十分钟内就能烟消云散，那是因为残酷的现实告诉我们，快乐和希望永远是短暂的。心中期盼的东西，甚至还没能拿出手来就会被打得粉碎。别人的心思猜不到也就算了，有时候自己在努力，却发现越努力越退步——世界上还有比这更糟糕的吗？以前踢足球总是只差一步冲出亚洲，现在倒好，一输就是六七个，让人想起那句老话，一蟹不如一蟹。

胖冬瓜显得特别焦躁："我看什么都别急了，这李潮红一走，是凶是吉还说不清楚呢，那剧放下吧，先别干了。"

这叫什么话？我这一路调节的好心态，就这么呼啦一下没了踪影。把我从许松鼠童话般的床上叫到这儿来，就是为了跟我说这个？我说："胖总您别慌啊，总会有办法的。"

"有什么办法？你连竹叶青的歌曲版权都拿不到手，这叫有办法吗？"胖冬瓜语气里充盈着不满，"做生意怕就怕老出意外。意外出得太多，说明这个生意是不合理的，就应该立刻停手。"

我从郊区赶到城里花了一个小时的时间,在这一个小时里,胖冬瓜已经把事情的来龙去脉摸得差不多了。当年创业的时候,李潮红还是公职呢,办事不方便,就用老婆的名字注册了公司,真正的法人加董事长,是他老婆。后来总想改,可他老婆死活不同意。其实他也没想到自己创业成功。为了开拓广阔的国内市场,他把原配妻子留在了美国,自己则以单身有为男青年的形象在国内出现,另起一个旗号,不过大股东却是老婆名下的母公司。小伙儿招人啊。这一招就把娜娜给招来了,他就一直瞒着娜娜以前的婚姻,娜娜则以他秘书兼第一夫人的形象出现,几乎所有人都信以为真——李潮红和娜娜是一对,要不这娜娜出现在别人面前,怎么那么有自信呢?

可是,人算不如天算,该出的事迟早都要出。李潮红大意,公司的重要文件全交娜娜处理。这娜娜看着文件上总有个陌生女人的名字,便留了心眼,联想起李潮红一直抠门不答应给自己买房,总喜欢带着自己往皇家大饭店扎,心里犯了嘀咕,让宋上门去查,一查就查出来了。娜娜知道吃亏上当,表面却不动声色,等于是拿了李潮红一张底牌。

宋上门看到局面的发展越来越不利,李潮红似乎倾向于把文化公司交给我做,就憋着给他添点乱子,一出岔子就能浑水摸鱼。这是他的如意算盘,反正竹叶青版权这个雷,已经从他身上打到我身上了,如果李潮红心中一烦躁,说不定就把我给踢出了局,让他们自家人来办事。于是,他就怂恿手底下的人给李潮红在美国享福的原配发了封匿名的电子邮件,透露了关于娜娜的绝密情报。

这原配在美国过得挺滋润,对李潮红的事也是睁一眼闭一眼，民不举，官不究。可看到邮件，觉得事情非同小可，再这么下去，自己的正统地位不就没了吗？最要命的还是她担心公司的积累可能会被糟蹋殆尽。她立刻委托国内的律师跟踪调查。现在的人，看个病不容易，看个隐私那都贼着呢，很快就查得水落石出了。原配马上打长途，软硬兼施，要娜娜立即在李潮红的生活里消失，否则就要动用自己大股东的权力，让李潮红彻底靠边站，强制退休。这边娜娜看见宋上门搬起石头砸自己的脚，也受了好大刺激，哭着喊着要李潮红明确自己的地位，把自己给扶正了。

宋上门这下的是一贴急药。他平时总看着娜娜和李潮红如胶似漆，腻得像吃了一万口蛋糕，就觉得李潮红和娜娜已经铁板一块了，就差那么一哆嗦，只要有外力一击，过去的秩序就会立刻成为齑粉，石人一只眼，不就挑动黄河天下反了吗？万万没想到的是，这李潮红的老婆才是真正的无名英雄，想轻易跳出婚姻的手掌心，没那么容易。李潮红面临的，是大好江山崩溃的局面，这才是真正的"冲冠一怒为红颜"。

李潮红二话没说，搁下繁重的公司业务和哭哭啼啼的娜娜直接飞走，就是一个非常明显的信号，预示着宋上门和娜娜已经没有未来，而且他们参与的所有交易都要被重新审查、监管。看着李潮红头也不回地走了，娜娜心里顿时没了底，宋上门也傻了眼。同时傻眼的还有我和胖冬瓜。

"天底下有千千万万个大傻帽，咱们碰上一个也不稀奇。可为什么就在这节骨眼上出事呢？"胖冬瓜总结道，"这说明是老天不让咱们办这个事情。"

"谁打退堂鼓您都不能打。"我拼命激励着胖冬瓜，"您要是也没信心了，那咱们的前期投入不就白费了？"

我没料到这句话把胖冬瓜给说急了，他对我劈头盖脸地说："你还提这事儿呢？这事情为什么变得这么复杂？追根溯源，还不是你没有搞定竹叶青？我也就纳了闷儿了，挺简单一事儿，现在怎么就变得这么周折？要是大家都这么搞影视艺术，我看全中国人民就没的看。"

我半天才明白过来他这是冲我发火呢。我是没他有钱，可我毕竟是一个公司的老总，我现在还没把公司正式卖掉呢，他有什么理由跟我这么说话？我冷冷地对胖冬瓜说："胖总，干什么都有风险，做生意也一样，有成的就有不成的。你不是要求什么都一帆风顺，张开口袋就等着别人往里放钱呢吧？"

胖冬瓜的脸色开始发白："好，赵总，你既然说了这话，我就得追究你的责任。为什么我的先期投资没有效益？你操作上是违约的。"

"我认为我应该追究您的违约责任。"我就像一个站在大街上吵架的妇女一样，针锋相对，心里直嘀咕可嘴上绝不含糊，"是您没有按照我们合同上的约定投资，要是什么都按时，现在戏都拍得差不多了。"

放下这句话，我就站起身来，我怎么就这么倒霉，早知道胖冬瓜是专门来数落的，我就不该出门。

"好，赵总有骨气，那我们走着瞧！"胖冬瓜悻悻地说，"我真是看错了人。"

我本来想说，还不是您想过戏瘾找机会占女演员的便宜？话到嘴边又生生给咽了回去。斗嘴没有任何好处，只能加深彼此间的伤害。为大局计，我还是先咽下这口恶气吧。

从胖冬瓜那里出来，我坐在车里半天没有缓过神来。发家致富的机遇已经从我眼前溜走，费尽心力日夜操劳换回的结果，很有可能是负债累累，还得罪了一大把江湖上的有钱人。还有比我更倒霉的吗？

我不知道如何是好，更不知道怎么跟公司里的下属交代。我想立刻就把车开回鸟尾巴村去，逃离这个充满怨怒的乌烟瘴气的地方。

手机响了。我的手机永远是一个催命魔王。

高大姐在电话里说："Peter，有位姓孙的先生给您打电话说有急事，让您立刻到他那去一趟。他说您知道他是谁。"

老孙！我突然感觉眼睛一亮，难道是竹叶青想清楚了？还是女人了解女人，许松鼠真是料事如神。我踹了脚油门就直奔"来一大碗"豆浆店。

老孙站在门口等着我，可我却没有从他脸上看见任何欣喜之色。他的手中拿着一封信，神情凄惶。我停了车就问："竹叶青都跟你说什么了？"

"她让我把那张你们合影的照片拿掉，还说她再也不想见到你了。"老孙说，"你们这么快就完了？看上去不是小两口吵架那么简单。"

"她还说什么了？"我问，"她人呢？"

"她叫你不要再找她。她从人间蒸发了。"

竹叶青这封信不厚，信封却糊得特别牢，我撕了两下没撕开，让老孙去找剪子。老孙就把他老婆剪鞋垫样的大剪子拿过来了。铰开信封，里面有两张纸。

第一张纸是把《我是一个筐什么都能装》的歌曲版权转让给"赵大春先生"的授权书，大意是从今天开始我可以任意处置这首歌，把它卖给收破烂的或者卖给好莱坞都随我，而且还是无限期转让，换句话说，这首歌就如同是我写的一样了。另一张纸是真正的信，我一看就晕了。

信的大意是，竹叶青本人已经对目前的生活状态感到毫无意趣，想换个环境生活，一方面忘掉过去，另一方面调节自己。所以，她宣布退出目前的网剧创作，反正也没签什么合同，以后就不要打着她的名义搞宣传了。正好她有个三姑的六姨的小舅子在南非开金矿呢，曾经邀请过她去那里玩玩，于是她就决定开拔到南非去，给当地的华人兄弟姐妹送送温暖，权当自己是走得远一点的心连心慰问团了。这个念头她一直就有，从上一次失恋的时候就开始办签证，到了这次失恋正好签证办下来了。她远走高飞的机票就是今天中午的。

我开着汽车直奔机场高速路方向，偏偏今天高速路的入口坏了一辆汽车，一帮警察正在那里指挥吊车把它挪到一边去，后面的车堵了将近两公里长。等到我要并线到进高速的时候，无论如何也并不过去。我跳下汽车跑到警察身边说："您帮帮忙，我的飞机快起飞了，您能帮我并过去吗？"

警察瞧了我一眼，二话没说就跑到路中间，挡住了争先恐后往前挤的汽车，生生帮我打开一条通道。我向警察打着手势表示感谢。那警察还冲我吆喝呢："可千万别超速，多急也得注意安全。"我已经顾不得许多了，上了路就把油门加到最大，拼命往前跑。

我不知道为什么这么着急去追竹叶青。竹叶青主动消失，主观为自己，客观上是成全了我和许松鼠。一个女人牺牲自己的所有利益去帮前男友，这可真的是高风亮节了，换了别的女人，包括许松鼠在内，都做不出来这样的事情。我正确的、理智的选择，应该是就坡下驴，接受这一番好意。我为什么要追她呢？就算把她追回来，又该怎么处理下一步？但我没有别的选择，我的情绪告诉我必须去追，如果追不上，我会为此后悔、自责，久久不能消除心中的愧疚。

竹叶青越高尚，就越显得我猥琐。

我把握着方向盘，超过了一辆又一辆汽车，对路边的测速提示视而不见，我这辆车很快就会在交管局的大屏幕上成为明星，全体警察都要对我咬牙切齿。

机场停车场的手续相当烦琐，排队、过卡，然后按照指挥寻找车位。今天的车还特别多，一直到了地下三层才找到地方。下了车，我就一个劲地向国际出港的方向跑。

"要帮忙吗？"一个小个子跟在我旁边，"我能带你抄近路，只需要十块钱。"

我没零钱了，又不想花时间加微信转账，就把一张百元大钞塞给他。他立刻说了声："Fllow me。"便快步朝前走去。我跟着他穿过地下商场长长的回廊，穿过鳞次栉比花花绿绿的柜台，找到了一个很隐秘的电梯。小个子按下呼唤钮，对我说："上到二楼，就是国际出港。我走了，祝您旅途愉快。"

站在机场的大厅里，我感觉一片迷茫。我不知道竹叶青会搭乘哪个航班，先去哪个国家，我只能在人群中东寻西找，希望能看到她孤单的身影。

老孙给我打来电话告诉我:"五分钟前竹叶青小姐和我通了话,说让你好生奔前程,不要辜负她的期望。另外,她让你别再找她了,没有意义。然后她就关了机。"

我一个箭步窜到查询台,问一名服务员:"去南非该怎么走?你们有这样的航班吗?"

服务员说:"应该是在法兰克福转机吧。可上午飞往法兰克福的班机就要停止换登机牌了。先生您要买票还是找人?"

"我找人,我找一个叫竹叶青的女人,她很有可能在那个航班上。她是歌星,你应该对她有印象,她刚才是不是进去办手续去了?"

那服务员茫然地摇头说:"对不起先生,我从来没听说过这个人。"

我撇开她,窜向值机港,拦住一个胸前挂着经理牌子的小伙问:"我能查找到旅客的姓名和航班号吗?"

经理笑眯眯地说:"除非您是警察或者国家安全机构人员,正在执行公务。旅客的信息应该是保密的。"

我徒劳地在人群中像个没头苍蝇似的乱窜,睁大眼睛四处张望。我希望能看到竹叶青,我几乎就看到她了。在安检区域内,一个背对着我的女人酷似竹叶青,正在走向通关的电梯,我在安检口外冲她大喊大叫,又拍巴掌又跺脚吹口哨,可是她就是不搭理我。

突然间,我的鼻子就是一酸,眼泪就滴滴答答地掉了下来。我有一种预感,感觉自己再也见不到竹叶青了。

国际出港大厅巨大的落地玻璃窗之外，一架大型客机正咆哮着飞上蓝天，那是飞往法兰克福的航班，是飞往比勒陀利亚或者开普敦的航班，是坐着竹叶青的航班。此时此刻，你是否在俯视着舷窗外的大地？是否知道一个曾经关心你的人，一个现在也关心你的人，正在你脚下的航空港里，心绪沮丧地、无可奈何地变成一个小黑点？这个黑点逐渐湮灭，最终会被你埋藏在记忆的深处，永远不再想起来。

飞机很快就看不见了，呼啸声也消失了。我垂头丧气地往回走，顺着小个子给我指引的道路原路返回，重新回到地下停车场。

过了很久我才知道，竹叶青并不在飞往法兰克福的航班上。她选择的是先飞往新西兰，她要在那里待上一段时间，权衡自己未来的走向，然后再定行止。飞新西兰的航班要晚一点，她关掉手机的时候，人刚刚走到高速路上。如果我没有按照那个小个子给我指出的所谓的近路走来回，而是正常出入机场的大门口的话，我们很可能就遇到了。

找不到竹叶青是天意，说明我们的一段缘分已尽，所以我们注定在这一天擦肩而过。

好多事都是没办法的。你拒绝了朋友聚会去开一个公家的会议，就可能失去一段机缘；你在马路上选择了左转而不是右转，就可能看不见本能与你相守的人迎面走来。这些，除了缘分还能怎么解释呢？我脑子里杂七杂八地想，修七十二世才能为人，修百世方能同舟，修千世才能共济，不知道这样的计算方法是否有重复。比如修过千世，好不容易我能和竹叶青走到一起的时候，我们都变成了虫子，那该多么无趣。

第二十二章　遭灭的人就是我

我的情绪败坏到了极点，脑子里特别迷茫，精神无法集中。在从机场回来的路上，几次差点和别人剐蹭追尾。开了好半天，才把车开回了公司。

办公室里挺乱的，大家不知道发生了什么事，只是本能地觉出事情不太妙——许松鼠不来了，我也不来了，没了主心骨，也没什么可做的事情。赛观音在网上和人聊着天，小手枪和大胡子在打 CS，屋子里充斥着盒饭的味道，把所有窗子打开，还是有味道。

我看见大家这么松懈，心里就一股一股往上蹿火。我勉强控制着情绪，把高大姐叫过来问："怎么又在办公室吃饭了？没去大铁柜吗？"

高大姐苦着脸说："咱们物业办的食堂今天开业了，可是人太多。好不容易买到饭又没地方坐，总不能蹲马路边上吃吧？所以只好把饭打回来吃。还有，大铁柜倒闭了，生生让咱们楼给吃垮了。"

"纪律松弛不行。高大姐,通知他们开会,我们整顿整顿秩序。"我说。但凡一个单位出了事,觉得混不下去了,那它做的第一件事情就是整顿纪律。

我看着坐在外飘窗前的诸位员工,心情沉重。不过说也奇怪,我的这种沉痛表现出来的,却是一种莫名的亢奋。我说:"我们公司目前的状况,我不多说大家也知道一些,项目遇到困难,大老板们忽冷忽热,弄得咱们也打摆子。别说你们了,就连我也觉得没劲。Rebecca 提出了辞职,竹叶青今天也远走异国他乡了。"

大家听到这个消息,脸色都是一变。两大女角撤了傍,这台戏眼看着就要歇菜啊。还有谁能挽狂澜于既倒吗?

"困难的确存在,我和你们一样,也低迷过,彷徨过,怀疑自己的路是不是走错了,为什么做成一件事这么难。别说文化事业,就连正经生意都没干好。"我盯了一遍每个人的眼睛,让他们的注意力都集中起来,"这几天我一直在思考,总结经验,简直就是长考了。我想出了以下几点原因,和大家交流一下,不知道我说得对不对。"

我可真行,这几天满脑子都是女人,都思考什么了还交流呢?但话赶话说到这儿,必须一边想一边继续往下说。

"首先,咱们是缺钱,咱要是有钱直接把竹叶青买回来不就行了吗?可是不行,要有了钱还要大家干什么?大家就失去发挥能力的机会了。所以,咱们得空手套白狼去套竹叶青。没想到这一套把我和竹叶青给套进去了,情感因素始终贯穿在这单生意中,这就让事情变得复杂而不可预测。这是教训一,我承担主要责任,诸位承担次要责任。教训二就是,咱们有点倒霉,先后碰上了焦大屁股和李潮红两个不负责任的投资者，一个想骗钱，一个看着碗里的实际琢磨着锅里的，再加上宋上门一通乱搅和，蹉跎了岁月，浪费了光阴，错过了大好局面，多花了冤枉钱。这个责任，主要在咱们的社会，资本家们的风气不好，老想着得便宜卖乖，次要责任在我遇人不淑。第三个教训就是，咱们错误地以为手里做的项目能生根发芽，就等着在这儿打捞第一桶金了，犯了商家大忌，在一棵树上吊死。要是总这样咱们就真吊死了。遇到困难束手无策，长吁短叹，这个责任在大家，人人有份。"我特别在这最后一句话上加重了语气，"困难谁都有，走麦城的事情经常发生，怎么办？散摊子吗？我大不了回家种地耕田，诸位呢？Victor你去投奔宋上门吗？"

大胡子把头摇得跟拨浪鼓似的："我才不去呢。我宁可回家接着当农民。"

"Laura，你呢？"我一个一个让他们表态，"你不是还想当九天玄女吗？就这状态怎么当啊？"

赛观音小声说："我都想好了，要是咱们真的不幸散了伙，我就先睡上它三天三夜再说。这几年我亏的觉实在是太多了，不补一补，实在是撑不下去了。"

"行了，就知道睡，睡能睡出经济发展吗？"我打断她，又盯着小手枪。

小手枪一激灵，挺直了腰板说："我不睡。我压根就没想过咱们散伙的事情。"

我语重心长地说："人无远虑，必有近忧。危机无时无刻不存在，就连那些家财雄厚的亿万富翁，也经常有马失前蹄流落街头的时候。自古至今，一不留神就江山挪移的例子还少吗？怎么大家就那么不长记性？一个劲儿地造只能加速自己的覆亡。话说远了，咱们说自己，是不是应该待着等死呢？能不能想办法自救呢？其实办法是有的，而且还很简单。你们知道办法在哪儿吗？"

大家立刻精神起来，聚精会神地看着我。

"看我干吗？"我指指自己的脑子，"办法在大家的这里。你们也都别闲晃悠了，今天的任务，就是给我绞尽脑汁，把自己的创意拿出来，下班前一人给我想三个办法，做成文案，别管是否可行，就要奇思妙想。"

我对我的这番慷慨陈词很是满意。什么叫领导啊？领导就是没话找话还能把大家劲头鼓起来的人，领导就是有活得干，没有活计也得硬给大家找出活计的人。想玩着游戏聊着天就算出勤？没门儿。越是危险的时候越得让大家忙起来。人一忙，就什么危机都看不到了。

说完这一席话，我感觉心情稍微好了点，开始仔细盘算下一步的棋：我是不是该去向胖冬瓜认个错？虽然我心高气傲，可人在矮檐下又怎能不低头？得罪了胖冬瓜，对我有一万条坏处，就是没有一条好处。他可是大款总掌舵艾茉莉介绍给我的，要是这样，艾茉莉以后还能给我发大款吗？意气用事是不行的。

想到这儿，又想到了许松鼠。这姑娘说今天要和艾茉莉联系，她现在联系上了吗？怎么没有消息？

我给许松鼠拨了一个电话，想问问她什么状况。

许松鼠说："Peter，你算是完了。胖冬瓜已经劈头盖脸把艾茉莉骂了一顿。现在家产上亿的富翁全都知道你是个不讲信义的家伙。你说怎么办吧？"

"我的为人你是了解的。我要不是被他气急了能那么说吗？"

许松鼠叹了口气："你现在唯一的救命稻草就是竹叶青的歌曲版权了。瞧你干的这叫什么事儿啊。"

怎么叫我干的是什么事儿？许松鼠就没一点责任吗？可这个时候，不能再戗着说话，我只好说："好吧，这个栽我暂时认了，我开始无比悔恨当时没有坚决抵御竹叶青的诱惑，行了吧？"

"晚了。麻烦已经造成了。"

我问："要是我告诉你，版权已经在我手上，竹叶青的工作已经做通了，形势是不是好一些？还有救吧？"

"真的这样吗？"许松鼠有点不相信，"你不会忽悠我吧？"

"我要是忽悠你，不会等到今天。"我说，"晚上你帮着约约胖冬瓜和艾茉莉吧，咱们一起吃个饭。有了版权，胖冬瓜对我的态度会好的。"

艾茉莉的公司总是在七拐八绕才能找到的地方，这样才有足够的私密性，别说狗仔队了，就连经常去她那里的胖冬瓜也经常不摸门，每次都得有人带着。这一次，许松鼠把我和胖冬瓜约到皇家贵族大饭店的停车场。我下了车，正在东张西望，看见胖冬瓜正站在远处冲我招手。这可是很大的面子了，我赶紧迎上前去，握着那双大胖手说："胖总，我是狗脾气，您可千万别往心里去。事情过去一整天了，你现在还生气吗？千万别气坏了身体。"

人就是这样，喜欢看别人怂。我这边一装孙子，胖冬瓜就是再记恨我，也没理由发作了。更何况版权在我手里呢，他发作的基础已经不存在了。于是，胖冬瓜赶紧就着坡下来："岁数大了，我脾气也变坏了。不过咱们是做生意不是置气，有什么磕碰的多包涵点就是了。"

我们就这样瞬间化干戈为玉帛了,做生意嘛。

我们在这寒暄着,只见许松鼠坐在一辆破破烂烂的桑塔纳2000里冲我们喊:"在这儿呢!"

坐在这样的车子里,我倒是没什么,可胖冬瓜那巨大的身躯就费了劲了。他皱着眉头嘟囔着:"这艾茉莉可真行,弄这么一轿子,亏她还搞什么贵族聚会。我说把我那辆大福特借给她用,她还不要。人家都是拿加长大卡(凯迪拉克)摆谱,她倒好,弄这么一玩意儿。"

许松鼠坐在前座,回头笑道:"这叫走群众路线您知道吗?贵族的谱从来不会摆在脸上。您要是觉得憋屈,咱俩换换座儿!"

"得了得了,就这么几步路。"胖冬瓜对我和许松鼠的事情早有耳闻,开玩笑说,"你们就这么耐不住寂寞,还想坐在一起啊?"

"是啊,路不长,可有好几个情人弯呢。"许松鼠笑着说。

许松鼠所谓的情人弯,就是指汽车将在小胡同里拐几个急弯,这样一拐,后座的两个人就会因为惯性挤到一块去。这情人弯可把我整惨了,胖冬瓜整个的重量都压在了我身上,弄得我肩膀差点脱臼。许松鼠还解释呢:"胖总,您这回知道为什么不用好车了吧?这种弯容易剐车,用桑塔那不心疼。大福特剐一下得花多少钱啊。"

胖冬瓜道:"这地方我又不是没来过。你们就是爱玩邪的,把局放在这么个羊不拉屎的地方。"

"您还真说对了,这条胡同就叫羊不拉屎胡同。"许松鼠如同一个职业导游一般介绍道,"知道什么叫世界遗产缓冲区吗?就是这儿。老居民都迁走了,只有有实力维护古建筑的人士才能住到这里来。您老土了吧？跟不上形势了吧？人家把您哄得一愣一愣的，说在城外买别墅最白领，您还就信了，结果呢？您不得天天扛着涨价的汽油进城啊？进了城才发现，城里变成缓冲区了，没您的事儿了。"

胖冬瓜说："你不也在郊区住吗？还挤对我！"

我们都哈哈大笑起来。

汽车在欢乐的气氛中驶进一座中式庭院的垂花门中。进了门，眼前豁然开朗，绿荫掩映，细柳成行。到了这里，车就不能再走了。我们下了车，进了月亮门，又是另外一进洞天，溪水环绕，荷叶连绵，水面上还有野鸭和鸳鸯在游荡。远处，是三座由抄手回廊连接起来的六角小亭，斗拱垂檐。中间一座焚着香，摆着一张大八仙桌，上面已经铺陈了菜肴；左边一座，亭角系着一条画舫；右边一座，已经乐声悠扬，一班古装女青年，正坐在那里管弦伺候。这环境那叫一个美。

艾茉莉看见我们，赶紧从亭子上迎下来："快点快点，今天空运了阳澄湖的大闸蟹，正好尝尝鲜。"

大家就着蟹喝黄酒，听着小曲儿，一股旧社会文人雅士的酸臭劲儿油然而生。我突然想起此时竹叶青仍然孤独地飞翔在千万里外的云层上，心里很不是滋味儿，赶紧挥挥手，让自己回到眼前。胖冬瓜问："听说赵总已经把竹叶青那首歌的版权拿到手了，是吗？"

我点点头，把事情说了一遍。大家都唏嘘起来。胖冬瓜说："这么看来，竹叶青还是个懂事的姑娘。她这么一走，很多结就解开了，对我们来说，是利大于弊。"

胖冬瓜的意见,有了版权,情形就完全不同了,他自己都可以投资这部戏,用不着看宋上门的脸色,当然也没必要再去跟李潮红纠缠。竹叶青一走,宋上门没了任何要挟我们的东西,率先就从这个局里被踢了出去,整个事情变得简单起来。至于谁演竹叶青的角色,那倒也不难,竹叶青在的时候非她莫属,现在人家远走高飞,就变成找谁都可以,也不显得突兀。"走得好走得好,竹叶青这女人不简单,她把所有事都琢磨透了,走是最好的选择。"

许松鼠听完胖冬瓜的分析说:"你们商人,情感可真残酷。"

胖冬瓜转向许松鼠:"我还没说完呢,竹叶青心里,赵总的分量还是很重的。她为了赵总把能牺牲的全牺牲了。你许小姐可得有点紧迫感危机感,稍微一含糊人家可还是能杀回来的。是不是赵总?"他那张胖脸转向我,笑容十分可憎。

这顿饭的后半段移到了画舫上。小船在河面慢慢地划行,桌子上堆着干鲜果品。许松鼠靠在我身边,胖冬瓜和艾茉莉正在兴头上,插科打诨地聊着天,讨论着艾茉莉结婚的种种细节,毕竟胖冬瓜结婚的次数多,有经验。远处,阑珊灯火倒映在水面,舒缓哀怨的笛声若隐若现地漂浮着。胖冬瓜对我说:"赵总,这曲子也太那什么了吧?你是搞文化事业的,你让他们换首曲子吧。"

"对对。"艾茉莉附和道,"想听什么可以点,她们什么都会。"

"是什么都会吗?"我冷笑道,"那给我来一支《孤单北半球》吧。"

许松鼠怔怔地看着水面,什么都没说。

那天我喝得有点多了,出了门一定要回公司,说是要奋发图强,好好修改连续剧的拍摄计划。大家谁都拗不过我,只好让许松鼠陪我回去。我们坐上了桑塔纳,艾茉莉叮嘱一定要把我们直接送回公司。在车上许松鼠还问我:"你到底行不行啊?要不回我那儿去吧?"

"不。"我坚定地说,"我已经这年龄了,时不我待啊,我一定要抓住机会,干一单漂亮的出来。等到李潮红那厮回来一看,剧都拍完了,钱都挣了。呵呵,就让他后悔去吧,我叫他牛,叫他有俩钱就烧得慌,叫他看不起咱们。"我使劲抓着许松鼠。结果车一拐情人弯,我的胃就开始翻腾。

终于挨到了公司楼下,整栋楼已经黑了。我推门下车,被小风一吹,终于无法控制,蹲在马路边开始狂吐。许松鼠给我捶着背:"我们还是去开房吧。我去和司机说,让他把咱们拉到前面那个商务会馆去。"

我吐过了,觉得浑身酸软,刚才的斗志烟消云散,拿着许松鼠递过的纸巾擦着嘴说:"行。"

许松鼠赶紧到前面,让司机帮忙,把我重新抬回车上去。

谁都没有注意到,黑暗中闪出一个人影。他背着一个帆布军挎,走到我面前问:"你就是赵大春?"

我点点头,抬头看他,心里还奇怪呢,我不认识这个人。

只见他迅雷不及掩耳地抡起军挎,向我砸来。

我耳边响起了许松鼠凄厉绝望的惊叫,接着眼前一黑,就什么也不知道了。

尾声　被拍成恨海情天

经过很费力气的回忆，我才想起曾经接过一个电话。有个人对我和竹叶青的恋爱表示非常不满，扬言要拿板砖拍我。

他做到了。

"这也不怨人家，怨我。"我跟警察费力地解释着，"他只不过是一个狂热的歌迷，看到我和竹叶青在一起就不痛快了，后来我和竹叶青又不在一起了，这更激怒了他。他恨我也有道理。自己最喜欢的女人，让一个不相干的家伙始乱而终弃，搁谁谁都会急。当然他打人不对，你们教育教育他得了，别判刑。"

"说得倒轻巧。"警察说，"他这叫涉嫌故意伤害，闹不好还是故意杀人呢，你这苦主还替他说情？刑事案件得公诉，说情也没用。"他们让我在笔录上签了字，然后说："你也是，我们那天可提醒过你，要把生活过得纯洁一点。可你呢？净当耳边风，你那叫生活糜烂。现在好了，终于老实了。"

我嘿嘿地笑着，无可奈何地看着我坐着的轮椅。这一砖头拍得可又准又狠，生生拍出了一个高位截瘫，连医生都怀疑那小子学过神经外科，如果没有奇迹发生，我的下半生就将在轮椅上度过了。

不幸之中的万幸是,我的脑子没有被拍坏,不仅没拍坏还给拍好了,我对以前的每一件事都回忆得格外清晰,对人生的认识也突飞猛进,更上一层楼。

许松鼠在很长一段时间中,都守在我的身边,给我换洗那些肮脏的东西。有一天我终于忍不住了,跟她说:"差不多就行了,你该干吗干吗去,犯不着总在我身边空耗青春。我也不值得你这么耗着。走吧,我这有护工陪着呢。"

我这么一说许松鼠就哭起来,抽噎着说:"人家本来是打算和你一起过日子的,谁知道你这么不争气,一砖头就给拍成这样了。小时候吃的月饼,都比你禁得起拍!"

"是啊是啊。"我苦笑着说,"谁说不是呢。我太脆弱,对不起你。"

许松鼠哇哇地,哭得像个泪人。我艰难地抬起手,拍拍她的肩头:"好了好了,没事了。你走吧,本来就挺烦的,待在这儿我还得哄你。你多去和男青年约会,多去害几个帅哥,过得好才能让我心安。"

许松鼠抹了把眼泪,说:"我不能就这么离开你。"

"好啊。"我强作欢颜,"正想和你提条件呢。你能给我弄台笔记本吗?我得到网上去泡妞去,要不然也太无聊了,这一辈子该怎么过啊。"

这个愿望很快就实现了。胖冬瓜家是干这个的,不打磕巴就让许松鼠把家伙什儿带来了。我半躺在床上,开机,轻轻敲着键盘,开始把清晰的回忆敲下来。写到我挎着冲锋枪的照片被放大挂在公司的照壁上时，我抬起头来对一边坐着的许松鼠说："你看我像不像保尔·柯察金？"

许松鼠眼睛里又噙满了泪花，点了点头。

我说："我知道我是谁。我一点自豪都没有，现在只是为以前的愚蠢感到可笑，为以前的自私与龌龊悔恨万分。善良的人们应该吸取教训，千万不要为了眼前的蝇头小利耗费光阴。人生苦短，能得到的要牢牢抓在手里，不能得到的也别存非分之想。我最为后悔的是，那天早晨没有和你在小木屋里多待一会儿。"

许松鼠擦擦眼睛说："也许你不闹着回公司，就不会挨这一板砖。"

"那倒不是。人家是憋着要拍我呢，躲过初一未必能躲过十五，拍还是要拍的。只是那一天，我觉得是我人生中最美好的一天。我的确就是想过那样的日子。老天不怜惜我，太短暂了。"

许松鼠背过身去，不忍再看。

"我现在才明白，写作是一件多么无奈的事情。当人生所有的机遇都从手中溜走以后，剩下唯一可操控的，也就是这个键盘了。"我看着电脑上那些傻头傻脑的文字，兀自说道，"你告诉Victor，但凡有别的活路，就别以写作为生了，让人瞧不起。"

许松鼠终于把持不住，冲出了我的房间。

网剧剧组终于搭建班子了。我挨的这一板砖，把这部剧的炒作推向了成功的顶峰，尤八姐居然把我塑造成中国为拍摄网剧而导致残疾的第一人。这让我受宠若惊。一个月后，竹叶青从互联网上获知了这一消息，不顾一切回了国，坚定不移地参加了网剧的拍摄。李潮红成功地平息了老婆的愤怒，回师国内，成千上万的巨款砸向剧组，小花狸、胖冬瓜、大胡子、赛观音、小手枪空前地团结一致，同心同德，顺利圆满地完成了这项工作，"东方不败"文化公司名震江湖，就连好莱坞都挂了号，说是安妮·海瑟薇正在考虑参股，把个大胡子激动得三天三夜没睡着觉。

在此过程中，李潮红和他老婆以及娜娜的关系最后是怎么处理的，没人跟我提起，我也没问。我知道没事打听别人隐私不道德。

我把公司股份卖给了胖冬瓜。本来要送给许松鼠的，人家不要。想了想，还是胖冬瓜靠谱点，反正他也闲着没事，让他多持点股份，就多点责任感吧。

还有一件事情：在经过全城人民大半年的努力之后，跑丢的几十条菜花蛇已经被全数捉拿归案，我们城市的垃圾桶终于安全了，于是竹叶青的肖像如愿以偿地在网剧上线前夕印满了垃圾桶。这不仅让网剧获得了很好的宣传，还让所有人在扔掉手中废物的时候心情愉快、想入非非，取得了物质文明和精神文明的双丰收。

胖冬瓜趁热打铁，紧接着进军餐饮业，把老孙的"来一大碗"做成了快餐连锁企业。除了在新建的居民小区大肆开店以外，他们还入股外卖送餐业务，那些想暴宰白领的昂贵餐厅受到了惩罚，在"来一大碗"的迅猛攻击下纷纷倒闭。现在"来一大碗"的旗舰店，就设在我们公司楼下官府菜的遗址上。

说了这么多，只是要说明一个道理，我挨的这一板砖值，把整个社会都拍进步了。

网剧拍摄完成后，全体剧组人员送了我一套签名版的画册，内含DVD。但我没有DVD机器了，我是用笔记本电脑在李潮红的视频平台上把这部戏看完的，看得我哈哈大笑，有几次甚至做梦到了戏里，笑得又醒过来，然后看着漆黑的夜发呆。

网剧的收视率创了纪录，甚至盖过了许多外国作品。这让我倍感欣慰。媒介上对于拍摄手法和演技的评论慢慢多了起来，竹叶青和大胡子走红了，他们的风头很快就超过了身为"第一人"的我。竹叶青还上了《时代》周刊的封面。虽然后来有人指出那只是亚洲版大中华区发行的版本，但这也足以让人自豪。大中华区版怎么了，能有几个女人上《时代》的封面啊？

我被遗忘，顺理成章。

在冬天里，许松鼠和竹叶青一起陪我来到南方的大海边。北方是寒冬腊月，这里却是艳阳高照，人声鼎沸。她们两个穿着泳装，一左一右推着轮椅，把我送到沙滩上。

我们很招摇，看着碧绿的海水与湛蓝的天空，闻着海边独特的腥味儿，享受着扑面而来的温暖海风。

"你看。"竹叶青说，"你现在就像有两个老婆，你的老地主愿望实现了。老夫聊发少年狂，左牵黄，右擎苍，轮椅泳装，逍遥沙滩上。"

我笑了，上一次出现这种场景，是我有一次生病住院，许松鼠和竹叶青争着来接我。看来上帝绝不会给人完美的结果，有了两个老婆，就叫你身体垮掉。

我左手抚摸着竹叶青的手背，右手抚摩着许松鼠的手背，说："说得对啊，可惜我现在能用的只有手。"

天高远，海辽阔。天是情天，海是恨海。

几个嬉闹的小朋友举着游泳圈跑过来,看到我们,好奇地停下脚步,问:"叔叔为什么不游泳?"

许松鼠弯下腰,对他们说:"叔叔是作家,只能坐着。"

小朋友们似懂非懂地点点头,接着跑开,一边跑一边喊:"我也要当作家,我也要坐着。"

那次旅行之后,许松鼠和竹叶青还是经常来看我,有时隔三天,有时隔五天,有时候还会碰到一起。女人的嫉妒与仇恨,在一个没有能力的男人面前消弭于无形,代以宽容、温馨、合作,令人满意。

后来,她们来的次数渐渐少了。竹叶青大红大紫片约不断,实在是忙不过来。而许松鼠呢,在谈恋爱。有一段她又玩失踪,将近一年没有露面。等她再来看我的时候,怀里已经抱了一个孩子。她特意去找高大姐给孩子抽英文名字,从蓝色纸箱里摸出来的纸条上写着:Peter。

出 品 人：许　永
策　　划：文　能
责任编辑：许宗华
特邀编辑：林园林
封面设计：海　云
内文设计：万　雪
印制总监：蒋　波
发行总监：田峰峥
投稿信箱：cmsdbj@163.com
发　　行：北京创美汇品图书有限公司
发行热线：010-59799930

创美工厂
官方微博

创美工厂
微信公众号